READING TIME
阅读时光

URVIVAL
ANDBOOK
ROM ALIEN

异形生存手册

解密人类史上最邪恶、最纯粹、最完美也是最伟大的怪物

陈飞 著

湖南文艺出版社 HUNAN LITERATURE AND ART PUBLISHING HOUSE
博集天卷 CS-BOOKY

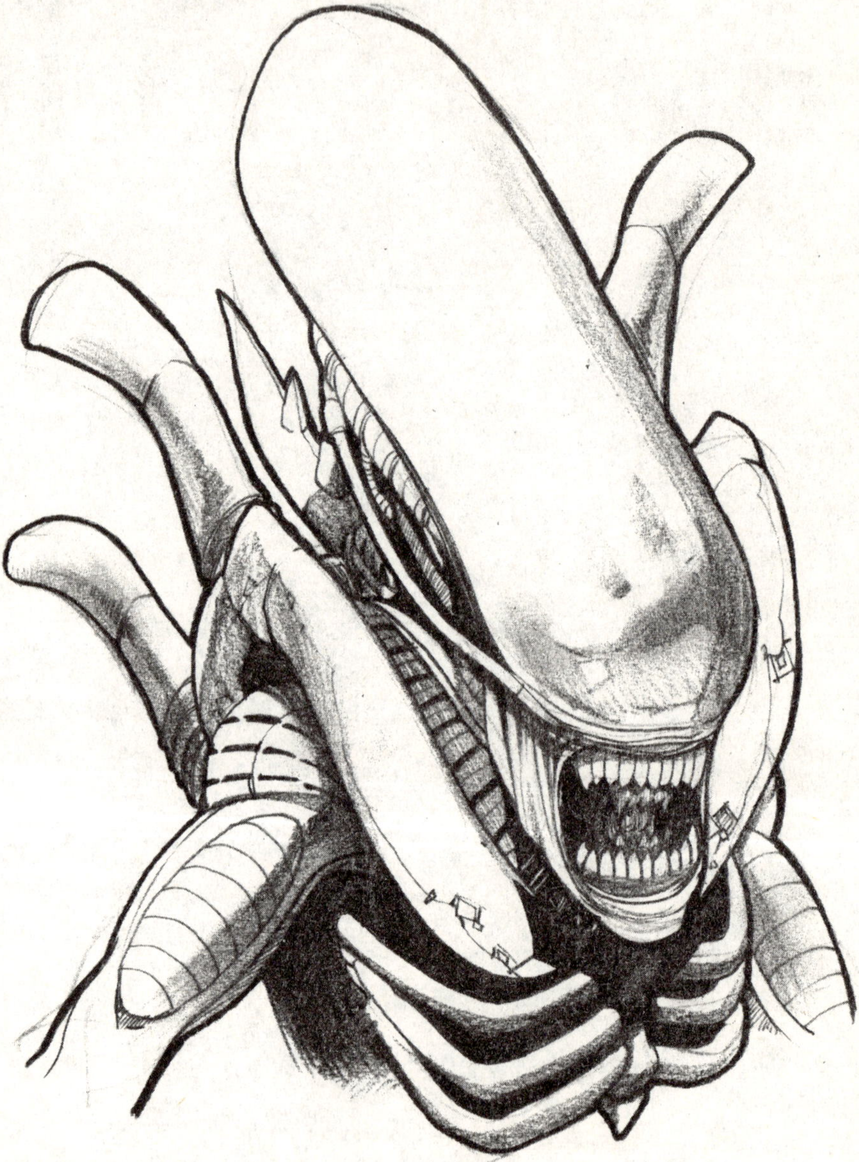

目　录

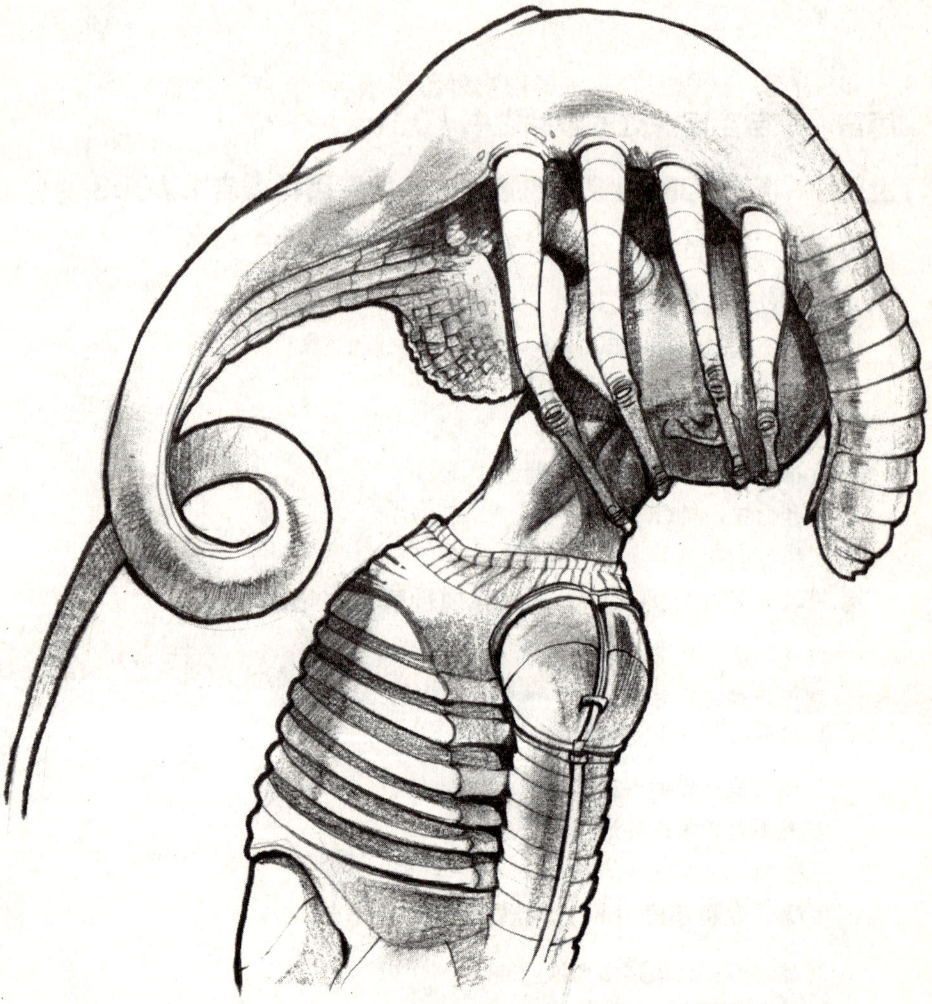

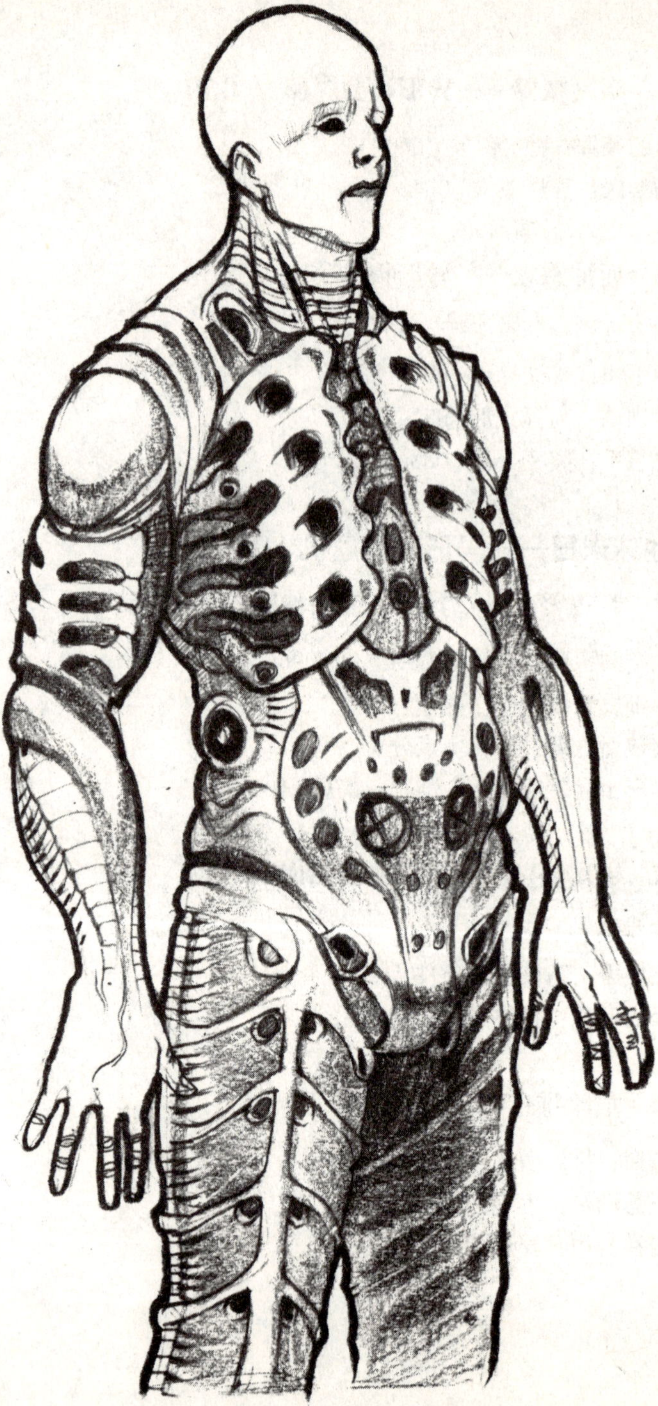

序言　来自宇宙深处的救命之书

我从未见过外星人，有段时间我很想亲身经历一些“第三类接触”，这可以成为炫耀的资本。现在，我不得不承认，这个想法太幼稚了。

我们探索宇宙，是想了解浩瀚星空的奥妙，但我们很少意识到宇宙深处藏匿的危险，它们无时无刻不紧盯着我们的地球。如果外星人拜访我们，结果可能与哥伦布当年踏足美洲大陆不会有什么两样，这是历史，也是现实。

而这本书告诉了我们一切。

我不知道这本书来自何方，它静静地躺在一个角落里，似乎等待着它的主人。这是一本谜一样的书，根本不属于我们这个时代。书中记录了地球从史前蛮荒到24世纪发生的诸多事件，有些危言耸听的意味。而这些事件，无一不是围绕着一种外星生物——异形而展开。

这是一种非常可怕的生物，同时又是一种纯粹、邪恶、近乎完美的生物。

异形生存手册

这本书记载的案例是那样的逼真，像一个预言，复杂得令人困惑，令人疯狂。异形是人类的噩梦，是整个宇宙的梦魇，它们像病毒、瘟疫一样蚕食着地球家园，杀死我们的亲朋好友，摧残我们的脆弱神经。

下面的每一章都可能折磨着你的心灵……它为我们揭开了异形的秘密，指导防御异形措施，阐述地球黑暗、荒唐的未来，这就是《异形生存手册》。

你就要一步跨入异形的世界了。这是一个危险的世界，在这里，一切都有可能发生。这是一场关于人类的生存考验，也是末日来临前的求生指南。

生命掌握在自己手中，因信念而散发出光辉。

关键词索引：

异形：宇宙中最危险的生物。

巨人族：一种高大的类人体外星种族，人类称之为“工程师”，拥有极其先进的科技，与人类和异形的起源关系密切。

黑水：被认为是产生异形乃至人类的关键，滴水包万物。

神仆：黑水产生的一种蓝色变异生命，与异形有着千丝万缕的联系。

铁血战士：兼具科技与野蛮的外星种族，宇宙中的猎杀者，其猎物包括人类和异形。

维兰德-汤谷：公司名称，最早接触异形的地球组织，看中了异形的科研价值，不惜一切代价获取异形样本。

联合军统：维兰德-汤谷公司倒闭之后，被沃尔玛集团收购，称为联合军统，与前者一丘之貉，继续从事异形生化武器的研究。

异形事件：因种种原因，导致人类与异形正面接触从而爆发的危机事件，其中包括六起官方事件、两起非官方事件和两宗“遗失的档案”。

异形报告：对异形事件生还者和大量资料归纳的事件报告，其中以《蕾普利报告》最为著名。

艾伦·蕾普利：传说中的“女神战士”，原星际飞船领航员，军衔中尉，共经历了四起异形事件，多次从异形的魔掌下逃生。

魔律天书：异形研究的报告集，残卷，涉及异形的种类和生物学研究，还有人类起源的种种事宜。

空白期：“普罗米修斯事件”与“第一次异形事件”之间因资料丢失造成的资料真空。

SURVIVAL HANDBOOK FROM ALIEN

上篇

“穿过你的胸膛我的脸”

——异形百科报告书

为什么被叫作“异形”？在人类幻想的外星人形象中，奇形怪状的比比皆是，八爪型、无头型、缺胳膊少腿型应有尽有，为什么那些家伙没被称为异形，反而这种有胳膊有腿、直立行走的生物被冠以“异形”的高帽呢?

人们将它叫作异形，首先考虑的是“异化的人形生物”，它的身体结构像人，但除了结构，其他方面让人理解不能，因此也有了俗名Alien。它的杂名也很多，有时被称为怪物、龙、圣蛇。以上描述都有一个共同点，就是令人毛骨悚然，闻之色变。

异形是致命的，但人类的猎奇心让我们对这种致命生物充满了好奇。从感官机能、生殖方式到生命周期，人们都想进行了解，但大都是皮毛，知道个大概，却无法说清楚，只能管中窥豹。

本篇就带领大家真正完全了解异形，揭开异形的各种秘密，从解剖学、遗传学和社会学，第一次扯下异形的神秘面纱。

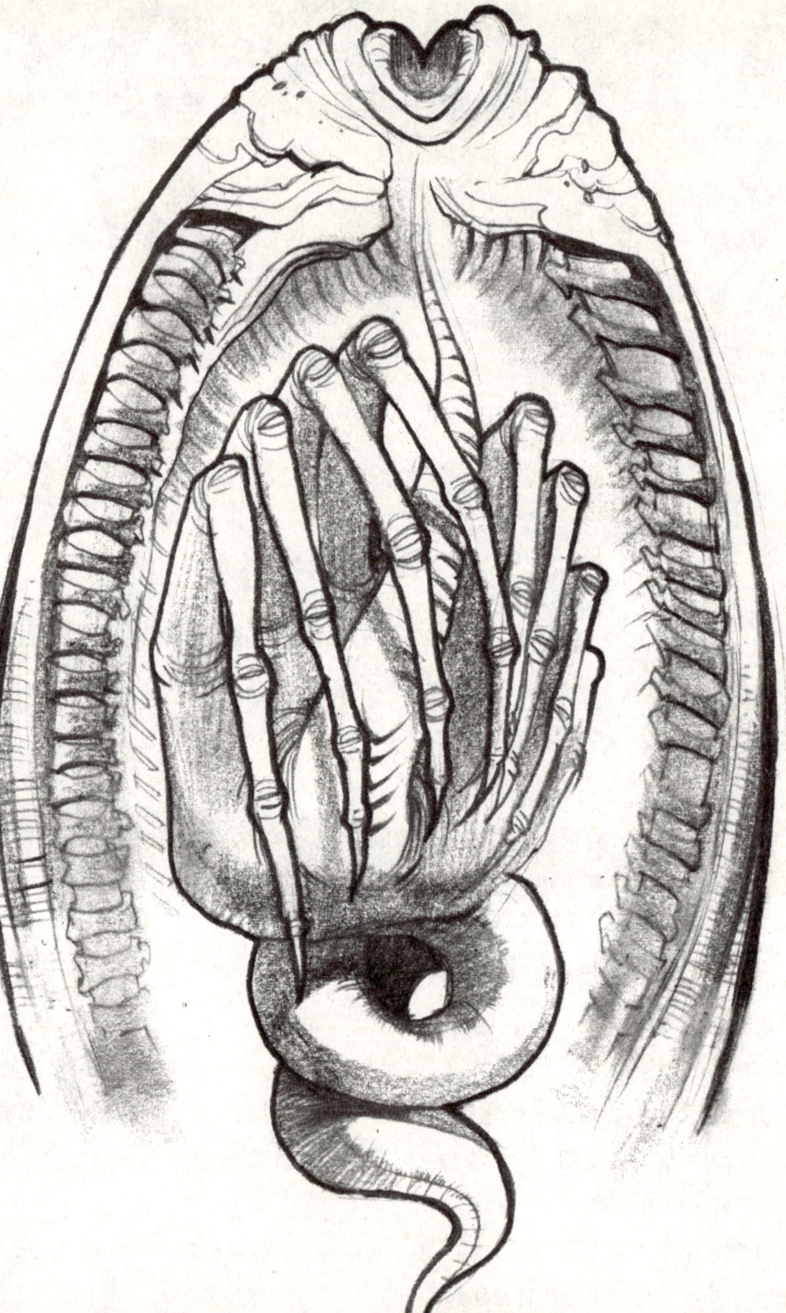

SURVIVAL
HANDBOOK
FROM ALIEN

第一章

完全变态——异形生命周期详解

被抱脸虫寄生的宿主苏醒之后就变得傻乎乎的，这是短期记忆缺失现象。他们会忘记与抱脸虫的重口味接触。直到胸膛爆开那一刻，大部分宿主对体内存在异形胚胎毫不知情。

这是抱脸虫麻痹宿主神经的方式，通过勒紧宿主的脖子导致宿主大脑供氧不足而失忆。同时也不能排除抱脸虫会分泌类似利培酮的物质，令宿主短期记忆缺失，出现“断片儿”的情况，保证宿主体内的异形胚胎不被发现并提前取出。

从神仆的宿主巨人族判断，神仆成年后身高在3~4米，与巨人族相仿。从它的生命周期和身体结构来看，神仆更有可能是异形种族的一个亚种或分支。

内有乾坤：异形卵

高度：0.7~0.8米

体色：褐色

体重：15~20千克

一、主要结构

异形卵由异形皇后的卵囊产生，通过体外的“产卵器”生出。异形卵外壳很厚，看上去像是皮革，实际上是肉质物，主要成分是几丁质[①]与惰性硅，与异形的皮层组织完全相同。异形卵的外部还覆盖着一层透明树脂凝胶，由“产卵器”分泌，保护了异形卵外壳不被异形的酸性血液侵蚀。

异形卵的顶部是闭合的花瓣状结构，共有四片瓣叶，打开后就像一朵由血肉制成的死亡之花。从打开的部分可以看到卵内部的白色胶质状培养

① 几丁质：一种含氮的多糖类化合物。某些原生动物细胞外的壳和节肢动物体表外骨骼的主要成分。柔软有弹性，不溶于水、乙醇、弱酸和弱碱。与钙盐等化合而变硬，起保护作用。

基，类似蛋清，外面有一层纤维质膜，抱脸虫可从培养基中获取营养。

二、“卵”非卵

研究人员真正感兴趣的并不是培养基，而是“蛋壳”内部，上面可以看到粉红色的肌肉皮层，布满了静脉状的血管。这种结构表明，异形卵是一种生物。

以前人们认为抱脸虫是异形生命周期的第一个阶段，实际上，异形卵与抱脸虫的共生体才是。异形卵是一个胚胎，大虫子里面还有小虫子。

三、自动导航

异形卵是活物，它的皮肤，也就是蛋壳中，存在某种感应机制，可以感知周围的热量变化、空气流动和生物电。不过，假如周围有不适合被寄生的，就像蚯蚓之类的无脊椎生物，异形卵是如何感知它们是否适合做宿主呢？还有距离远近，如何让抱脸虫从异形卵中跃出就命中目标呢？

这个问题没有准确答案。异形卵皮肤中那些静脉，可能具备一些热量或压力传感器这些基本的中枢神经系统，通过感知一定范围内的生物质量和热量进行筛选，或者感受生物电，因为大型生物的生物电波长与其他生物不同。至于宿主与卵的方位和距离，可能是像蛇的芯子那样的传感方式，具有方向性和距离感。

四、长期休眠

异形卵似乎有某种营养循环机制，保证抱脸虫的营养供应。当营养耗完，异形卵就进入休眠状态。

“第一次异形事件”时，在LV-426星球上发现的休眠异形卵，其外表与常见的卵不同，表面被一层石墨覆盖。当人走近时，那层石墨开始消融，能看到里面的抱脸虫正在活动，异形卵的瓣叶接着张开了。

这就是它们的休眠机制。异形卵和抱脸虫都有一定的寿命，当营养物质供应不足时，异形卵就会启动休眠模式，抱脸虫的活性也大大降低。飞船上那位死亡的巨人族都成化石了，异形卵还逆天地活着。那层石墨，就是保鲜膜。

还有一点需要注意，货舱中的异形卵由一层青色的脉冲类光波覆盖，猜测是某种保护机制，使得飞船坠毁后这些卵依然完好无损。当然，也有可能是检测装置，一旦有合适的宿主接近，就激活异形卵。

邪恶寄生者：抱脸虫

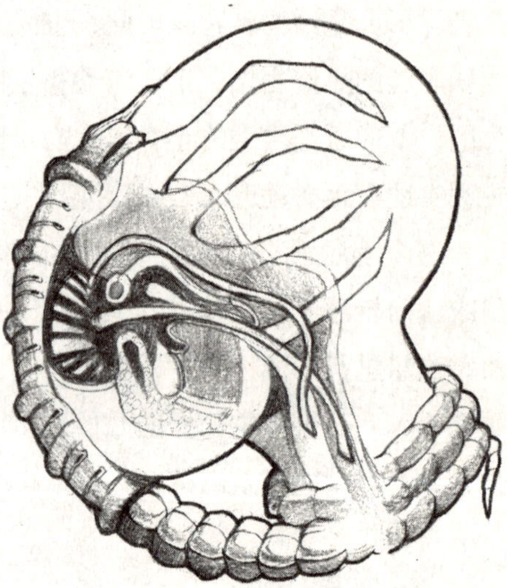

抱脸虫长得要多恶心就有多恶心，米黄色的外表，八条细长的腿，每侧四条，每条腿有三个骨节，很像节肢动物。最令人接受不能的是抱脸虫的口器。

体长：1米左右

体色：浅绿色

体重：4.5千克

一、抱脸虫的习性

抱脸虫算是异形生命周期的第二阶段。它们没有头部，尾巴占到身体长度的一半多。口器长在腹部，从异形卵中跳出的唯一目的就是寻找附近的宿主，将异形胚胎从宿主的口腔植入。它们的八条腿纤细有力，能够快速爬行和跳跃。大部分抱脸虫被异形卵释放出时，成年异形早已安排好，附近便固定着一个倒霉宿主。

只有少数情况，抱脸虫才会从巢穴爬出，自己寻找宿主。它们体形非常小，不容易被发现，而且行动迅速。抱脸虫外壳由蛋白多糖和多种氨基酸组成，可以较长时间暴露于不利条件下。

二、“抱脸”过程

1. 直扑面门

抱脸虫发现宿主后，强有力的腿部使抱脸虫突然跃起，直扑目标的面部。这个速度非常快，犹如一条响尾蛇突然扑向猎物。抱脸虫命中目标后，八条腿会死死箍住宿主的头部，腹部紧贴面部，力量非常大，很难将其拿掉。如果采用强拉硬拽的方式，宿主的脸皮也会被一起撕下来，而用切割的方式，抱脸虫体内的酸血会导致宿主与抱脸虫同归于尽。

2. 锁喉功

“抱脸”之后，抱脸虫的尾巴立刻派上用场，细长的尾巴会缠住宿主的脖子，慢慢收紧，导致宿主窒息，本能地张开嘴呼吸。这时，抱脸虫腹部的口器伸出一根导管状的次生口器——很像异形的内巢齿，但前端没有牙齿——深入宿主食道，同时尾部收紧，导致宿主昏厥。

此后抱脸虫的春天便来临了，悠闲自得地将胚胎通过宿主口腔注入宿主身体。因此，抱脸虫就像一个孕妇，找到合适的宿主后便在它们身上“生产”。

3. 注入胚胎

向宿主口中注入异形胚胎是一个漫长的过程，耗时几小时，为了保证宿主存活，抱脸虫会向宿主供氧。它们腿部下方一对囊状物是呼吸器，氧气通过次生口器注入宿主的喉咙，保证宿主的呼吸。

4. 母体死亡

胚胎植入完毕，抱脸虫便完成了它们的使命，随即从宿主脸上脱落死亡，外表皮的几丁质硅层凝固、硬化，变成一具干尸，这个忙碌的小生物一生就这样结束了。

三、宿主失忆

被寄生的宿主苏醒之后就变得傻乎乎的，这是短期记忆缺失现象。他们会忘记与抱脸虫的重口味接触。直到胸膛爆开那一刻，大部分宿主对体内存在异形胚胎毫不知情。

这是抱脸虫麻痹宿主神经的方式，通过勒紧宿主的脖子导致宿主大脑供氧不足而失忆。同时也不能排除抱脸虫会分泌类似利培酮[①]的物质，令宿主短期记忆缺失，出现“断片儿”的情况，保证宿主体内的异形胚胎不被发现并提前取出。

四、宿主的选择

1. 形态构造

对抱脸虫而言，哺乳动物是首选的宿主，因为哺乳动物是形态结构最高等、生理机能最完善的生物。而哺乳动物中，人类属于极品宿主，因为人类的口腔较短，抱脸虫的腹部可以紧紧贴在人类脸上，轻而易举地将异形胚胎注入人体。

2. 健康状况

抱脸虫有与异形一样的信息素识别系统，能察觉目标是否强壮，是否健康。它们会在候选名单中首先剔除那些有严重健康问题和遗传问题的生物，避免影响“DNA优化选择”而发育不良。（关于“DNA优化选择”，详见第二章）

不过，当宿主资源缺乏时，抱脸虫只好饥不择食，选择身体较差的人做宿主。比如“第一次异形事件”中，抱脸虫就将经过长期冷冻休眠的凯恩[②]当作了宿主。

3. 体形大小

在“第三次异形事件”中，抱脸虫选择了一条名叫斯派克的西班牙斗牛犬作为宿主，这是记载中最小的宿主。

---

① 利培酮：又名维思通，是一种抗精神病处方药，服用后会导致服用者心情舒畅、轻松，感觉无忧无虑，大量服用会出现短期记忆缺失和昏厥，被世界卫生组织列为禁止滥用药物。

② 凯恩：“诺史莫”号大副，性格暴躁的英国人，工作狂一枚。“第一次异形事件”中被抱脸虫寄生的第一人，发生了血腥的破胸场面。

从某种意义上来说，宿主的体形越大越好，会使得异形继承宿主的高大强壮基因。LV-426星球上的那艘太空船遗骸中，胸腔爆裂的巨人族是被发现的最大的宿主。

抱脸虫很少对未成年人下手，因为孩子尚未发育成熟，体形相对较小，成年人才是最适合的宿主。

“康尼森镇事件”里，抱脸虫选择了一名孩子，是唯一“破罐子破摔”的案例。

4. 选择误差

仿生人具有与人类完全相同的外表和更加高级的身体结构，在抱脸虫的宿主检测系统中，不会发现仿生人与人类的区别，直到抱脸后才发现“上错了床”。

“第四次异形事件”里，抱脸虫攻击了仿生人考尔①，将口器深入考尔的喉咙后，发现这位没有呼吸，这才从她脸上脱落下来。

这种方式被认为是捕获活体抱脸虫的最好方式。

五、抱脸虫的寿命

抱脸虫完成胚胎注入后死亡，那么它的自然存活时间究竟是多久呢？

这个问题目前依然悬而未决。

抱脸虫很可能有固定的寿命，从它们脱离异形卵开始计算。发现宿主后，它们会不顾一切地迅速“抱脸”；而在宿主资源缺乏时，它们也会选择那些身体较为虚弱、健康程度不佳的生物。由此推断，抱脸虫的自然寿命并不是很长，它们必须在死亡之前完成胚胎植入。这也解释了为什么异形通常将宿主带回巢穴，放在异形卵附近。抱脸虫跳出后便可实施胚胎注入，从而缩短了抱脸虫寻找宿主的时间。

---

① 仿生人考尔：第三代仿生人普遍存在个性较强、易情绪化的缺点，被认为是失败产品。在政府大规模回收行动中，考尔漏网，远遁偏远星系，成为一名走私贩。为人善良，疾恶如仇，痛恨梅森·雷恩等人获取异形的行为。“第四次异形事件”后下落不明。

六、皇后抱脸虫

普通抱脸虫体内产生的胚胎只能发育为普通异形，而异形皇后则需要特殊的抱脸虫，被称为皇后抱脸虫。

皇后抱脸虫非常罕见，体形较大，棕褐色，已经具备了成年异形的骨节状尾巴，末端还有锋利的尖刺，具有强大的攻击力。

通常，异形皇后能产下一到两枚培育出皇后抱脸虫的卵，称为皇后卵。它们平时在主巢穴处于“淡定”状态，哪怕身边有可供寄生的宿主也无动于衷。当异形皇后遭遇危险时，产卵器从泄殖腔脱落，皇后抱脸虫便会从卵中跳出，爬到皇后的背部随之逃离。它们随时潜伏在皇后身边，一旦皇后遭遇意外，皇后抱脸虫就会择机出现，延续血脉，避免异形家族群龙无首。

“第二次异形事件”中，蕾普利在气闸舱将异形皇后推出“苏拉克”号[①]飞船，原以为大功告成，没想到皇后抱脸虫已经潜伏在飞船内部，藏得很隐蔽，身边还有一只普通的抱脸虫作为保镖。随后皇后抱脸虫用酸血腐蚀了蕾普利的睡眠舱，将异形皇后胚胎植入蕾普利体内。等飞船坠毁在“狂暴161监狱”所在星球时，“第三次异形事件”开始了。

人体育儿袋：异形胚胎

异形胚胎由抱脸虫植入宿主体内，寄生在宿主胸腔部位，异形生命周期开始由变态发育转变为胚后发育。

---

① “苏拉克”号：“康尼斯多加”级第13艘战列舰，殖民地陆战队最大的外层空间运输和战斗飞船，总长度超过385米，重量可达7.8万吨。

体长：0.2米

体色：灰白色

体重：1千克

一、胚胎发育方式

异形胚胎外表就像一条弹涂鱼[①]，除了梭状头部外还没有任何身体构造，此时“DNA优化选择”机制还未开始，可见异形的头部是与生俱来的，并不受宿主遗传信息的影响。

异形胚胎在宿主体内寄生是独立运行的一套机制，外面覆盖着一层羊膜，作为保护自身的“外衣”，同时也避免干扰宿主正常代谢，防止酸血秒杀宿主。

以人类为例，异形胚胎会与人类的血管相连，主要是靠近心脏部位的主动脉，吸收人体血液中的白细胞和养分，还有血液细胞中的DNA。同时，也会连接人类的其他器官，从肺部吸收氧气进行能量转换，从胃酸中摄取盐酸，从肝脏和骨骼中提取蛋白质等，调节自身营养。

这段时间，异形胚胎会发生变化，体形变大，内巢齿逐渐成形，“DNA优化选择”盗取的宿主遗传基因使身体具备了与宿主相近的身体构造。当营养摄取达到一定程度，异形胚胎完成了对自身的改造，破胸而出，异形诞生，宿主死亡。

二、胚胎发育时间

异形胚胎在宿主体内究竟需要多长时间，才能完成自身改造和营养摄取呢？这个时间长短不一。

“第一次异形事件”中抱脸虫从凯恩脸上脱离，到聚餐时间凯恩被破胸而死，经历了4~5个小时。

---

① 弹涂鱼：隶属于硬骨鱼纲、弹涂鱼科，能在泥、沙滩或退潮时有水流的浅滩或岩石上爬行，也称为跳跳鱼。

“第二次异形事件”，艾朋中士[1]在异形巢穴死尸堆里发现一名奄奄一息的女性宿主，此时已经与殖民地失去联系17天。

“第三次异形事件”，蕾普利体内的异形皇后胚胎，从寄生到破胸，超过了两天。

“第四次异形事件”，拉里·普维斯[2]在同期被寄生的宿主都死亡的情况下，至少多撑了6个小时。

排除部分胚胎先天痴呆的可能，可见异形胚胎发育并没有一个严格的时间段。

从以上案例中，能够大致推测出影响异形胚胎发育完成时间的因素：

- 宿主的健康程度：宿主越健康，胚胎发育完成时间越短。
- 营养摄取量：其间宿主吃得越多，越利于胚胎的发育。
- “男士优先”：女性体内的异形胚胎发育时间比在男性体内要慢一些。
- “尊老爱幼”：老人和孩子的身体机能比年轻人要差，因此异形胚胎的发育耗时也更长。

三、宿主的反应

尽管抱脸虫在植入胚胎的时候让宿主丧失这段记忆，但胸膛里多出这么一位，像恶性肿瘤一样不断扩大，宿主怎么会没有任何反应？通常情况下，人类并不知道自己已经成了异形的宿主，于是其间身体的不适在未经胸透的情况下，时常被误诊。

① 艾朋中士：密歇根州底特律前警长，加入陆战队后身经百战，担任殖民地陆战队“冥河行动”第二长官。爱抽雪茄，为人大大咧咧，与部下打成一片，对高曼中尉比较奉承，死于异形巢穴。

② 拉里·普维斯：Xarem星球镍币筑造厂的工人，返航途中飞船被走私贩劫持，成为培养异形的实验对象，体内存在异形胚胎。当得知情况后，对梅森·雷恩恨之入骨，破胸时抱住后者，与之同归于尽。

1．苏醒时分

宿主苏醒过来后，首先感觉到饥饿，大量地进食，其间并无症状，只是非常疲惫。

2．初期症状

表现为胃部不适，恶心，甚至呕吐，异形胚胎开始对宿主身体机能造成影响，但经常被宿主误认为吃坏了肚子。

3．晚期症状

异形胚胎身体基本成形，并不断在羊膜中活动，对宿主的影响越来越大。宿主会感觉到身体发热，呼吸困难，喉咙疼痛，伴随着剧烈的咳嗽，流鼻血，并且胃部痉挛越来越强烈，呕吐症状越发明显。这种情况会持续一段时间。

4．破胸阶段

异形胚胎完成自身改造，发育成熟，它们会努力从宿主胸口钻出。此时宿主身体已经不受自己控制，剧烈的疼痛导致身体抽搐、痉挛，伴随着胸口出现瘀血，口、鼻喷出大量鲜血。胚胎破胸时会阻隔宿主的气管，导致宿主窒息，意识逐渐模糊。最后，胸腔破裂，大量鲜血从胸腔喷出，宿主死亡。

前三个时期，宿主尚有生存的可能，可以通过冷冻或手术，将异形胚胎从身体里取出。但在破胸阶段，无论采取任何应急措施都为时已晚，宿主的命运已经不在自己手中。

四、宿主意外死亡

异形胚胎的寿命取决于宿主，如果前期宿主先走一步，胚胎得不到营养供应，就会随之死去。但在后期，胚胎营养摄取到一定阶段，从主动脉上脱离，此时异形胚胎将不在乎宿主死活，即使后者死去，异形胚胎依然可以吸收宿主肝脏和骨骼中的蛋白质，完成最后的生长。

“第三次异形事件”非官方报告中曾经记录，信使异形从一头牛中破胸而出（并非狗），而那头牛早已咽气，死亡原因很可能是胚胎变大后阻断了牛的气管。而“布维岛事件”如出一辙，铁血战士被异形皇后杀死，破胸者仍然照出不误。

血腥出生证：破胸者

破胸者其实是异形胚胎的最后一个阶段，也就是胚胎在宿主体内发育完整后，破胸而出闪亮登场的那一刻。

体长：0.3~0.4米

体色：灰白色

体重：9千克

一、血肉横飞

异形幼体就像人类的婴儿，刚刚脱离了宿主体内充满蛋白质和营养的温床，来到一个新的环境。它们身体外表的羊膜退化，身体羸弱，却又臭名昭著，原因并不是它们的外表有多么可怕，而是出场的方式——从人类的胸膛中钻出，令人无法接受。

人类婴儿的降生伴随着鲜花、掌声和欢笑，异形婴儿的诞生则伴随着血肉、惊叫和恐慌，宿主的死亡换取了一个新生命的诞生。这种突然死亡伴随着强烈的感官冲击，胸膛破裂，肌肉组织被抛撒到空中，鲜血飞溅，喊声撕心裂肺。这是超出了人类认知范畴的事情，旁观者会产生对异化现象的恐惧，通过交感神经传递到大脑皮层，导致呼吸加速、血管收缩、血压上升，增加心电的不稳定性，容易引起严重的心律紊乱，产生尖叫、颤抖甚至昏厥等现象。

二、如何破胸

为什么破胸者会从宿主的胸腔钻出呢？

异形胚胎在宿主体内发育完成后，开始蠢蠢欲动，挣脱了体表的羊膜，左右游移，打算闯出牢笼。破胸者体形过大，宿主狭小的胸腔空间会让它们感到难以施展，它们能感受到外界的环境，从而确定“越狱”的最短距离，就是宿主的胸骨部位。

破胸者会用它们锋利的牙齿咀嚼胸骨和附近的肌肉组织，使这个部位变得脆弱，这将导致宿主巨大的疼痛、痉挛、休克、失血。然后人人皆知，破胸者用力穿透宿主的皮肤，梭状的头部有助于减少肌肉组织的阻力，一跃而出。

“破胸”那一刻，不但宿主的胸腔肌肉被搅成一锅粥，脆弱的胸骨被粉碎性地破坏，也会使得宿主的肋骨断裂，向外弯曲，连同肌肉一同带出体外，动脉血管被拉断，血液大量喷出。这是一种极其野蛮的诞生方式，对宿主的身体造成了毁灭性的破坏，没有宿主能在“破胸”之后生还。

如果宿主是人类，通常很多人采取按住不断抖动的宿主，压住他们的胸部，企图阻止破胸者出世。这是一种非常错误的行为，压力会使破胸者变得更加疯狂，加快啃咬速度，更容易将宿主折磨死。不过，无论怎样做，死亡都只是早一刻晚一刻的问题。

三、破胸者特征

破胸者已经具备了成年异形的一些基本特征：内巢齿、骨节状的尾巴。它们的体表颜色与抱脸虫类似，呈黄色或黄绿色，表示破胸者外骨骼还未硬化，身体表面依然是一层薄薄的几丁质外膜。

破胸者没有肢体，只有前端分化出一对非常短小的前肢。它们的外表就像是一条臃肿的蛇，或者是一个大号的异形胚胎。

在破胸者中，仅有信使异形的破胸者是一个例外。它从四足动物体内钻出，就已经具备了成年异形的外形，四肢健全，就是个小一号的异形，刚生下就会跑。而它与其他破胸者的共同点在于，它的外骨骼依然没有发育完整。

四、破胸者习性

1. 逃生

如上所说，破胸者如同新生儿般脆弱，它们需要一个避风港，因此破胸者出世后，会立刻逃生。这是一种本能行为，就像幼海龟从卵中诞生后，会本能地从沙滩爬向大海。

破胸者跑路非常快，有力的尾巴是它们的动力来源，通过尾部的伸缩和摇摆驱动，身体迅速前进。富有弹性的腹部使它们拥有高超的跳跃能力，但破胸者不会爬墙，只能通过跳跃穿过障碍物。

通常人类被破胸后，所有人都被这突如其来的血腥场面吓得手忙脚乱外加晕倒，破胸者就会趁机逃走，见缝就钻，一眨眼的工夫踪影全无。

2. 进食?

由于破胸者发育为成年异形的速度很快，普遍认为破胸者需要某种形式的营养，但是否进食说法不一。

“第一次异形事件”，蕾普利发现自己的更衣室食品柜遭到“袭击”，现场一片狼藉，可能是异形在寻找食物。

但在更多异形事件中，几乎没有进食的可能性，因为没有食物来源。“布维岛事件”发生在南极洲的地下金字塔，在这种地方找吃的，无异于天方夜谭。而“普罗米修斯事件”中的抱体虫被关在医学舱中，飞速长大，也没有机会吃东西。

在不少案例中，死亡的宿主要么只是被开膛，要么身上留有成年异形撕咬的痕迹。虚弱的破胸者没有足够的力量啃咬宿主的尸体，而且它们的生存本能决定了破胸之后就立刻逃离现场，没见过哪只破胸者还留在宿主身边依依不舍的。

因此，研究人员推断，破胸者和抱体虫在食物短缺的情况下还能维持高速的发育，取决于体内的营养储存。也许它们在胚胎时期就已经在人体内吃饱喝足，一顿饭顶三天，不仅摄取胚胎必需的营养，还存储了足够的能量供应破胸之后的生长发育。

联想成年异形的能量储备功能，破胸者的这种行为完全可行，这种超乎寻常的能力，倒也符合异形一贯的逆天本色。

死神诞生：成年异形

几小时内，破胸者就会成长为成年异形，没人知道它们是如何快速变化的。研究人员猜测，它们的发育变化类似从蝌蚪变成青蛙。

一、蜕皮

破胸者会经历一次蜕皮，来完成生长发育。

一般而言，破胸者身体会逐渐长大，行动能力减缓。它们会躲藏在一个阴暗、相对宽敞的地方，体表的几丁质膜被撑开，异形从体膜内爬出，蜕下的皮马上风干。

刚刚完成蜕皮的异形，是最虚弱的时候，此时它们的体形还不算大，外表长出一层薄薄的透明外骨骼，头部光滑。通常异形会留在蜕皮的地方等待身体发育成熟，如果有危险靠近，它们会用喷酸的方式自卫。

二、成年异形的发育

蜕皮之后，异形迅速发育，体形变大，外骨骼硬化，成长为一名真正的杀手，开始了血雨腥风的猎杀生涯。随着时间的增加，成年异形头部那光滑的骨质层会脱落，脊状的头骨直接外露。

青春期是人类的发育期，异形也一样，但人类只有一次发育期，异形还有二次发育的机会。

1．二次发育

异形的二次发育就是从普通异形升级为高等异形。

大部分异形无法进行二次发育，因为在每一个异形部落中，仅允许有一个异形皇后。为保证异形森严的社会制度，异形皇后会散发出一种特殊的信息素，使其他异形的生殖器停止发育，抑制异形生长，限制它们的生育。

异形进行二次发育取决于两点：

● 异形皇后死亡，信息素消除，异形继续生长。

● 个别身体机能和智商突出的异形，会被异形皇后“特赦”，进行二次发育，前提是必须在异形皇后的信息素控制范围之外。

异形的二次发育需要再完成一次蜕皮。其实，与其说是蜕皮，倒不如说是结茧。当异形发育到一定阶段，它们会像冬眠一样蜗居在巢穴里，外骨骼表面形成一层厚实的硅化物，将之包裹起来。一段时间后，外壳破裂，发育完成的异形焕然一新，成为高等异形。

2. 高等异形

高等异形头部有了明显的变化，梭状头部变成了扇面形，前额部位头冠整体分离，体形也变得相当巨大，是普通异形的两倍，有蜥臀类恐龙（暴龙）一样的行动方式，智商和身体机能也大大增强。

异形的二次发育属于“纯种族发育机制”，在它们身上已经很难看出宿主的痕迹，使得血统更加纯正，种族观更加纯粹。

个别异形甚至会完成三次发育。

高等异形与皇后平级，不再受信息素的制约，体形会越来越大，生理特征和精神属性也会越发高级。暂时不知道高等异形开始三次发育需要多长时间，可以肯定的是，它们需要相当长的时间和足够的能量，才能第三次发育。

异形的三次发育相当罕见，甚至几个异形部落中也不会出现一个。

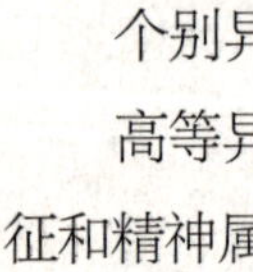

优蓝血统：神仆

“普罗米修斯事件”中，那只以巨人族工程师为宿主的小蓝怪——神仆，使研究人员产生了浓厚的兴趣。因为神仆的生命周期和外形都与异形极为类似，很有必要拿出来单独考证。

一、抱体虫

与异形抱脸虫类似，神仆生命的第一阶段就是抱体虫。

抱体虫的英文名字为“Trilobite”，意思为三叶虫，因其身体具有与三叶虫相似的纵横三分结构而得名。

1. 偶然诞生

抱体虫的产生具有偶然性，首先仿生人“戴维8”从巨人族飞船中带出了“黑水”，偷偷放入了考古学家查理·哈罗威①的酒杯中，哈罗威因此感染“黑水”。随后哈罗威与妻子伊丽莎白·肖②做爱，被感染的精子就此进入肖的体内，与其卵细胞结合，诞生了一种新的生命体，就是抱体虫。

抱体虫具备了异形高速新陈代谢的特点，在肖体内发育得相当快，几小时后就要“瓜熟蒂落”了。肖不得不在科研舱的全自动手术平台上完成了剖腹产手术。从其体内取出的抱体虫刚开始被一层羊膜包裹，身长大约0.7米，就像一只得了白化病的章鱼，没有眼睛，有十条触手，极度恶心，被肖冷冻在了手术台上。

2. 外形特征

短短几小时，抱体虫便发育为一只体长超过3米的巨型怪物，从外形看更像是巨型海星，身体为双层结构，分布着五对巨大的触手，背部为明显的三叶状，分布着两个出气孔。在抱体虫的内层身体中央是海葵状的口器，牙齿锋利，很像异形的内巢齿。口器周围分布着六道凹槽状的器官，能吐出六根细长的触手。

---

① 查理·哈罗威：考古学家，相信科学而非宗教，声称愿意为寻求答案付出一切代价，被“黑水”感染后发生变异，被杀。

② 伊丽莎白·肖：英籍考古学家，哈罗威的妻子。自幼父母双亡，个性刚强，对巨人族产生了浓厚的兴趣，但因一次浪漫酿成大祸，所幸逃出生天。“普罗米修斯事件”唯一的人类生还者。

3. 抱体巨人族

肖后来被幸存的工程师追赶，打开了科研舱的门，抱体虫冲出来袭击了工程师，用强有力的触手缠住工程师的身体，又用六根触手“锁牢”了工程师。最后，抱体虫口器中伸出了一根“腕足”状的导管，末端呈舌状，插入了工程师的口腔，深喉植入胚胎。

几小时后，工程师胸膛破裂，一只蓝色的神仆诞生。

二、神仆

1. 幼年外观

这是一只幼年的神仆，外形与异形类似，直立行走，通体呈蓝色，具有与异形类似的外骨骼，肋骨状的胸部，纤细的手臂和腿部，似乎还未硬化。不同之处在于，神仆的头部不像异形的梭状造型，而是圆锥状。

神仆同样没有眼睛，有“口中口”结构，但与异形的内巢齿差异明显。神仆拥有人一样的牙齿，内部有一张与外部结构相近的口器，似乎摆脱了异形用内巢齿穿透猎物肌体的捕食方式，采用撕咬，从外露的咬肌来看，它的咬合力要高于异形。

2. 成年推断

从它的宿主巨人族判断，神仆成年后体形在3~4米，与工程师相仿。这个物种的资料也就这些了，这中间有30年的空白期，不能确认神仆是否会进化为异形。从它的生命周期和身体结构来看，神仆更有可能是异形种族的一个亚种或分支。

但是，这种与异形有着同样杀伤力的生物最后到哪里去了？它的族群是否得到繁衍？它与异形有怎样的联系？在空白期资料出现之前，仍然是个谜。

SURVIVAL HANDBOOK FROM ALIEN

第二章

绝命异煞——异形身体属性解密

异形的DNA片段除了记录自身遗传信息，还有一段DNA空白链，被称为“上帝禁区”。这段空白链会记录下宿主的优质DNA信息，将其转移到异形的DNA中。

它们没有眼睛，神学上说，透过眼睛能看到灵魂，没有眼睛就意味着没有“灵魂”，变得不可预知。

因为没有双眼的视场重叠，异形不会产生立体视觉效果，对它们而言，世界是平的。

异形皇后通过吼叫或信息素的传播，给异形下达任务，被称为“皇后的订单”。同时，异形种族还拥有一个主脑——“虫巢意识”，也就是集体意识、传心术和心灵感应。

择优撷英：基因盗贼

异形的遗传适应性最能体现它们的强大。它们的适应能力，很大程度上取决于“基因盗贼”的特性。

一、DNA优化选择

DNA优化选择又称“水平基因转移”。异形胚胎寄生期间，会从宿主那里继承一些基本的物理特性，破胸而出时会具有宿主的基因特征，外形也随之发生改变，这就是“DNA优化选择”的结果，使得异形不断进化，充分适应各种环境，包括大气成分、温度和湿度。

寄生期间，异形胚胎会附着在宿主的胸腔部位，那里有大量主动脉，可以获取营养物质，同时吸收宿主血液中的DNA。

1.“上帝禁区”

异形的DNA片段除了记录自身遗传信息，还有一段DNA空白链，被称为“上帝禁区”。这段空白链会记录下宿主的优质DNA信息，将其转移到异形的DNA中。

转移过程中，异形的DNA会保留自身主要的优质遗传信息，如寄生方式、内巢齿和酸血，而被替换的DNA包括宿主的显性特征（如身体结构）和隐性特征（如代谢系统构造，甚至智商水平）。届时，异形的DNA焕然一新，使得异形能够立即适应宿主生存的环境，同时比宿主更加高级。

通俗地讲，“上帝禁区”就像一只U盘从其他电脑上源源不断地拷贝高质量信息到自己主机上。“上帝禁区”会记录下每个宿主的优势基因，反复使用。这是一个层叠累加的过程，通过对不同物种的寄生，不断替换垃圾DNA信息，吸收优质DNA，使自己变得更加高级。

2. 铁血异形案例

异形通过寄生在铁血战士体内，吸收了后者的优质DNA，使得铁血异形从外形上保留了一般异形的特征，又具备了铁血战士的特征：高大的身躯，柳条状的头发，下巴部位标志性的颌骨，以及局部黄绿色斑点的皮肤。

3. 神仆案例

“普罗米修斯事件”中的神仆，则是由抱体虫寄生了一个巨人族后从其体内破出，遗传了巨人族的身体结构，两足站立，体表继承巨人族生物性外服①的蓝黑色质感，这是“DNA优化选择”的典型显性特征。

4. 人类案例

从“第一次异形事件”开始，人类接触的大部分异形，之所以与人类身体构造差不多，归根结底还是因为异形选择了人类作为宿主。人类经过数百万年的进化，才拥有了适应地球的结构，转眼就被异形“复制一粘贴”了。这导致人类与异形之间关系很微妙：有遗传无血缘，猎杀关系中又存在继承，恐怕只有异形这种基因盗贼才能做成这件事情。

---

① 生物性外服：依靠纳米技术研发的外套，与人体的表皮细胞融合，连接肌肉神经和大脑中枢，增强人体机能和抗击打能力，而且具有记忆功能，堪称“第二皮肤”。

二、克隆遗传

克隆遗传是一个特殊的例子，基于异形基因所生成的新物种，会显示出前物种的基因特性，而这种特性都为显性，将自身的优势基因遗传给新的物种。

1．“蕾普利8号”案例

“第三次异形事件”中，蕾普利携带异形皇后的胚胎跳入“狂暴161监狱”[①]的熔炉自尽。维兰德-汤谷公司科学部负责人在蕾普利死去的地方采集到了她的血液样本，开始着手克隆，以取得蕾普利体内的异形皇后胚胎。

为了增加胚胎的成活率，梅森·雷恩博士[②]加重了异形基因在蕾普利血液中的透析度，一连七次克隆出了半人半异形的基因怪物，直到第八次，终于克隆出蕾普利的完美实验体，称之为“蕾普利8号”。她被认为是该项目的副产品，却意外显示出了一些非常有研究价值的特性。

“蕾普利8号”虽然外表没有改变，但已经不能称为“人”。“蕾普利8号”遗传了异形的酸性血液，而且血液对她的皮肤和身体没有任何损伤，因此“蕾普利8号”的代谢功能和细胞元素组成已经与异形完全相同。

她拥有了异形的超视觉感官效应，能够感知异形皇后的呼唤，并察觉异形的活动，辨认出携带异形胚胎的宿主。她的身体力量和平衡性极大增强，一人能打趴下两位壮汉。

2．变种皇后案例

上面说的异形皇后也不能算作传统意义上的异形，样子没有变化，体

---

① “狂暴161监狱”：坐落于菲奥娜星球的C类劳改监狱，是炼铅和镍的工厂。这里环境恶劣，夜晚温度下降到零下40摄氏度。“第三次异形事件”发生时，这里已然成为三不管地带，设备老旧，仅能提炼天然甲烷，并关押着25名双Y染色体的重刑犯。

② 梅森·雷恩博士：蕾普利克隆项目负责人，自私自大，曾混迹于“蕾普利8号”的团队逃生，最终自食其果，被破胸者穿透头颅死亡，死得“轰轰烈烈”。

内却遗传了人类身体的结构，产生了子宫，从子宫单性繁殖出了新品种异形——“逆种”。

“克隆遗传”是“DNA优化选择”的一个变种，“蕾普利8号”保留了人类的情感和智商，也拥有生前的记忆，异形的体质只是让她更加优化。而异形皇后更神，不但保留了异形的特性，还进化出人类的生殖系统。子宫发育成熟后，就不再需要宿主进行繁殖。这是一种高度进化的本领，通过基因混合实现双赢，可以窥见异形这种生物在物种进化选择方面的优越性。

超视距制导：异形密码

一、外表特征

1. 骨骼外露

就像甲壳类动物一样，异形披有“盔甲”一样的外骨骼，包裹住发达的肌肉，一根根管状物环绕在外骨骼上，看上去就像街头非主流艺术家用橡胶管和人骨拼凑成的艺术品，怪异而丑陋。

异形的外骨骼有着明显的生物力学特征，如粗壮的胫骨和较长的腓骨，跟腱部位清晰可见，行动相当灵活。

2. 体色

异形喜欢黑暗，决定了它们暗色调的体色。绝大部分异形身体呈亚光黑或深蓝色，也有部分显示为褐色和青铜色。不过随着越来越多的异形突变品种被发现，异形的体色就像掉进了大染缸，变得五颜六色起来。

然而异形并不赶时髦，一种异形通常只有一种体色，这纯粹是适应环境进化出的体色，不会像花大姐一样把自己打扮得花枝招展。异形会进化出亚光色的外表，即使光线照在身上，也不会反光。

二、身体构造

异形与地球上的陆生哺乳动物类似，分为头、颈、躯干、四肢和尾巴五部分。

1. 头部

异形的头部呈长条梭状，是视觉上的直接恐惧来源。因为这种形象超出了人类的常识，令人非常恐惧和不安。

异形的头部称为“头冠”，分为前额和后延。前额是一个光滑的额头，整体呈水滴状，占整个头部的1/4，与后延的组合好似F-22战斗机的一体化座舱盖，完全符合空气动力学特征，运动中可以有效减少空气的阻力。大部分异形的头部“整流罩”与体色融合，小部分呈透明状，可以看到内部层叠脊状的头盖骨，由此可以判定，异形的头部顶端只有薄薄的一层骨质层。

一些特殊异形，如异形皇后，头部形态各异，并不具备以上特点。

它们没有眼睛，神学上说，透过眼睛能看到灵魂，没有眼睛就意味着没有“灵魂”，变得不可预知。

2. 颈部

异形的颈部大概是唯一没被外骨骼包裹住的部分。

异形的颈部肌肉发达，以支持硕大的头部灵活转动。两边有两块凸出的呈扇面状的肩胛骨，是异形身上最厚的部位，连子弹也无法穿透，有效地保护了没有骨骼的颈部。

“第二次异形事件”中，威廉·高曼①中尉用9毫米手枪近距离射中了一只异形的肩胛骨，竟然迸出火星，子弹被弹飞了。

---

① 威廉·高曼：年轻的中尉，在“第二次异形事件”中是陆战队的首领，之前仅仅有过38次模拟飞行和一次实战的愣头青，被队员私下称为“笨蛋小白脸”。在被异形追赶的情况下，返身去救受伤的珍妮特·维斯克斯，最后两人引爆一颗手雷，与异形同归于尽。

3. 躯干

异形的躯干与人类相似，主要有三个特征：

- 如人类肋骨一样包裹的胸腔部分，背部有外露的脊椎骨横突。
- 背部两对向后突出的背刺，分列肩胛骨后下方，呈对称分布，异形皇后的背刺为三对。异形的背刺大多呈弯曲筒状，上面布满了条纹，末端有气孔，是异形的感知器官。
- 有的异形除了四根背刺，颈部后端居中的位置还有一根向上突起的“倒刺”角质物，位于两根背刺之间，就像脊椎骨的延伸，被称为“次生脊椎”。目前还不清楚次生脊椎的用途，但这是鉴别异形性别的最好方式。

信使异形背部没有背刺，肋骨包裹住了背部，显得光滑平整。

4. 四肢

异形的四肢修长，肌肉纹理清晰可见，手臂上的肱二头肌、肱桡肌和大腿上的股四头肌部位是密集的横纹状构造，就像发达的肌肉撑破衣服一般，呈现出一种机械化风格，以抽象派的审美眼光看，这种造型相当时尚。

异形的四肢与人类大同小异，但骨骼比例与人体不同，手臂上的尺骨和小腿上的胫骨比人类要长一些，这样的结构更适合爬行，而站立时有点像踩高跷。

异形的手指修长，手指间生有发达的蹼，适合攀爬墙壁、下水游泳。它们的踝关节发达，保证了强大的冲刺能力。手掌和脚掌部位分布着厚厚的角质层，如同猫趾底的脂肪质肉垫，令异形行动时悄无声息，使其成为强大的潜伏偷袭者。

5. 尾巴

异形的尾巴与外露的脊椎骨相连，尾巴上没有肌肉，布满了分节状的椎体横突，犹如恐龙化石，末端是锋利的尖刺。

异形的尾巴长短完全取决于身体的发育状况，大部分异形的尾巴长度都保持在身高的2/3左右，最长可以与身高相当，甚至更长。

三、身高体长

异形的身高没有准确的答案。一方面，异形品种繁多，就连同类异形也是高矮参差。另一方面，异形行走时总喜欢“驼背”，这是由于异形的胫骨很长，需要靠尾巴支撑地面才能保持平衡，此外异形要时刻保持背刺处于身体上方，以便察觉周围的风吹草动。

根据目测，可以大致归纳出几种主要异形的身高区间，仅供参考：

雄蜂异形：2~2.5米

信使异形：2~2.2米

战斗异形：2.8~3米

禁卫异形：3.8~4米

异形皇后：5米以上

四、视觉

异形没有眼睛，是否意味着异形是盲人？

“第四次异形事件”中，乔纳森·戈德曼博士①隔着玻璃窗与一只异形“对视”，并用液氮惩罚了它。当他再次将手悬在冷冻液开关上时，那只异形立刻安静下来……

另外，曾经有人在铁血战士的飞船里发现了异形的头骨，并拍下了照片，显示在异形前额的两侧，有两个类似人类眶骨的结构……

这样一来，可以确定异形是有视觉的，但它们的视力又是怎样的呢？异形可以在黑暗中发现猎物，但眼睛又隐藏在前额骨后，就像戴了副墨镜。它们是如何发现猎物的呢？

它们的眶骨位于头部两侧，跟蛇的结构类似，这就导致异形只能看见两旁，看不见正前方。但异形光滑的前额骨，好比眼球的晶状体，可以用

---

① 乔纳森·戈德曼博士：梅森·雷恩的下属，蕾普利克隆项目首席科学家，在他的主张下，“蕾普利8号”没有被销毁，并称后者为“她”而不是“它”。异形暴动后被异形掳走，引诱逆种杀掉了自己。

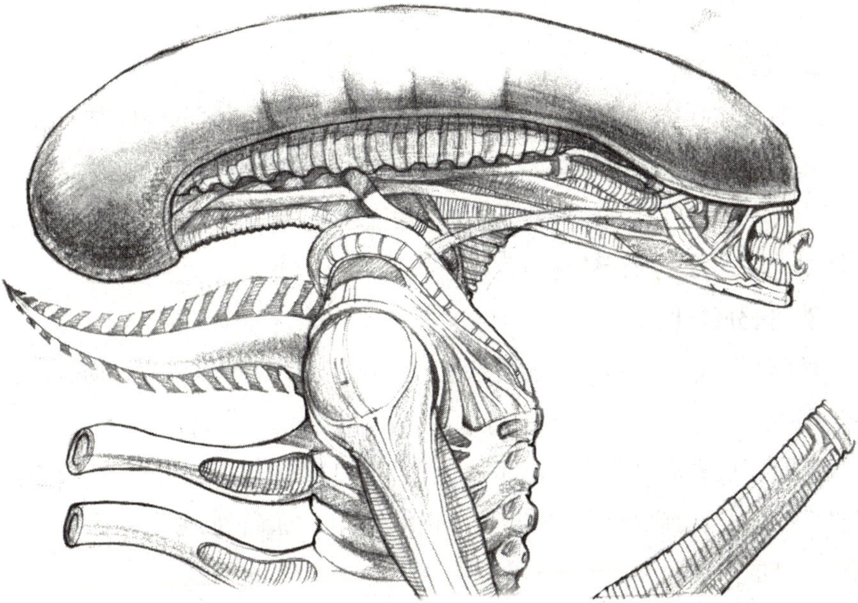

来收集光线，再投射到前额骨上。根据前额骨的弯曲度，可以断定，异形的视野比人类更加宽阔，前方180度的范围几乎没有盲区。因为没有双眼的视场重叠，异形不会产生立体视觉效果，对它们而言，世界是平的。

可以说，异形视距不如人类远，但视野比人类广，这是一个独特的构造。它们的视力究竟如何，黑暗中是否会像猫一样通过瞳孔变化收集光线，我们不得而知。可以肯定的是，异形肯定还会采用其他方式来定位猎物。

五、嗅觉

假如视觉不是异形的主要感官，那么嗅觉一定为首要感官。

异形的嗅觉高度发达，早期人们认为异形是通过猎物的体味来确定位置，但随后发现，它们不仅依靠体味，更可以嗅到生物体内散发的信息素，包括利己素、利他素、信号素等。异形正是通过辨识信息素，来区分猎物。

1. 定位猎物

人类和其他动物通过汗腺、唾液、尿液散发的信息素又称费洛蒙。异形根据空气中的信息素掌握猎物的踪迹，即使猎物藏得再隐蔽，异形也可以找到。

2. 猎物信息

异形可以根据这些信息素掌握猎物的身体条件，区分健康与不健康的、强壮与虚弱的，目的是为了寻找优良的宿主。同等条件下，强壮的、健康的人类会被优先带到巢穴，供抱脸虫寄生，老弱病残孕的人类则被异形就地处决当作食物，补充能量。

3. 区分彼此

异形可以通过自身特有的信息素来区分彼此，还可以察觉猎物是否已经被寄生。

“第三次异形事件”里，那只信使异形就察觉到蕾普利体内有一只异形皇后胚胎，因而放过了蕾普利。两百年后，“蕾普利8号”只用鼻子就闻出了身体携带异形胚胎的倒霉蛋。

六、背刺的作用

异形的背刺是一种呼吸器官，但异形有四根背刺，一边两根，全都用来进行气体交换就有些浪费了，人类也只有两个鼻孔而已，因此背刺一定还有其他功效。

关于异形背刺的功能，大概是研究报告中最为天马行空的，下面就是对背刺的几种可能性进行的分析：

1. 呼吸器官

这是首先被证实的。顶端的棘状气孔相当于“气管”，内部有过滤装置，过滤掉大气中的其他元素，吸收氮气和氧气，转变为身体能量，并且排出体内废气。

常见的成年异形没有肺部，依靠背刺进行气体交换，但信使异形没有背刺，它们的宿主是狗或者牛这样的动物，因此信使异形可能在“DNA优化选择”过程中遗传了宿主的肺部，使用肺部呼吸。

2. 助推器

异形的背刺有点像鲸头顶的喷气孔，位于身体上方。异形又是一种非常善于游泳的生物，因此背刺可以在水下发挥很大的作用，更利于它们浮上水面进行气体交换。

另外，还有一个不太靠谱的猜测，异形游泳时，背刺上端气孔是朝向后方的，背刺可以吸入水向外喷出，成为“推进器”。

3. 听觉器官

背刺可以当作“耳朵”使用。有证据表明，异形可以利用“回声定位”确定猎物的方位，就像蝙蝠和鲸。在几起生还者报告中，都提到了异形会发出“咝咝”的声音，这种叫声很可能是异形发出超声波定位，而背刺就是接收信号的器官。

4. 空速管

背刺好比昆虫的触角，与中枢神经联网，非常灵敏。背刺顶端能感触物体，感觉气流，人类走动时产生的气流波动，就会使异形察觉有人类接近。

5. 卫星天线

背刺可以接收电波和追踪目标。异形很可能像鲨鱼一样，通过接收猎物体内的生物电场，检测到生物心脏跳动。假如这个说法成立，异形为什么总是能够找到躲藏的人类，也就不奇怪了。

6. 身份识别

因为异形没有汗腺，背刺可以发出信息素，用于区分彼此，寻找巢穴。

7. 网络接口

“第二次异形事件”中，陆战队员发现异形紧紧贴在巢穴的墙壁上，背刺与巢穴相连。就像一台电脑连接到局域网，背刺与巢穴连接，能够与主巢中的异形皇后和其他异形进行信息交流，并与巢穴进行热量交换，保持巢穴的干燥和热度，同时维持自身的体温，感知巢穴内温度和气流的变化。

8. 实力划分

背刺的大小长短被用于划分异形的强弱。背刺较短小被认为是实力相对较弱，比如雄蜂异形；背刺很长很粗壮是强者的象征，比如禁卫异形和异形皇后。

9. 搬运工具

背刺的最后一个用途跟感官没有任何关系，四根背刺向斜上方伸出，可以用来搬运抱脸虫（“BG-386事件”）。抱脸虫会爬上成年异形背部，像蜘蛛一样钩住四根背刺，异形将它们运载到猎物存在的地方，制服猎物后让抱脸虫寄生。这种方式要比将猎物活捉后拖回巢穴方便得多，成年异形每次可携带1~2只抱脸虫。

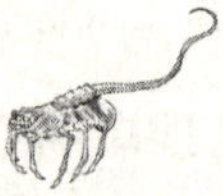

超异能感官：精神属性

一、第六感

第六感也称“超感官知觉”，是常规感觉之外的特殊感知能力。对于异形的第六感研究，就像用现代科技对人类第六感认知的研究一样，仍不甚明了。但对“蕾普利8号”的研究，能大致了解异形的这种超能力。

“蕾普利8号”在篮球场上的中线附近，背身将篮球准确投入篮圈，简直完爆美国职业篮球联赛（简称NBA）众球星。

在“御夫座”号①人造重力的环境中，人类是无法察觉飞船的匀速飞行的，这是一种相对运动，与人类在地球上感受不到地球自转一样，但具有异形基因的“蕾普利8号”可以察觉“御夫座”号从停止到行驶的过程。

① “御夫座”号：集军事与科考于一体的巨型空间飞船，长3657.6米，宽718米，高628米，船长马丁·佩雷斯将军秘密从事异形研究，飞船于南非上空坠毁。

研究人员猜测，异形可以透视密封或遮挡的物体（如双面镜），察觉另一侧物体的存在，甚至可以预知危险发生。

二、虫巢意识

异形是一种以氏族生活为基础的生物，首领就是异形皇后。皇后通过吼叫或信息素的传播，给异形下达任务，被称为“皇后的订单”。同时，异形种族还拥有一个主脑——“虫巢意识”，也就是集体意识、传心术和心灵感应，相当于异形人手一部移动电话，要比“通信基本靠吼”先进多了。但我们暂时还不了解虫巢意识的信号范围。

BG-386事件中，被囚禁的异形表现出营救异形皇后的强烈欲望和动机，当“杀人蜂6号”[①]第一个逃出牢笼，异形皇后也第一时间得到信息，通过虫巢意识告诉“杀人蜂6号”自己所处的位置，令其前来解救。

三、他者链接

异形之间可以通过虫巢意识进行交流，那么异形与其他物种能否建立这种心灵感应？这种可能性也是存在的。

异形会通过信息素或其他方式，察觉那些意志力相对薄弱、大脑抵御机制非常弱的人，与他们建立精神链接，并引导他们自投罗网，省时省力。

同时，异形也可以扮演“教唆犯”的角色。“第三次异形事件”中，一个犯人目睹信使异形的可怕外表和两位狱友被杀，变得精神恍惚，大脑防御机制降至最低。异形察觉到这一点，与他建立了精神链接，最终，这名犯人杀掉了看守大门的狱友，放出了异形。

---

① “杀人蜂6号”：一只非常特别的雌性异形，从出生开始就不走寻常路。从宿主胸部钻出后，它发现前面有透明玻璃罐子罩着，此路不通，改从宿主头部钻出。成年后，“杀人蜂6号”从身体机能和智商都要高于同类，杀死无数陆战队员和三名铁血战士，最终进化为新的异形皇后。

四、智商

异形的智商普遍不高，成年异形被认为与地球上的灵长类动物相当，但随着等级的提升，智商也会随之提高。

不过异形再怎么努力，智商也绝对达不到人类水平。人类具备逻辑推理、逆向思维、创造、反省自我、科学研究等能力，异形显然达不到这个高度。异形可以进行简单的逻辑思考，但非常肤浅，它们的学习能力很强，高于逻辑思考能力，算是天天向上的学习型生物。

1. 学习

脑袋很大并不意味着脑子好使，比如恐龙的智商就不咋的。异形的大脑位于梭状头部靠近前额骨的部位，里面充斥着厚厚的皮层，脑容量并不大。不过，异形能够把感官，尤其是视觉感受到的各种信息输入脑中，分类排比，最终使智力升级。也就是说，异形存活时间越长，接触的信息越多，智商也就越高。

“第四次异形事件”中，牢房里的一只异形想要用内巢齿击穿钢化玻璃，戈德曼博士随即用冷冻剂惩罚了它，零下196摄氏度的液氮让那只异形连连惨叫。

接下来，异形展示了它们优秀的学习能力。异形暴动后，一名士兵走进牢房查看情况，异形就来到了冷冻液开关旁拿他开刀，这个倒霉蛋顿时被冻成了冰块儿。

2. 战术运用

“第二次异形事件”中，在殖民地筑巢并生活了很长时间的异形表现出了较高的智商，会运用战术对陆战队进行围剿和偷袭，也会潜伏到登陆机上杀死飞行员，破坏掉陆战队的逃生工具。

面对四台UA 571-C动态感应自动重机枪，异形初次进攻不利，转而利用通风管道攻了进来，大开杀戒。

3. 设陷阱

最可怕的是，异形会察觉人类的欲望，设下陷阱。

“第四次异形事件”中，“贝蒂”号[1]走私船船长弗兰克·埃尔金[2]就死于异形设下的陷阱。这位老哥嗜枪如命，逃跑时也不忘捡起地上的“沙漠之鹰”，结果被埋伏在地板下的异形扎了个透心凉。

异形还会利用人类逃生时喜欢抄近路的心理，逼迫他们潜水至电梯。在水下，两只埋伏的异形将一名女队员杀死在了水里。而当他们到达电梯口浮出水面时，发现这里是异形的巢穴，布满了异形卵。

4. 皇后总指挥

异形皇后生存的时间更久，智商也更高级，表现得极其聪明。

它会破坏掉主控电源，阻止人类逃生，又搭乘电梯追杀蕾普利。由此可推断，异形使用的战术和设下的陷阱，是异形皇后的杰作。

5. 智商的差异

总体而言，异形的智商与灵长类动物相当，但也有例外。就像人类一样，智商有高下之分，个别异形会表现出超出同类的高智商，比如那只天才异形“杀人蜂6号”。

三花聚顶：异形寿命几何

一次偶然的机会，科学家们发现了异形身体结构的一些端倪，那就是它们的头部，从光滑的水滴状到脊状头骨外露，大致能判断出一只异形究竟存活了多久。

① “贝蒂”号：空间未注册走私船，服役时间可能超过200年，经常需要大修，用“蕾普利8号”的话来说，这坨废铜烂铁可能比我还要老。船员6人，为“御夫座”号非法运输冷冻人体。

② 弗兰克·埃尔金：前陆战队成员，看中了走私行业的高利润，摇身一变，成为走私贩的头头，为人机智，有魅力，人生三大爱好：抽烟、喝酒、捡枪。

1. 脊状头部

通常而言，从胚胎——即便是异形皇后的胚胎——再到破胸者，这期间异形的头部都是光滑的，是一层薄薄的骨质层。这种结构使它们破胸时可以减少与人体肌肉组织的摩擦，更利于顶穿宿主的胸腔。

成年之后，异形的骨质层依然会存在一段时间，随着时间推移而逐渐退化，露出密集层叠鳞片状的头骨，中间一根脊椎般的骨头被称为“脊状骨”，将头冠一分为二。

光滑的骨质层多长时间才能脱落，暂时还没有答案。可以肯定的是，那些头部光滑的异形一定是长大没多久，尚属于青少年，而脊状头部外露则说明它们已经存活了一定时间，“辈分”比较高，因此脊状骨也被称为“武士脊”，是久经沙场的象征。

脊状骨越粗，两旁的鳞片状骨质越宽，层叠越稀疏，异形的存活时间便越长。

2. 王冠头部

随着摄取能量的增加，头部皮层会越来越厚，头冠后延也会慢慢变大，进而脊状骨出现次生，向两侧各分化出一根，异形头部逐渐由梭状变成扇面状，鳞片状骨骼分层也愈加不明显。逐渐地，异形的前额与后延分离，前额隐藏到扇面状的头冠后延中，宽厚的骨质可以更好地保护不断变大的脑部，表现出物种生存的进化特点。

目前，在所有的异形事件中，禁卫异形和异形皇后都具备了扇面状头冠，形状像一座“王冠”，说明它们的存活时间已经相当长了，拥有这种头冠造型也被认为是高等异形的象征。

异形的头部甚至还会发生第三次变化，“脊状骨”次生为五根。

LV-1201星球[①]上，人们曾经发现过一只“头冠后延为五根脊状骨”

---

① LV-1201星球：维兰德-汤谷公司探索LV-426时偶然发现的地外行星，是一颗沙化星球，原始生态已被沙暴破坏，星球上的动物进化出超强的适应能力。该行星上有铁血战士遗留的神器，人类之后在此建立殖民地，目的是研究异形和盗取铁血战士的科技。

的异形，比异形皇后还大，整个星球上只有一只。

这种异形被称为“圣尊”，统治着整个异形星球。从它那超大的扇面状头冠来看，“圣尊”已经相当老了。

吃人不吐骨头：异形猎食特点

尽管与一架“死亡收割机”别无二致，但异形终究是有机生物，一切生命活动离不开能量，也需要进行能量补充，比如毫无保留地成为一名吃货。这一点大概是全宇宙生物的共同点。

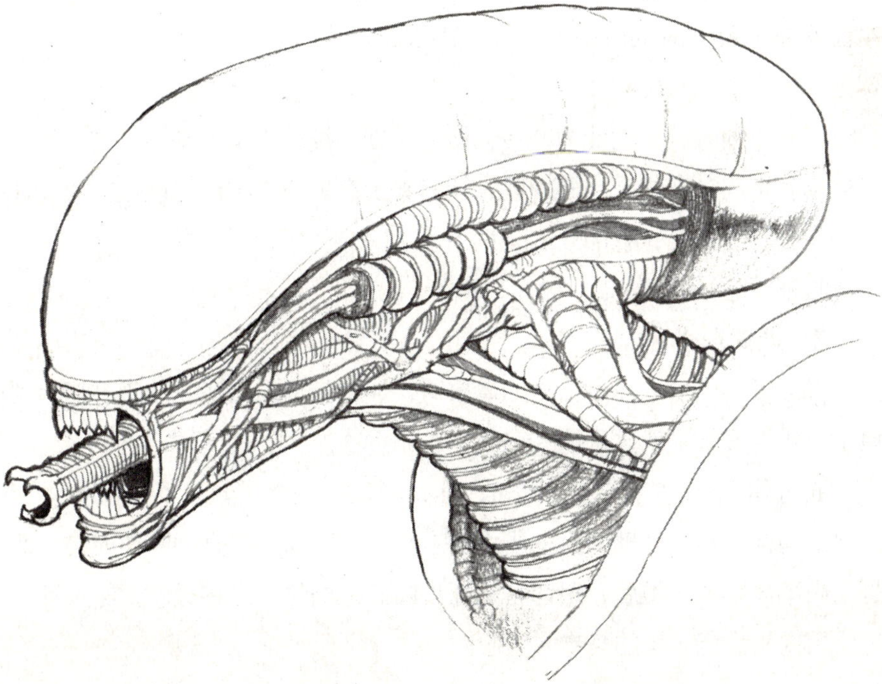

一、内巢齿进食

单瞅这副龇牙咧嘴的外表，小学生都能看得出，异形绝不是吃斋念佛的善男信女。

异形拥有与人类相似的颌骨，牙齿呈半透明状，物质组成为极化硅和钠，非常坚硬。异形的牙齿也分为门齿、犬齿和臼齿，两旁的灰白色咬肌、颞肌、翼外肌直接外露，很不卫生。异形的犬齿非常发达，牙齿也会随着成长变得锐利无比。

它们的菜单包括了人类在内的所有有机生物，摄取猎物身体中的碳化合物供应生长。

1. 内巢齿

内巢齿说穿了就是异形的喉咙，却能从嘴里伸出来，顶端是一个牙齿锋利的口器，构成了异形“利齿双唇”的变态设定。内巢齿整体呈管状，非常柔软，但布满了肌肉。平时隐藏在嘴中，攻击猎物时，肌肉充能，内巢齿便如弹簧一般从口中“发射”出去，有力地插入猎物的身体，极为震撼。

异形以凶残的穿刺能力闻名，所到之处，满地都是残缺不全的尸体，有的胸腔爆裂，有的缺胳膊少腿，死者身上有着不规则的深度创伤面，血液和内脏到处都是，有的连脑袋也下落不明。问题在于，异形是怎么用内巢齿吃东西的？

2. 进食方式

异形捕食体形较小的猎物如老鼠时，通常弹出内巢齿咬住猎物，拽到口中，猎物看起来就像是被真空吸尘器吸了进去。

面对体形较大的猎物，比如人类，异形无法将其直接吞入口中，但内巢齿同样具备“处理”大型猎物的本领。异形通常不直接咬住人类，而是用内巢齿杀死人类后，用锋利的牙齿咬碎人类的肌肉和骨骼，像吸管一样，用内巢齿将小块的食物吞进腹中。

二、高效高耗能

异形不与外界进行热交换，代谢利用率非常高，能量几乎全部用于运动和身体生长。而异形又是一种身体机能非常强大的生物，高度的敏捷和强大的力量也相当耗能，导致异形时常流着“口水”，嘴里涌出水蒸气一般的雾气。这一点，与人类剧烈运动后身体产生水汽的原理相似。

高耗能的特点决定了它们对能量需求的迫切，必须不断地猎杀，一方面搜寻宿主，完成上级下达的“指标”，另一方面吃掉那些不适合成为宿主的猎物，或在“货源”充足时大开杀戒。

三、能量储备

当能量摄取不足时，异形的身体机能会自动降级，降低基础代谢率，但代谢率下降的直接后果就是异形的力量、速度大大降低，变得虚弱，假如此时有猎物出现，异形只有干瞪眼。因此异形不得不通过减少身体活动的方式，维持身体机能，也就产生了“休眠”。

异形的休眠并不是季节性的，而是根据猎物的多少选择性休眠。

“第二次异形事件”中，除了一个小女孩，“哈德利之希望”[①]殖民地的所有人都被异形带回巢穴寄生。陆战队到来之前，异形的食物供应不足，就在殖民地的巢穴中当宅男休眠。

异形是一种冷血动物，可以调节体温，以应对食物较少的局面。它们会选择在巢穴中休养，身体与巢穴融为一体，只需要极少的能量来维持一定的体液浓度和生理机能。

这种机制使得异形像一台机器，可以随时“关机”，减少消耗，延长使用寿命。这种能量储备的“休眠”机制，是代谢率极高的异形能够存活相当长时间的重要原因。

---

① “哈德利之希望”：维兰德-汤谷公司在LV-426行星上建立的殖民地，名称取自第一任行政长官柯蒂斯·哈德利，并安排了158名科考人员。

SURVIVAL HANDBOOK FROM ALIEN

第三章

变种革命——异形解剖研究

异形最神秘之处，就是它们身上的各种谜团：

它们的血液为什么有强大的腐蚀性？到底是什么成分？

异形为什么要不停地流口水？

短时间内，它们是怎么从小小的破胸者成长为巨大的杀人机器的？

异形也会生病?!

真相就在下面……

腐蚀之刃：超级强酸血液

一、酸性溶液

异形臭名远扬，首先就在于它们的血液，这些黄绿色的混浊状液体，能以惊人的速度溶解很多材质，腐蚀性甚至要优于王水。“第一次异形事件”中，有人试图取下被寄生船员脸上的抱脸虫，结果抱脸虫流出的血液竟然腐蚀了好几层船舱。异形之血首次展现了超强的杀伤力，名声大噪。

起初，研究人员对该酸液是否是异形的血液还有争议。有人认为这种腐蚀性极强的液体很可能是异形的防御机制，在皮肤的毛细血管或酸囊中携带毒素或酸液，用来保护自己，比如亚马孙丛林中的箭毒蛙。

但在LV-426星球[①]上，陆战队发来的数据显示，这种液体确为异形

---

① LV-426星球：网罟座ς Ⅱ星系，距离地球39光年。地壳组成为硅酸盐，地表多为玄武岩和流纹岩。气候原始，大气中含有大量的高浓度氮气、沼气和二氧化碳。2159年，维兰德-汤谷公司利用大气处理器改变了LV-426上的大气环境，使其适宜人类居住，设立殖民地，该行星也更名为“冥河星”。

之血，遍布全身：

“它们的血液几乎可以腐蚀任何物体，地板、墙壁，甚至玻璃，陆战队员饱受其苦，有几位英勇的战士因此丧命。”

二、血液成分

1. 氢氟酸

《蕾普利报告》中提到异形血液可以腐蚀玻璃，能完成这项壮举的只有碳氟化合物和氢氟化合物，血液分析也显示其中富含复合氟原子，也许是氢氟酸。氢氟酸是一种高腐蚀性和强氧化性的液体，无色透明，有刺激性气味，能够溶解很多酸无法溶解的玻璃，并会产生白烟。这与《蕾普利报告》中描述的不谋而合。

可见，氢氟酸是异形血液的主要成分。最不能忽视的一点就是，异形的血液中不含氧气，否则氢氟酸的高氧化性会使异形瞬间自爆。

2. 其他元素

但异形的血液并不像氢氟酸那样无色，而是黄绿色，表明血液中还含有其他元素。分析得出其中含有盐酸和硝酸盐，这两种元素通过体外摄取的方式进入血液循环，构成另外几种酸液浓度。

地球大气中，有78%的氮气，在首次发现异形卵的LV-426星球上，“诺史莫”号[①]探测到该星球的大气非常原始，主要成分也是氮气。这就是异形血液中氮离子的来源，并通过硝化作用产生硝酸。浓硝酸呈黄色，正接近异形血液的颜色。而异形胚胎寄生在宿主的胸腔部位，与宿主胃部相连，胃酸的成分就是盐酸（0.2~0.4浓度），这是异形摄取盐酸的主要场所。

而异形对于体内酸性血液的免疫能力，也像人类的胃免受消化液的腐蚀一样，有着一套强大的免疫机制。

① “诺史莫”号：野牛级行星拖曳飞船，长234.8米，宽164.6米，高72.5米，重达6.3万吨，由2.8兆瓦的核聚变反应堆提供动力。“第一次异形事件”中运载了2000万吨矿石，被毁，仅蕾普利和一只猫逃出。

三、致命伤害

氢氟酸！硝酸！盐酸！混合了这几种酸液的异形之血，其腐蚀作用是令人生畏的。它几乎可以与地球上任何物体发生反应，唯一能够抵御异形血液腐蚀的，就是氟化合物或由惰性元素组成的物体，比如由聚四氟乙烯[①]聚合而成的塑料物品。简而言之，就是与氢氟酸无法发生反应的物品：部分塑料、树脂、个别纤维质。

而异形血对人体的伤害更是毁灭性的，在人类与异形的几次交锋中，没有被异形杀死或寄生，却因沾上异形血液导致重伤甚至死亡的案例不胜枚举。

1．气化腐蚀

异形血液中含有大量的氢氟酸，只要百万分之五十的浓度，就会产生大量刺激性的浓烟酸雾，灼伤人的眼睛、皮肤及呼吸系统，持续接触一分钟后会导致死亡。

2．接触腐蚀

酸血沾到皮肤上，后果更加严重。一小滴血液沾到皮肤上，会立刻腐蚀人体细胞，形成白色假膜样混浊，造成皮肤溶解。接下来，酸血持续贯穿肌肉，造成肌肉组织穿孔，渗透至骨骼，直到骨骼也被溶解。而且，接触时间越长，腐蚀作用就越强。

3．化学灼伤

酸血造成的灼伤痛感，是一种化学性灼伤，产生的神经性痛楚远远大于自然灼伤和生物性创伤，是最令人恐怖的痛楚。它所产生的痛楚直接作用于大脑，而且是不间断的疼痛，会使人体极度抽搐，心电图紊乱。直到酸血被反应完，神经性疼痛才会结束。而之后才是正常的创伤面疼痛。

---

① 聚四氟乙烯：高分子聚合物，被称为塑料王，由该物质聚合而成的塑料耐热性好，密封性、电绝缘性、高润滑不黏性、抗氧化性强，具有良好的抗老化能力，广泛用于工业、军事、航天等领域。

历来的异形事件中，只要接触到异形酸血，就算接触部位不致命，活下来的也没几个。巨大的疼痛会导致人体心律紊乱，载荷过大而猝死，这与接触部位无关。

灵魂深渊：奇迹的生命体

一、逆天的生命组成

1．宇宙真奇妙

为什么异形没有被体内的酸血溶掉?

在人类已知的生命形式中，血液中都含有各种营养成分，如无机盐、氧，以及细胞代谢产物、激素、酶和抗体等，有营养组织、调节器官活动和防御有害物质的作用，而氢氟酸只有伤人的效果，完全不具备提供营养的可能性，异形的营养是靠什么提供的呢?

爱因斯坦曾经说过，人所具备的智力仅够使自己清楚地认识到，在大自然面前自己的智力是何等的欠缺。比如青蛙，在零下6摄氏度体内35%的水分结冰的情况下，依然可以存活。

而霍金就曾经对可能存在的外星生物做过离奇的推测：

在充满氢气和氦气的气态行星上，可能存在水母状的巨型浮游生物，它们像吹胀的小型飞船那样飘在气体中，以吸收闪电的能量为生。宇宙间也会存在着漂浮的生命体，成群结队地游离在星球与星球之间，属于“游牧民族”。它们可能用犹如行星般大的“收集器”吸收各个星球的辐射能，进而获得穿越时空的巨大能量。

2．烃基生物

通常人类接触一种未知生物，首先要搞清楚它们的生命组成形式，从

“第一次异形事件”仿生人艾什[1]对抱脸虫的研究开始，正式拉开了对异形生命研究的序幕。《魔律天书》在关于异形的生命结构论述中提到，艾什最初推测异形是以氟为基础的生命形式，随后的解剖和研究中，将这种说法深化为“基于烃基的生物”。

什么是“烃基生物”？

地球上已知的生物都为碳基生物，就是以碳元素为基础的生物。

烃，又名碳氢化合物，烃基生物是以碳、氢元素为基础的生物。

异形的有机质基础要比人类多出一个氢元素，但就这么一多，二者的差距就十万八千里以外了。外星人往往就是这样不按常理出牌，超出人类的设想。

3. 防酸作用

异形细胞的细胞膜是多糖，有的多糖可组成自然界中植物或动物的骨架，比如纤维素和几丁质。异形的多糖成分主要就是几丁质和其衍生物，但在异形细胞表面还覆盖着一层聚四氟乙烯，这种物质又名“特氟龙”，是高级塑料的主要成分，不溶于强酸强碱，能够有效地防止酸血把自己灭掉。

可惜，对异形生命的研究是个长期过程。每次异形事件，科学家还没研究多少，异形就开始发动突然袭击，研究成果毁于一旦，而地球研究所又从未得到过异形样本。因此在之后的研究中，研究人员的重心不得不转向异形的生化兵器价值方面。

二、异形需要呼吸氧气吗？

《魔律天书》对异形研究的四六不靠令人瞠目结舌，从假设到逆向推论，再到定论，其间走了不少冤枉路。比如在异形是否需要氧气这个问题上，就出现了不小的分歧。

---

① 仿生人艾什：维兰德-汤谷公司第一代仿生人，“第一次异形事件”中驻“诺史莫”号科学家兼医官，毁于船员暴动，身体数据库中存储了对异形的首次研究资料。

1. 无须氧气说

持这种论断的人认为，未被改造的LV-426星球的大气非常原始，无法支持生命生存，却存在大量异形卵，因此异形体内的酸液就像燃料电池，氢氟酸与硝酸盐为异形提供了天然的电解质，消耗酸液产生生物电。

这种结论完全把异形当成了肉体电池，完全不需要氧气，仅靠血液就可以维持生命，跟一辆汽车没什么区别。可是，“肉体电池”可以充电吗？会因为燃料耗尽趴窝吗？还有一个更重要的问题，这种方式能量转化率很低，只有人类的40%，但异形的高度敏捷和强大力量是众所周知的，因此这种不靠谱的说法很快就被推翻了。

2. 需要氧气说

第二项研究在BG-386星球[①]上重新进行，分析称异形至少需要氧气，主要是从异形胚胎寄生的方式来判断的。

异形胚胎在宿主体内摄取营养时，会与宿主的肺部相连，提取大气中的氧元素，氧化作用将营养物质转化为能量和必需元素，这种方式比从宿主身上直接提取碳氢元素合成生命元素更加迅速，才会使得胚胎在宿主体内很快发育，短时间内就能破胸。

3. 二合一说

几年后，有研究人员整合了之前的资料，大胆提出一种理论，一种新的生物呼吸方式，被认为是异形呼吸方式的定论。

异形需要呼吸氧气，氧化作用会分解异形体内的有机质，释放出二氧化碳和水，获得的电子通过电子传递链被运送至电极产生生物电，产生支持生命的能量。

这表明，异形那快速生长的机制和强大的体能就是在氧气含量充足的环境下完成的，也就是说，异形在人类适合生存的环境中是会活蹦乱跳

---

① BG-386星球：21世纪发现的远地外行星，是一颗可供人类生存的天然行星，地表存在原始丛林和荒地，并且还有大量外星建筑遗迹，被称为“人类的第二故乡”。假如没有铁血战士和异形捣乱，这或许是一颗不错的星球。

的，保持最高的活性和杀伤力。

但解剖异形发现，它们没有肺部，血液中也不含氧气，证明异形也可以在没有氧气的条件下生存。

在没有氧气的地方，异形会启动“备用电源”，血液可以类似燃料电池产生能量，支撑生命，使得异形在没有氧气的环境下、在人类无法生存的环境中也可以存活，但坚持不了多长时间，“燃料”耗尽，异形也就到翘辫子的时候了。

LV-426行星上的异形卵之所以能适应无氧环境，是异形卵的一种休眠机制。

这也就说，异形可以平蹚宇宙间各个场所，人类能生存的地方异形就能生存，人类不能生存的地方异形还能生存，人类的活路在哪里？

进化危机：惊人的新陈代谢

搞清楚异形令人闻风丧胆的血液以及生命形式之后，接下来的问题就是，异形是如何进行物质吸收的呢？

一、超高速代谢

超高速代谢，这从异形的生命周期上就能看出。

抱脸虫将异形的胚胎注入宿主体内，用不了多久胚胎就会成气候，变成破胸者从宿主胸腔顶出，短时间内，小小的破胸者就会发育为成年异形，就是变魔术也没这么利索的。人类需要十几年才能长大成人，异形几小时就完成了，甚至更短。这种快速生长过程，证明了异形的新陈代谢速度快得令人难以置信。

二、代谢步骤

1. 代谢率

异形在胚胎时期，需要氧气合成蛋白质，小家伙也会从宿主体内（主要是骨骼肌和肝脏）直接摄取蛋白质和糖原，迅速生长。

成年异形的新陈代谢堪称奇迹，它们吸收的氧气只产生生物电，并不参与代谢过程，血液可以直接消化食物，就像某种昆虫。

血液中的硫酸盐和硝酸盐会帮助异形溶解掉食物，摄取的必需元素进入体液循环，用于自身的生长发育，代谢废物则排泄出体外。

由此看出，异形的代谢率非常高，这种简单的主动代谢方式能提高营养物质的消化吸收速率，食物中的营养一点也不浪费。但缺点也很明显，就是受体液pH值影响非常大。也就是说，异形如果要保持正常的代谢活动，一定要维持体液浓度和细胞渗透压的平衡。

2. 必需元素

异形吃掉人类，主要提取的是碳化合物，糖原和蛋白质摄入体内后，它们的消化系统会剪断所有物质中的长链分子，去掉氧气和其他废物，只保留能产生饱和氟化合物的元素，用来生产碳氟化合物和氯氟烃。

同时，异形吃掉人类时，还需要提取人体内额外的氟元素和氯元素，比如氯化钠和氟化钠。但这部分不会很多，因为酸血中的主要成分氢氟酸不会与上面两种元素发生反应，仅依靠硝酸来完成消化。

另外，异形也提取大气中的氮原子。与地球上的硝化细菌类似，异形利用硝化作用可以产生所需的能量，同时这些硝酸盐可以同化二氧化碳，产生糖原，供应异形肌肉组织和大脑中枢。

这些机理堆积到一起，就构成了异形的新陈代谢，简单直接，发育迅猛，令人生畏。

天然盔甲：坚硬的骨骼结构

构成异形外骨骼成分，首先要满足两个条件：

1. 防酸

作为有着“酸液容器”美称的异形，它的骨骼至少要不怕高浓度氢氟酸的腐蚀。比如前面提过的特氟龙——聚四氟乙烯。在异形的骨骼成分中，这种物质是广泛存在的。而异形的骨骼偏偏长在外面，也就是说，异形几乎是塑料外壳。

2. 坚硬

异形的外骨骼坚硬无比，是它们天然的盔甲，但“塑料”质地不会形成异形硬化的外骨骼，说明骨骼中还含有其他物质。

《魔律天书》对异形的骨骼研究来自于“第二次异形事件”。研究表明，异形骨骼除了聚四氟乙烯外，至少还含有一种有机物和一种无机物。

有机物为几丁质，来源于细胞中的蛋白多糖，这种成分也是地球甲壳类生物（如虾、螃蟹）中甲壳的主要成分，导致异形就像一只大号的龙虾。

异形骨骼中含有极化硅，其聚合物非常惰性。对实物的分析表明，这种聚合物为碳化硅，又被称为金刚砂，不溶于强酸，极其耐高温（约 2700 摄氏度），其硬度在自然界中仅次于金刚石，坚固耐用。异形半透明的牙齿主要由这种物质组成。

碳化硅还有一个特点，就是其中含有不同杂质时，会呈现出黑、褐、黄等不同颜色，这一点正是异形外表体色的显性特征。

以上几种物质组成了异形的外骨骼，具有高硬度、高耐热性和灵活等特点，使得异形具有伟大的适应环境的能力。

口若悬河：恶心的分泌物

异形的分泌物，也就是它们标志性的“口水”，就像唾液腺过于发达的婴儿，口水止都止不住。口水通常被认为是恶心的象征，尤其异形这种丑陋的生物，时常“口若悬河”，更加给人一种肮脏、恶心的感觉。

唾液在中国古代被称为“金津玉液”，具有神奇的保健养生功效。唾液里富含大量的黏蛋白、球蛋白等十多种酶和多种维生素，但你不知道的是，异形的“口水”其实并不是唾液，因为它们没有涎腺细胞，不会分泌唾液。那么，异形“口若悬河”是为了什么呢？

一、排出水分

异形属于冷血动物，喜欢湿热环境，而全身几乎都被外骨骼包裹住的异形没有汗腺，不能与外界进行热交换。人被塑料包裹住是什么感觉，异形就是什么感觉，因此异形不得不将多余的水分通过“口水”排出体外，随时调节体温，保持体液浓度。异形的嘴就成了唯一的通道，与狗类似。

二、分泌物组成

通过对异形分泌物的分析，除了大量水分之外，里面含有钠离子、氯离子和硅离子。

异形运动的时候，酸血会将体内的盐分电离，得到钠离子。为了不与体内的水分发生反应生成碱性氢氧化钠，异形必须将这些元素排出体外。

硅离子来自异形表皮，异形排水时吸收表皮细胞中的硅元素，通过身

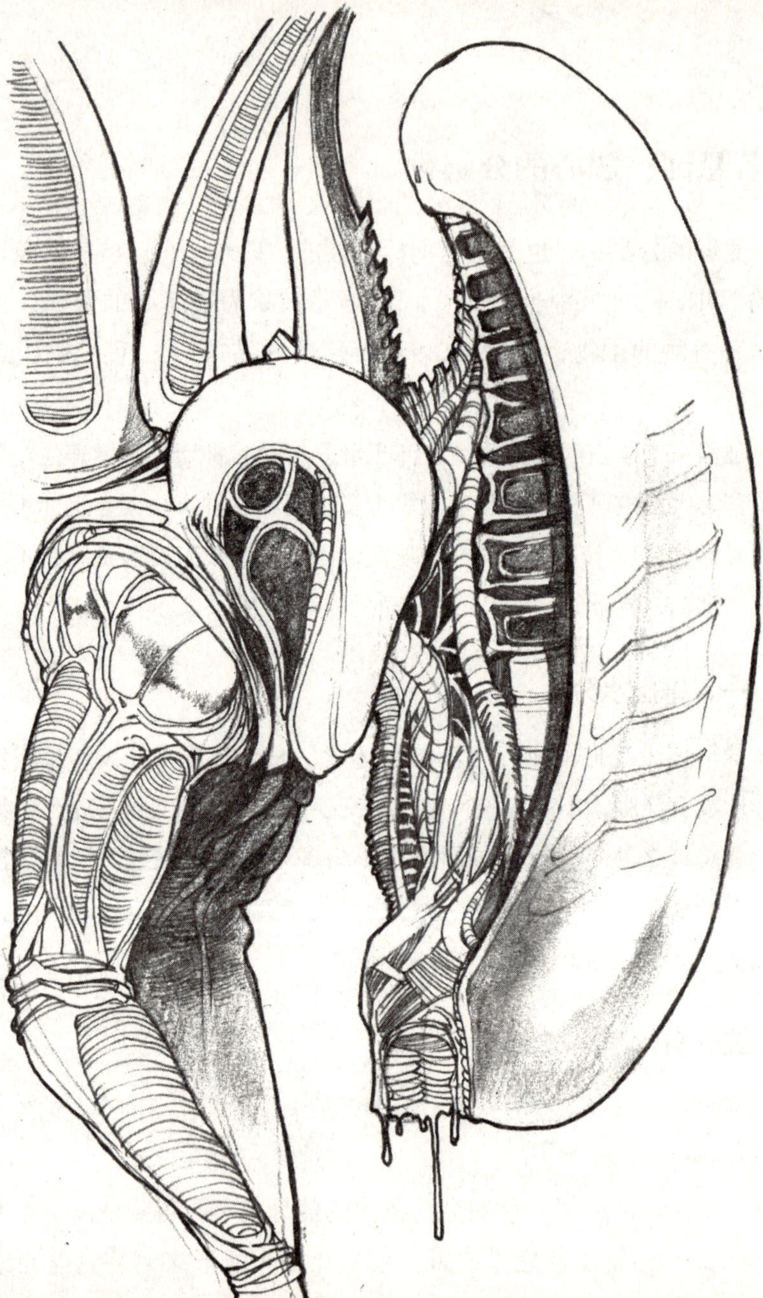

体内某种反应机制，形成液体硅酸钠[①]，连同水分从口中流出。

值得注意的一点，异形的“口水”暴露在空气中一段时间，会变成黏糊糊的胶状，令人极度反胃。这是因为“口水”中的元素接触到空气，发生了变性。

另外，由于体内功能停止，不再生成生物电，异形在巢穴中休眠时是不会产生“口水”的。

三、异形会生病吗?

虽然异形是外星人，但作为一种生物，免不了也会有个小灾小病的。而它们健康与否的关键，就是体液浓度。

异形必须不断地排出多余体液，保持一定的酸度。假如酸度下降，打乱体内的pH值平衡，不但异形的代谢率会下降，还会引发死亡。

体液pH值过低，血液酸度高于正常范畴，会导致异形代谢反常，血液流动加速，动脉收缩压或舒张压增高。这种状况类似于人类的高血压、高血糖，到了异形这里就变成高血酸，容易猝死。

体液pH过高，血液酸度降低，则属于代谢性碱中毒，会导致异形中毒性休克，严重时会一命呜呼。

异形死后，身体不再向外排出体液，碱性溶液与酸血发生中和反应，失去了体内的酸度，加之长期的氧化反应损失电子，使异形的身体硅化，于是变成一具干尸。

① 硅酸钠：无色晶体或白色粉末。溶于水呈碱性。其透明的浆状溶液称“水玻璃”或“泡花碱”。黏结力强，强度较高，耐酸性、耐热性好，广泛应用于制造硅胶和水泥。

神秘物种：神仆的生命组成

起初，研究人员并不了解异形与神仆之间的关系，神仆的资料相当有限，只知道它有一副与异形同样不敢恭维的外表，甚至比后者更砢碜，诞生方式也比较狗血。而将异形与发生在LV-223行星[①]上的“普罗米修斯事件”中那只神仆联系起来，这都要归功于那条白色的蛇形虫。

一、血液显性样本

神仆与蛇形虫的原始基因来自“巨人族”研制的生物兵器“黑水”，一种能对生物基因造成毁灭性破坏的黑色液体。

当人类科考队进入巨人族的飞船时，局部大气环境发生变化，导致“黑水”泄漏，感染了泥土中的蠕虫，进而飞速进化出了一种怪物——蛇形虫。

而后，生物学家米尔本[②]与地质学家菲尔德[③]被困在巨人族飞船中。米尔本被蛇形虫攻击，缠住并折断了手臂。菲尔德用小刀割断了蛇形虫，蛇形虫的血液喷出，腐蚀了他的头盔面窗。菲尔德摔倒时，面窗正好跌进“黑水”中，于是发生了离奇的变异。

科考队头盔面窗材质为高强度钢化玻璃，结果仍然被腐蚀，说明蛇形虫的血液具有高度腐蚀性，含有氢氟酸。而且，蛇形虫血液的颜色无色透

---

① LV-223行星：是网罟座ς Ⅱ星系中一颗环形的气体巨行星的卫星，距离地球34.56光年。LV-223上气候恶劣，地壳成分为硅酸盐，沙尘暴风速可达200千米/小时。网罟座ς Ⅱ约0.56个太阳质量，被认为是20世纪包括“罗斯维尔事件”在内的多起UFO“第三类接触”事件的主要来源地。

② 米尔本：“普罗米修斯事件”中第一个倒霉的人，被蛇形虫折断手臂并钻入气管。

③ 菲尔德：性格孤僻，与米尔本臭味相投，感染“黑水”后，变成了被称为“橡皮头”的变异生物。

明，说明其中不含有异形血液中的盐酸、硝酸，是一种高纯度的氢氟酸。

二、新陈代谢

“黑水”感染到的这种涡虫纲类蠕虫，头部呈三角形，一角在前端，其余两角在两侧，形成两个耳突，体长20~30毫米。四五个小时内，被感染的蠕虫就变成了体长1~1.3米的蛇形虫，体形变大了50倍，相当惊人。

涡虫有一个绝招，就是惊人的再生能力，把它们切成两段，每段均可再生成一条完整的涡虫。如切为三段，则前段再生出尾巴，后段生头，中段则分别生出头和尾巴。菲尔德切断蛇形虫时，后段创伤面迅速长出一个头部。涡虫长出新的躯体需要几小时，蛇形虫一秒钟便完成了这项工作。

蛇形虫的高速新陈代谢方式，与异形不谋而合。

三、结论

蛇形虫与神仆同样来自“黑水”，对蛇形虫的研究可以看作对神仆的一次小白鼠数据参照。而仅仅针对酸性血液与高速的生长机制的研究，立刻使神仆与异形攀上亲。那神秘莫测的“黑水”，可能就是异形的来源。

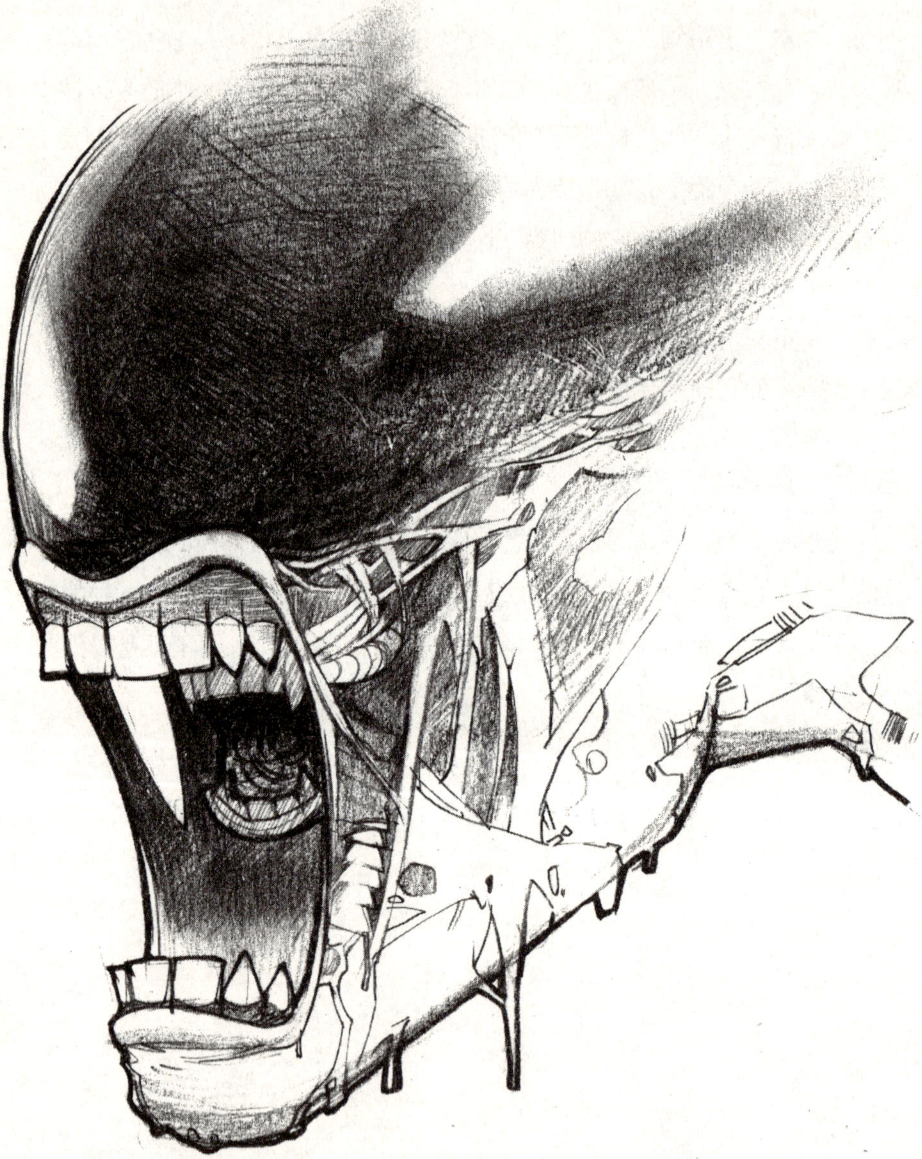

SURVIVAL HANDBOOK FROM ALIEN

第四章

幽冥魔界——异形社会探秘

所有生物，无论来自哪个星球，都必须经过长期的自然选择和进化才能生存。但大自然也有不着调的时候，它选择了异形，异形却通过其特有的生长发育机制，将自己的种群建立在其他生物之上，用它们的灭绝，来换取自己种族的繁荣。

异形是母系社会，所有的异形都是“女王控”，异形皇后代表了至高的权威。每一个异形部落中，只有皇后被允许繁衍子孙，所有的异形卵都由皇后生产。

集体的荣耀：社会结构

谚语有云，看一看蚂蚁吧，你这个懒惰之人，若仔细研究它们，你自己也会变得聪明起来。

对于异形来说，它们的社会结构要比蚂蚁和蜜蜂更加先进，体形更大，更凶猛。在异形的身上，人类可以看到一种生物高度进化后强大的适应能力和高超的种族结构体系。

一、无性繁殖

在早期研究中，异形被认为是一种无性繁殖生物，原因是没有人见过，也没听说过异形交配。随着研究的深入，这一点令人惊诧地被证实了。

1. 孤雌生殖

多起异形事件，绝大多数属于突发事件，异形即便再高效，也没时间洞房花烛。

动物的卵细胞具有全能性，有非常高的潜能，在某些条件下，可以进行孤雌生殖，由一个卵细胞分化形成各种类型的细胞。例如，蜜蜂中的雄蜂，蚂蚁中的雄蚁，都是孤雌生殖产生的后代。但孤雌生殖在异形这种大型食肉动物身上还是前所未有的，从“蕾普利8号”体内取出的异形皇后胚胎，在未受精的情况下，不但能产卵，还能怀孕。

2. 无性繁殖的优点

作为一种社会性生物，无性繁殖的最大优点在于不会因为寻求配偶打破制度平衡。有性繁殖一直被认为是社会性生物最大的不安因素，人类社会那些令人头疼的情感纠葛就是最好的例子。异形这种生殖方式，不需要与同性竞争，更不会打破内部制度平衡，处处充满了权威和服从。无性繁殖也是一种高效率的繁殖方式，没有交配期，不需要寻找异性，虽然缺少情趣，但节约了时间，也节省了能量。

二、母系社会

异形是母系社会，所有的异形都是“女王控”，异形皇后代表了至高的权威。每一个异形部落中，只有皇后被允许繁衍子孙，所有的异形卵都由皇后生产。

作为异形部落中唯一的“御姐”，异形皇后平常蜗居于巢穴产卵，轻易不出门。异形皇后执掌生杀大权，享有独一无二的生育权力，成为名副其实的孤家寡人。

异形种族由母系代代相传，异形皇后自然死亡或意外死亡后，一只雌性异形会发育成新的皇后，保证异形种族不会灭绝。

异形虽然是母系社会，但并不意味着雄性异形地位卑贱。异形社会分工明确，雄性异形多属于战斗异形，拥有仅次于皇后的杀伤力。而且异形皇后也会通过“比武招亲”的方式，挑选出体格健壮、威力最强的战斗异形发育为禁卫异形，当作“男宠”，联合保卫异形卵。

三、奴役下属

豢养奴隶也许是异形社会最令人好奇的一点了。异形都很顺从它们的皇后，很勤奋，似乎对自身的境况很满意，对主人极为忠心。

异形皇后虽然在智力、体形、力量方面凌驾于其他异形之上，但产卵的时候，它固定在产卵器上，失去行动能力，无法为抱脸虫寻找宿主，也无法为自己寻找食物，必须通过奴役其他异形来“照顾”自己。

异形社会等级森严，所有异形从一出生，就尽职尽责地履行着自己的使命，寻找宿主，建立巢穴，保护异形卵。在母系社会的法则下，没有异形会产生夺权和脱离集体的想法。

这种集体观念很强的生物，最奇怪的地方在于没有明显的组织。不需要皇后的指示和命令，异形会主动完成任务，完全是自觉行动，而异形皇后只有在制订战略时才会发号施令。异形这种行为，应该是一种本能，剔除了烦琐的发令和训练程序，简化了异形社会，更加高效，堪称所有老板梦寐以求的员工类型。

没有异形会对族群权力质疑和挑衅，它们分工明确，每一种异形都有各自的职责，并通过虫巢意识和叫声不断交流。它们对集体高度忠诚，对个体完全忽略，可以杀死同类解救皇后，也可以组成敢死队，用海量肉盾

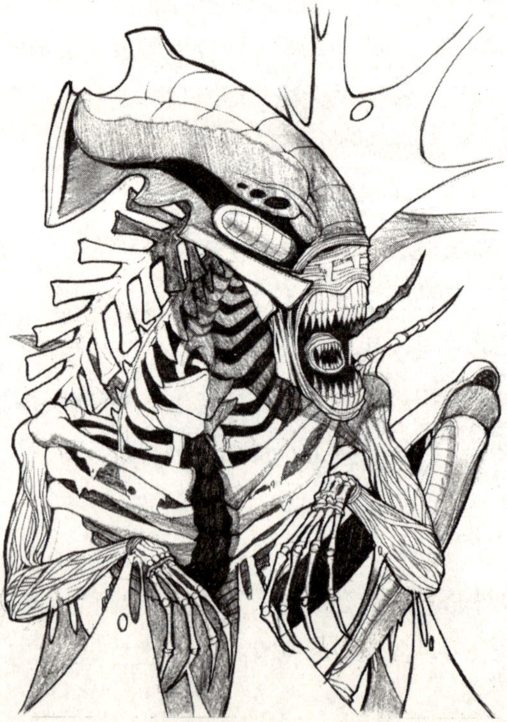

的方式消耗人类的弹药和补给，异形字典里就没有“恐惧”这两个字。

四、物种入侵

宿主寄生大概是异形唯一的瑕疵了。它们的幼虫需要寄生在宿主身上才能发育为成年异形，对其他物种有着极强的依赖性，这是它们最大的桎梏所在，也恰恰是最令人不安的地方。

神仆是研究异形起源的主要线索之一，肯定了异形与“黑水”之间的联系。假如异形真的是人为创造出来的，那么这种生物就是为了灭绝其他物种而生的。它们不但要像病毒一样繁殖，同时要根除目标物种，最好的方法就是“寄生”。

异形为了延续香火，就要对异族产生强烈的掠夺欲望，一旦发现可被当成宿主的物种，就会倾巢出动。异形种群的繁荣，建立在其他物种灭亡的基础上。

五、置之死地而后生

印度佛教中有一种鬼怪叫作饿鬼，总是在不停地吃，但永远也吃不饱，而且只要有食物，它们就会分化，越变越多，永远也杀不完，直到吃光世间所有食物。相传人们对付饿鬼的办法，是将它们关起来断粮，让它们自相残杀，直到剩下最后一只，将之杀死，饿鬼可除。

异形很像饿鬼，为了繁殖而不断地杀戮，死的人越多，异形就会越多。那么异形是否会像饿鬼那样，当目标物种灭绝之后，也随之灭绝呢？

这种情况是不会发生的，即便没有宿主，异形种族也不会自然灭绝。

“普罗米修斯事件”中，巨人族飞船内有大量千年遗骸，在另一个房间中存放着成千上万个“黑水”器皿，周围环境的变化会使“黑水”外泄，说明这么多年后，这些生物兵器依然具有活性。

“第一次异形事件”中，LV-426行星上的飞船废墟内发现了成为化石的巨人族遗骸。在飞船下层密布着大量异形卵，当凯恩接近时，异形卵活动了……

当一片区域甚至一个星球的可用宿主全部灭绝，异形皇后就会生产大量异形卵，进行“备份”。卵的存活时间相当长，保证了异形种族不会就此灭绝。异形卵则在一片没有生气的土地上，静静等候着下一批宿主的光临。这个时间可以是几年，也可以是几千年。好奇是所有生物共有的天性，一旦有不识趣的生物踏上这片土地，就会召唤出沉睡已久的死神。

坟场禁区：异形巢穴

任何生物都离不开巢穴，异形也不例外。就像人类对家园的选址要依山傍水，坐北朝南，阳光充裕，异形对于巢穴的选择和建造也很好地反映了它们的习性。

一、巢穴选址

1. 巢穴“风水”

有三个因素决定了异形建筑巢穴的风水：

- **黑暗**

异形喜欢黑暗的习性决定了选址时要充分考虑黑暗条件，因此多选择在地下或者山洞。

- **潮湿、温暖**

异形讨厌干燥，干燥的空气使得异形体液浓度和体温升高，容易损失能量。异形巢穴中的温度一般恒定在25~28摄氏度，异形的活动和异形卵的代谢都可以调节巢穴的温度，湿度的保持则来源于巢穴外壳中聚四氟乙烯成分的高强度保温性。

- **大房子**

巢穴场地要足够宽敞，能够容纳异形皇后硕大的体形和提供产卵空间，还要为成群结队的“家园保卫者”提供栖息场所。如果场地结构复杂，那就再好不过了，能为巢穴提供天然的“山路十八弯”结构，犹如迷宫一般，也利于保温保湿。

“第二次异形事件”中，异形巢穴位于殖民地大气处理器第三层的主换热器下，巢穴内部的温度要高于外界环境。

2. 热爱“搬家”

异形巢穴并不是固定的，像人一样，异形也喜欢搬家。巢穴分为主巢穴和若干副巢穴，巢穴的划定掌握在异形皇后手中。一处巢穴建好，异形皇后会先搬进“寝宫”，这里就是主巢穴，也被叫作“育婴室”。当此处不足以容纳更多的异形卵时，异形皇后就会挪窝，择地建新巢穴。而原址也不会废弃，变成了副巢穴，供其他异形栖息。

异形的主副巢穴一同构成了蜘蛛网状的结构，皇后稳坐中军帐，围绕在主巢穴周边纵横交错的是其他异形的“宿舍”——副巢穴。

“第二次异形事件”中，希克斯[①]一行人首先进入的是环境较差的副巢穴，那里的水汽已被休眠的异形吸收，因而变得闷热、干燥，令人窒息。异形皇后的主巢穴则位于核发电厂内部。

二、巢穴物质组成

异形巢穴非常坚固，主要成分是聚氯乙烯树脂，这与异形的骨骼成分大致相同。因此，异形巢穴的组成主要来源于以下三个方面：

1. 分泌物

异形分泌的黏稠“口水”，与空气接触后形成胶质状的泡花碱，黏性很强。

也有人认为，部分异形体内也存在某种腺体，从背刺或口中分泌出与

① 希克斯：殖民地陆战队“冥河行动”下士，一个真正勇敢而又果断的士官，出发前唯一相信《蕾普利报告》的人，出生入死，光荣挂彩，与蕾普利有些小暧昧。“第二次异形事件”末尾被异形酸血溅伤，最后坠落到菲奥娜星球“狂暴161监狱”时，被安全支架刺死。

骨骼成分相似的树脂状物质，在失去活性后变得非常坚硬，是异形巢穴中树脂成分的主要来源。树脂表面有光泽，质地坚硬，不溶于水，遇水也不膨胀。

2. 排泄物

异形粪便中集合了多种不需要的元素，主要是一些纤维物质。

3. 其他杂质

空气中的粉尘，泥土沙砾，异形蜕下的皮，异形卵的外壳，死去的抱脸虫，甚至宿主死亡后的有机体，这些东西回收利用，都可以成为巢穴的一部分。

4. 巢穴综述

由此可见，异形与白蚁极为类似，分泌物与排泄物混合了杂质，形成了这种坚硬的可塑性强的巢穴材质。异形巢穴的外观不规则，内部像蜂巢般，带有波浪纹理，甚至还有类似白蚁穴的通气孔构造。

在巢穴的外部，依稀可见仍是黏糊糊的半胶质状，质地柔软，还有被黏液包裹的杂质，这部分形成时间较短，说明巢穴仍然在不断向外扩张。

在目前已发现的异形种类里，仅雄蜂异形有建筑巢穴的能力。

三、巢穴的作用

巢穴，美其名曰小窝、大本营，是生物的避风港，为生物们提供栖息地，保护自己免受天敌侵袭，舒适生活。异形的巢穴除了避光、保湿、保温这些基本功能，还具有一些特殊的功效，颇为奇特。

1. 战术基地

首先，巢穴内光线严重不足，是一个天然的隐蔽场所。

其次，异形散发的极少数热量，完全被巢穴散热所掩盖，使得人类的红外线和热感探测器成了摆设。

最后，异形发挥了它们天才建筑师的本领，巢穴的纹理与异形骨骼极其类似，异形爬上墙壁，完全与巢穴融为一体。异形会守在巢穴中，等待入侵者进入，来个“守株待兔”。所以，不到万不得已，不要进入异形的巢穴，因为你根本无法确定前后左右是墙壁还是静止不动的异形。

2．天然防盗装置

这种方式有点类似蜘蛛，通过蛛网的振动感知猎物是否落网。异形的背刺与巢穴相连，进行热量交换，巢穴四壁那些“气孔”就是异形背刺的“插座”，使得异形与巢穴完成“联网”。异形的背刺对气流和振动相当敏感，每一只与巢穴相连的异形与巢穴构成天然的“防盗”系统，能感知到巢穴内环境的改变和空气的振动，一有风吹草动，立刻就会察觉。

3．能量供应站

有研究人员认为，异形的巢穴犹如一个巨大的充电器，异形的背刺与巢穴相连，等于“充电”，补充能量。

异形的巢穴会吸收有机物，死去的宿主和抱脸虫、异形卵的外壳都是有机物，这些物质被巢穴吸收后转化为能量，供异形从中提取。这是异形能量储存的一种机制，可以使得异形在休眠中仍然源源不断地获取能量，保持身体机能。

4．宿主屠宰场

异形卵大多数是被固定在巢穴中的，极少数情况下才会被搬出巢穴。巢穴提供了适合异形卵生长的环境和营养物质，要比异形扛着卵到处杀人方便很多。

宿主被带回巢穴之后，异形用分泌的树脂将他们缠绕在巢穴四壁上，形成一个茧状物，头部露在外面，靠近异形卵，方便让抱脸虫寄生。

当宿主被破胸死亡后，他们的尸体会渐渐被巢穴吸收，表面被一层树脂黏液覆盖，变成巢穴的一部分。有时死者的身体在外力作用下被拉伸，极度扭曲，这是巢穴结构发生改变的结果。

异形将宿主带回巢穴是一种本能，哪怕在没有异形卵的情况下，这种行为仍然继续。在异形巢穴中，随处可见的就是被做成茧的宿主，有的胸口破裂已经死亡，被其他异形大卸八块。宿主活着被带入巢穴，在闷热潮湿的环境中被层层树脂包裹，混杂了弱酸性的液体腐蚀着皮肤，疼痛难忍，求生不得，求死不能，破胸者出世才是他们的解脱之日。

四、巢穴范围

随着部落逐渐壮大，异形皇后要为更多的成员提供栖息地，扩张地盘。它指挥异形不断入侵新领地，寻找新巢穴的地址，同时也需要为异形卵提供更多的宿主。

每一个异形部落的巢穴都是无限扩张的，只要发现合适位置，异形就会在那里建立新的巢穴。每一个异形巢穴，包括主巢穴与副巢穴，大约可容纳2000只不同种类的异形。部落中所有的巢穴都由皇后统治，不过，当异形皇后存活时间很长时，异形皇后就会选择开设“分店”，授权一只雌性异形发育为新的皇后，组成新的部落。

虽然老皇后要比新人更加高级，新皇后也会随时听候皇太后的调遣，但每一只异形皇后的“发功范围”仅限于自己的部落，属区域自治。

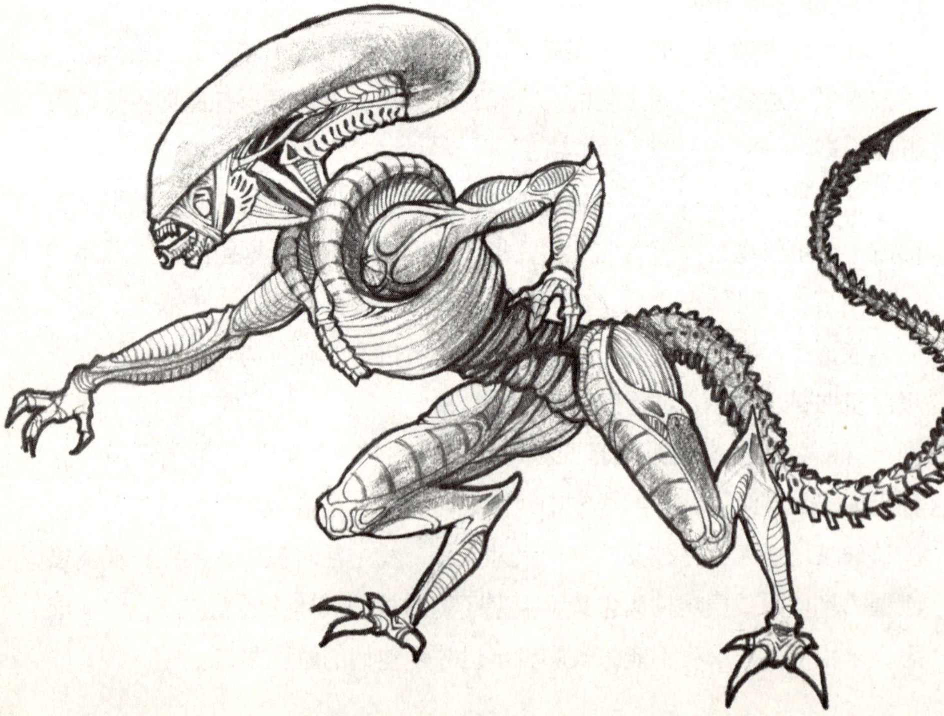

SURVIVAL HANDBOOK FROM ALIEN

第五章

死神家族——异形物种鉴别

怎样判断异形的性别？答案是看它的次生脊椎。身后有次生脊椎的异形为雌性异形，没有次生脊椎的就是雄性。

战斗异形有雌雄之分，但都没有生育能力。所有雄性异形成年后都是战斗异形，雌性异形只有经过初次发育才能升职为战斗异形。因此战斗异形的头部有光滑和脊状骨外露之分，后者乃存活了一定时间的老兵。

目前所知，神仆没有背刺。那是因为我们只有神仆出生时的资料，像异形的破胸者一样，神仆身体结构还未发育完全，成年后长出背刺的概率非常大。

乱点鸳鸯谱：分类误区

也许很多人认为，异形的兄弟姐妹长得都差不多，对它们的种类划分可有可无。实际上，异形社会森严的等级制度决定了每一种异形的高低和分工，遇见一只异形，如果能认出它们是什么品种，就能了解在遭遇战中所面对的敌人，以便有针对性地完成战略部署。

因此，成年异形的鉴别，是非常重要而且不可缺少的一环。

1．外形鉴别

翻开异形的分类史，就是一本糊涂账。人类对异形从完全未知到一般未知，关于它们的种类划分，也在随着时间的推移变来变去，尤其是战斗异形和雄蜂异形，从外形上来看，很难区分。

早期，异形的分类是通过头部造型来区分的。“第一次异形事件”中出现的异形具有光滑的头部，被称为“侦察兵”，是第一种被命名的异形。

随后被发现的异形种类越来越多，研究人员这才搞清楚，鉴别异形种类，是根据成年异形的体形、身体结构差异，而不仅仅是头部。于是异形分类系统被清空，重新排定座次，比如“第二次异形事件”中的异形起初为“雄蜂”，后被冠以“战斗异形”的称号。

2. 性别区分

说来有趣，随着人类对异形种族研究的逐渐深入，偏偏有一项最基本的生物学研究迟迟没有进展，那就是对异形性别的判定。要知道，当时对异形的研究已经深入细胞学和分子生物学，但在异形的性别这种肤浅的外观研究上还处于“安能辨我是雌雄”的阶段，一旦传出去，肯定会让同行笑掉大牙。

被逼无奈，时任科学院主管的艾森伯格博士[1]大笔一挥，所有的异形被划归到“女儿国”的行列。

然而，不久之后，LV-1201星球上发现了异形性别的端倪。经过大量观察和验证，最终将异形的次生脊椎作为区分异形性别的标准。

身后有次生脊椎的异形为雌性异形，没有次生脊椎的为雄性。雌雄分布不平衡，女多男少，这也是母系社会的进化选择。

死神军团：普通异形

一、雄蜂异形

宿主：人类

体长：2~2.2米

体重：155~160千克

① 艾森伯格博士：维兰德-汤谷公司科学院前院长，早期异形研究的主要人物，对这种生物充满了好奇，随即前往LV-1201担任殖民地科研组负责人，饲养异形。可惜艾森伯格叶公好龙，在“LV-1201事件”中精神崩溃，患上异形恐惧症，被异形杀死。

体色：黑色，灰色，褐色

鉴别特征：体形较小，头部光滑，背后次生脊椎

战斗力[①]：60

防御力：35

生命值：55

得意技：背后偷袭、重爪轮劈

关于“雄蜂异形”的命名缘由已无从查证，但这个命名相当不靠谱，令研究人员大为恼火。或许它是根据蜜蜂种族中蜂后的未受精卵发育为雄性蜜蜂来命名的，但这个命名忽略了一个最重要的问题：所有的“雄蜂异形”都是母的。

“雄蜂异形”这个名字叫了多年，改动的话容易造成混乱，我们也只能将错就错了。

1. 身体结构

雄蜂异形是一种相对较小的雌性异形。称之为雌性只是从性别上来说，由于异形皇后释放的信息素，它们并不具备生育能力，性器官——泄殖腔完全退化，因此在生理意义上，雄蜂异形可以看作“无性”。

雄蜂异形的背部都长有次生脊椎，手指为五根。由于发育等原因，有些雄蜂异形的食指和中指以及无名指和小指是连在一起的，手指实为三根，看上去就像瓦肯星球上的居民打招呼的方式——瓦肯手势[②]。

2. 习性

雄蜂异形的身体纤细，破坏力相对较小，更喜欢隐藏和偷袭，十分有耐心，会制订严密的隐藏路线，天花板、通风管道都是它们的藏身之处，行动矫捷，善于从黑暗中偷袭人类。雄蜂异形时常直立行走，它们的尾部

---

① 战斗力：这里的异形各项数值是以人类为基础，如赤手空拳的人类各项数据起始值为5，手持一把武器战斗力+10，一个防具防御力+10，陆战队特种部队生命值+5，以此类推。

② 瓦肯手势：瓦肯星人表示礼节时，将手臂抬起，手掌面对对方，食指与中指并拢，无名指与小指并拢，大拇指张开，代表着祝福。这种手势由地球星际联邦星际舰队“进取”号船长、驻地球大使史巴克引入地球，也被称为“史巴克手势”。

不太发达，有的末端甚至没有尖刺。常用武器为自己的爪子和内巢齿，进行近距离攻击。

褐色的雄蜂异形相对优秀，它们的体能和杀伤力有所增强，介于普通雄蜂异形和战斗异形之间。

3. 主要职能

雄蜂异形是最为常见的异形，它们有时成群结队地出现，有时形单影只打游击，主要任务就是抓捕宿主，因此雄蜂异形会游走到离巢穴很远的地方。它们善于通过信息素追踪猎物，能够轻而易举地发现隐藏很深的人类，无疑是对人类威胁最大的一种异形，只是雄蜂异形为了保证宿主猎物生存，很少用到内巢齿。

但雄蜂异形在异形社会中的地位比较卑微，相当于工兵，除了抓捕宿主，雄蜂异形还兼职一个非常重要的任务——修建巢穴。它们将宿主带回大本营，将它们用树脂做成茧，成为巢穴的一部分。雄蜂异形建筑巢穴是一种本能行为，入侵一个地方之后，它们就会立刻建立“基地”。

当然，假如异形部落其他异形都死绝了的话，雄蜂异形也会担负起“保家卫国”的重任，用一个短语来形容雄蜂异形：忙碌的小生物。

4. 初次发育

雄蜂异形是比较年轻的雌性异形，所有雌性异形在成年的最初阶段都是雄蜂异形。随着年龄的增长，它们的光滑头部外壳消失，身材变得高大，进化为战斗异形。这种初次发育机制是雌性异形特有的，而所有的雄性异形都是战斗异形。

雄蜂异形与其说是一种类别，倒不如称其为一种分工，是所有雌性异形必经的阶段，也被称为异形中的“童子军”。时间久了，更加成熟，智商更高，雄蜂异形就从“预备役”转正为“正规军”的战斗异形。

5. 二次发育

当异形皇后意外死亡，同时又没有产生皇后抱脸虫，平时地位低下的雄蜂异形顿时迎来了跳龙门的机会，但代价是惨重的。

所有的雄蜂异形，乃至所有的雌性异形开始相互厮杀，直到发现智商和身体机能最强大的异形，被视为皇后的接班人。它不再猎食，也不再走动，蜗居在巢穴，被其他异形当娘娘一样供起来，储存能量，以便更快地进化为异形皇后。经历二次发育的雄蜂异形正式成为异形皇后，担任整个部落的首领，立刻产卵，延续异形族群的香火。

“杀人蜂6号”就是最好的例证，它是一只雌性的战斗异形，其成长为皇后的经历相当励志。

二、侦察兵

宿主：人类

体长：2米

体重：140~150千克

体色：黑色

鉴别特征：骨质层为透明状，四肢粗壮，尾巴没有尖刺

战斗力：40

防御力：30

生命值：45

得意技：敌后潜伏、重拳出击

1．身体结构

侦察兵异形属于雄蜂异形的一种，但它们的身体外观和机能完全比不上普通异形。

侦察兵异形的宿主大多是些营养不良的家伙，导致自身生长也受到影响。“诺史莫”号经过长期的飞行，接近了LV-426星球，发生了“第一次异形事件”。被抱脸的凯恩经过了长期冷冻睡眠，身体状况不佳，从他身上破胸长大的异形就是侦察兵。

侦察兵属于最次等的异形，非常不合群。刚刚成年的侦察兵的头部骨质层非常薄，几乎透明，脊状头骨清晰可见，更加说明这种异形发育不健全。

它们通常直立行走，四肢粗壮，完全不像其他异形那样纤细，几乎与

人类相仿。尾巴顶端没有尖刺，这样的身体结构使其行动相对迟缓。

2. 习性

但不要因此小看侦察兵异形，“诺史莫”号船上5名船员8小时内被侦察兵通通杀死。侦察兵行动缓慢，体形较小，但善于隐藏，是潜伏高手中的高手，经常单独行动，利用各种地理条件隐藏自己，耐力惊人。侦察兵异形还经常与搜寻它们的人类玩“死亡捉迷藏”，在迷宫般的下水道和通风井内与人类周旋，伺机偷袭。而它们粗壮的四肢又使得它们具有不俗的力量，一记重拳就能让人昏厥。

3. 主要职能

侦察兵是每个异形部落中流动的前哨站，通常离整个族群最远，正宗的“敌后武工队”，负责找到合适的巢穴建立据点和侦察。异形部落还未建成，它们就开始了侦察行动，找到人类密集的地方后，会通知其他雄蜂异形具体方位。因此，发现一只侦察兵异形时，意味着人类的大本营已经被盯上，即将面对整个异形军团。

三、战斗异形

宿主：人类

体长：2.5米左右

体重：160千克

体色：黑色，蓝色，棕色

鉴别特征：身材高大，尾部发达

战斗力：70

防御力：50

生命值：65

得意技：神龙摆尾、内巢齿穿刺

战斗异形又被称为战士、守护者，是非常强大的异形品种，地位凌驾于雄蜂异形之上。战斗异形是异形部落的正规军，浩浩荡荡、成群结队地出现，相当吓人。

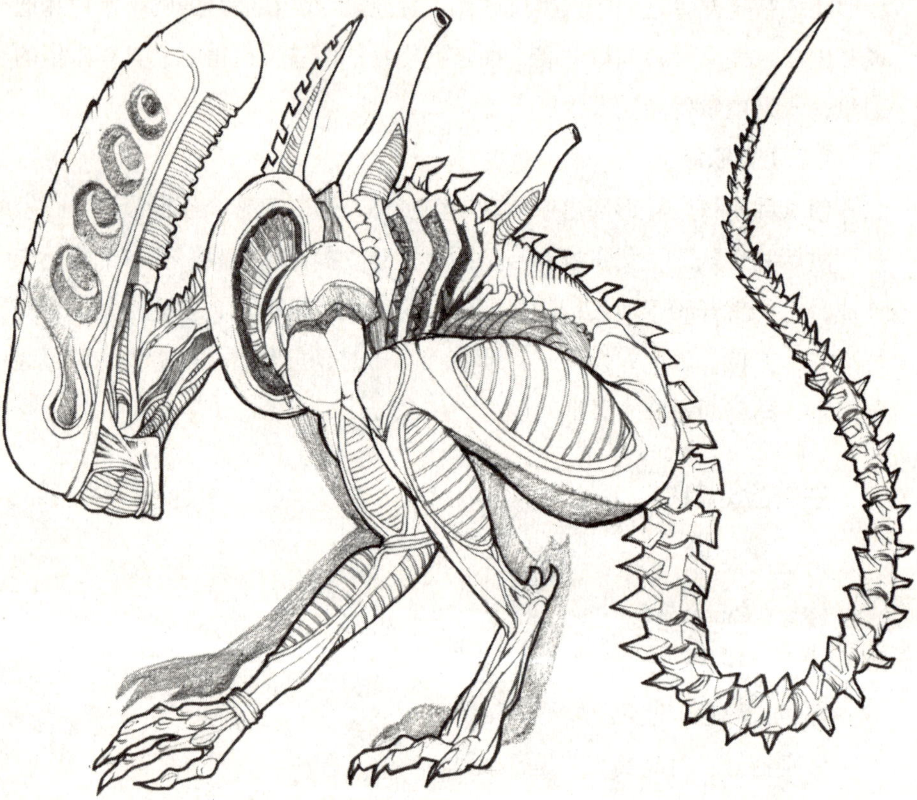

1．身体结构

战斗异形身材高大，平均高达2.5米，身材相对苗条，每只手掌有3~4根手指。头部发达，有比其他成年异形更加宽厚的下颌，咬合力强，体能甚佳。战斗异形的尾部相当发达，粗壮而且很长，算上尾巴的话，身长4~5米。末端的倒刺宽大锋利，犹如一把战术军刀。

战斗异形有雌雄之分，但都没有生育能力。所有雄性异形成年后都是战斗异形，雌性异形只有经过初次发育才能升职为战斗异形。因此战斗异形的头部有光滑和脊状骨外露之分，后者乃存活了一定时间的老兵。

与雄蜂类似，战斗异形的体色也代表着它们能力的高低，褐色战斗异形是同类中的佼佼者，无论体能还是智商都胜出一筹。

2．习性

战斗异形通常成群结队出现，制订集体作战的战略战术，一只异形就能造成毁灭性的伤害，更何况一支训练有素的异形军队。

战斗异形很少直立行走，它们善于爬行，速度很快。虽然体形要比雄蜂异形纤细，但身材高大，因而并不是一个很好的隐藏者。战斗异形喜欢横冲直撞，与人类正面PK。它们猎杀时很少用到爪子，骨节突出的四肢使它们具备了强大的攀爬和跳跃能力，并在墙壁、天花板等不同地点使用强壮的尾巴发动远程攻击，近身战时内巢齿又具有相当的杀伤力。

战斗异形的外骨骼很厚，是天然的防御盔甲，更适合野蛮的肉搏战，矫捷的行动能力甚至使它们能够躲开远距离射来的子弹。战斗异形体能非常可怕，在身体受到巨大伤害的情况下，依然能够保持一定的战斗力，并拖着残缺不全的身体，用酸性血液做武器，重创敌人。

“布维岛事件”中，大名鼎鼎的“绿魔”[①]就是战斗异形的代表，杀死了两名铁血战士，威力强大。

---

①“绿魔”：“布维岛事件”中鼎鼎大名的战斗异形，攻击力和智商都高于同类，而且抗击打能力超强，因被铁血战士的收缩捕兽网勒破头冠，露出网格状的黄绿色血槽伤痕而得名。

3. 主要职能

战斗异形是异形巢穴的保卫者，虽然也寻找宿主，但通常不会离巢穴很远。战斗异形的主要职能就是保卫巢穴，肃清周边的障碍，发现人类聚居点之后，会发动集团攻势，迅速占领该聚居点，以便让雄蜂异形在此地建立新的巢穴。

因此，当发现战斗异形的时候，通常意味着两种情况：

- 异形的巢穴就在附近。
- 异形军团已经来临。

4. 二次发育

战绩突出的雄性战斗异形会被异形皇后授权进行二次发育，二次发育的结果就是高大的禁卫异形。而这种“授权”方式的残酷令人瞠目结舌。

首先，异形皇后在战斗异形中筛选出那些战绩、身体机能最为突出的优等生，给其余异形下达指令，围攻被选中的异形。这些倒霉的家伙必须在其他异形攻击下逃离巢穴。

随后，逃出的异形被正式逐出部落，远离巢穴，远离异形皇后信息素控制的范围，独自生存。此时，它们的身体发育不受异形皇后的抑制，自发性地生长，直到它们结茧、蜕皮，发育为禁卫异形。

最后，完成进化的异形再次得到皇后的召唤，重返巢穴。它们的职责并未发生改变，依然是保卫巢穴，只不过上升为领袖级别。

四、信使异形

宿主：四足动物

体长：两米左右

体重：140千克

体色：暗红色

鉴别特征：体形较小，无法直立行走，没有背刺

战斗力：55

防御力：35

生命值：65

得意技：致命扑杀、厉鬼钢牙、远程吐酸

信使异形与其他异形的不同点，在于它们的宿主并非人类，而是诸如狗、牛这样的四足哺乳动物。通常来说，灵长类，甚至更为强大的铁血战士是异形的首选，异形不会选择这些体形较小或笨重的哺乳动物，但在宿主缺乏或抱脸虫寿命即将完结的情况下，它们也会选择四足动物作为宿主，破胸成年之后就是信使异形。

信使异形初次亮相是在“第三次异形事件”中，一只信使异形做掉了二十几名孔武有力的重刑犯，虽然重刑犯们没有枪，但信使异形的杀伤力仍然令人胆寒。

1．身体结构

信使异形具备了四足动物的大部分特点，采用四肢行走，能够直立身体做出前扑姿态，但无法直立行走，上肢四根“手指”依然是攀爬的工具。

信使异形没有背刺，可能采用肺部呼吸，也导致了信使异形的身体构造与感官属性不同于其他异形。信使异形极为罕见，但是具有异形的一贯特点，比如酸性血液、内巢齿这样的基本构造。信使异形非常“苗条”，体形娇小，是已发现异形中最小的一类。而且信使异形外骨骼脆弱，力量不佳，但体能充沛。

2．习性

信使异形的各方面机能都逊于普通异形，但千万不要小看这种异形，它们很善于扬长避短。以四足生物为宿主使它们奔跑起来快如闪电，而且细小的身体，使它们更容易躲进狭小的空间发动突然袭击。

信使异形还表现出四足动物的特点，善于利用嗅觉扑杀猎物，容易被移动的东西吸引，喜欢僻静的地方，加之异形共有的攀爬习性，使得信使异形比以隐藏偷袭著称的侦察兵更加危险。它们不像侦察兵那样搞地下活动，而是将通风管道作为捷径，快速穿梭于不同区域，搜索人类，杀死之后逃窜。

信使异形有一手绝活：吐酸。虽然在异形种族中，吐酸是一种普遍的远程攻击方式，但信使异形无疑将这种本领升级换代了，仅次于突变异形“毒液”。

3. 主要职能

严格来说，信使异形并不属于异形正规军，娇小的体形使它们很难独自完成抓捕宿主的任务，只能作为刽子手，发动麻雀战，成为异形游击队的代言人。

由于宿主的缘故，信使异形的智商也存在硬伤，落单的信使异形很容易被引入陷阱，成群结队的信使异形也没有纪律性而言，人类大可利用这个弱点击溃它们。

五、铁血异形

宿主：铁血战士

体长：3.5米左右

体重：450~500千克

体色：米黄色，皮肤上有斑点

鉴别特征：口器两旁的双颌，柳条状的头发

战斗力：90

防御力：55

生命值：85

得意技：重装巨尾、怒拳暴击

铁血战士是异形的天敌，它们的武装和力量可以摧毁相当数量的异形，即便如此，不到万不得已最好不要请这帮救兵。铁血战士完全不把人类放在眼里，甚至消灭异形时捎带人类一勺烩，而且铁血战士一旦被异形寄生，就会出现一种最为强悍的异形品种——铁血异形。

1. 身体结构

铁血异形以铁血战士为宿主，遗传了后者的优势基因，身材高大，直立行走，力量深不可测。它们有着铁血战士的显性特征，头部后延长有柳条状的发髻，外骨骼包裹着米黄色的皮肤，上面布满了斑点。尤其是它们的口器，嘴巴两侧的双颚并不是摆设，双颚钳住猎物，能使铁血异形更好地发挥内巢齿的作用。

铁血异形是一种两足行走的生物，这让它们的尾巴看起来有些多余，实际上，铁血异形之所以保留尾部，是将其当成一种武器。它的顶端是一个枣阳槊①般的骨瘤，挥动起来横扫千军。

2. 习性

铁血异形是天生的领袖，具备了铁血战士捕杀猎物的特点，采用野蛮的狩猎方式，像野兽一样围绕着猎物游移，通过大声咆哮震慑猎物，扭断对方的脖子，从而将其杀掉。铁血异形喜欢攻击具有挑战性的目标，和铁血战士是旗鼓相当的对手。

3. 主要职能

铁血异形继承了铁血战士的坏脾气，性格自负，是天生的游侠、孤胆战士，以狩猎为乐。它们游离于整个异形部落之外，培育出一批普通异形为自己服务，建筑自己的巢穴。

那么铁血异形是否会服从异形皇后呢？毕竟异形是母系社会，只遵从拥有繁殖能力的异形皇后，而铁血异形同样拥有繁殖能力。一个比较恰当的说法是，作为异形家族的成员，铁血异形“听调不听宣”，割据一方。但无论智商还是体能，铁血异形都无法达到异形皇后的高度，因此仍然属于下属级别。

4. 特殊的繁殖方式

铁血异形的独特繁殖方式使研究人员产生了浓厚的兴趣。铁血异形属于胎生，内巢齿不仅是攻击武器，还是生殖器官，其内部可产生异形胚胎。

“康尼森镇事件”中，医院监控显示，一只雄性铁血异形觅得一位怀

---

① 枣阳槊：中国古代十八般兵器中的重兵器之一，由矛和棒演变而来，顶端为一长圆形锤，上面密排铁钉和铁齿，较为笨重，多为力大悍猛的将领使用。《说唐》中，单雄信用的便是枣阳槊，威风八面。

孕的人类女性，内巢齿深入对方的喉咙，用口爆的方式植入异形胚胎。几小时后，这位女性腹部破裂，四只铁血异形出世。

铁血异形寄生的方式，实际相当于动物的交媾行为。它遗传了铁血战士高效的繁殖基因，并加以改造，可以直接通过内巢齿进行胚胎植入，等同于“精子”。而目标宿主必须为怀孕的女性，胚胎被注入体内，进行营养摄取和基因改造。铁血异形一次可植入4~5只异形胚胎，效率之高，令异形皇后也颜面扫地。

因此，铁血异形更像一个国王，打破了异形的母系社会机制，因此也被异形部落排除在外，建立自己的异形王国。

天生领袖：高等异形

普通异形经过二次发育，便进化成为高等异形。

一、禁卫异形

发育之源：战斗异形

体长：3.6~4米

体重：700~800千克

体色：黑色，蓝色

鉴别特征：扇面状的头部，直立行走，两对背刺

战斗力：100

防御力：95

生命值：105

得意技：战斧巨爪、巨龙摆尾

雄性战斗异形二次发育之后便成为禁卫异形，又被称为“皇家执政

官”，地位仅次于异形皇后，是异形巢穴中的“台柱”，也是异形皇后的亲随。

1. 身体结构

体形巨大，扇面状的头部是所有异形二次发育后的标志，禁卫异形也不例外。它们具有所有同等级别异形的共性，拥有被强化的身体机能和更厚实的外骨骼，皮糙肉厚，仅仅比异形皇后小一号。

2. 习性

别看禁卫异形体形庞大，但它们身形足够灵活，仍然具有一定的攀爬能力。当然，禁卫异形的敏捷度和跳跃力与普通异形无法相提并论，显得有些笨重。拥有如此巨大的身躯导致禁卫异形向来不善于隐蔽，取而代之的是利用自身的条件对敌人进行震慑。

它们的优势在于身体机能和感觉器官的进化，是升级版的战斗异形。像金属装甲板的坚硬外骨骼，能抵御小口径步枪武器进攻，强有力的前肢可以掀翻一辆汽车，尾部的尖刺就像一把加长重剑，作战能力在五只普通异形之上。感官上的突出使它们对周围的风吹草动极为敏感。

3. 主要职能

能够成为禁卫异形的都是最具实力的战斗异形，每个异形部落最多同时拥有四只禁卫异形。它们通常坐镇副巢穴，是巢穴的领袖、保卫巢穴的总指挥。禁卫异形智商很高，可以替代异形皇后向其他异形发号施令，制订防御和进攻策略，也可以像人类领袖那样进行战前动员演说，释放出一种类似兴奋剂的信息素，鼓舞士气，增强异形军团的战斗力。

二、异形皇后

发育之源：雄蜂异形

体长：5.5~6米

体重：6~10吨

体色：黑色，蓝色

鉴别特征：扇面状的头部，两对前肢，三对背刺

战斗力：120

防御力：105

生命值：120

得意技：战斧巨爪、巨龙摆尾、内巢齿穿刺、运筹帷幄

异形皇后是异形的最高领袖，体形、智商最高的异形。每一个异形部落中拥有一位皇后，是所有异形的母亲，部落中唯一拥有繁殖能力的雌性异形。

1. 身体结构

除了异形圣尊，异形皇后是体形最大的异形，拥有三对肢体，包括一对后肢和两对前肢。在它的脖子附近，分化出一对向内弯曲的小内爪，与霸王龙的前肢相似，可以用来辅助巨大的身体进食和猎杀。牙齿随着时间的推移，已经渐渐分不出门齿和犬齿，非常锋利。

2. 习性

异形皇后是最强大的异形，直立行走，身高腿长，移动速度很快，两对前肢和刀片状的尾巴作为进攻武器。

异形皇后除了智商高于其他异形，并不像其他母系社会生物蚁后、蜂后那样笨重软弱，它拥有最致命的杀伤力，也成为守卫异形家园的最后一道屏障，BOSS级首脑。异形皇后通常不主动出战，会像老母鸡一样待在“育婴室”中产卵。

3. 产卵器

异形皇后不出战并不是爱好和平，而是它产卵时无法移动。异形的身体内没有产卵器官，下体的泄殖腔会产生一根臃肿的产卵器，相当于身体外的子宫，向后延伸，使得异形皇后不得不将自己悬挂在巢穴壁上，以支持身后这一大堆零碎。

如果异形皇后遇到危险，身体可以从产卵器上挣脱。这种强拉硬拽的方式致使异形皇后下体遭受重创，元气大伤，而异形皇后在长出新的产卵器前是无法产卵的。

没人知道皇后一次可以产下多少枚异形卵，也不清楚皇后的排卵期。

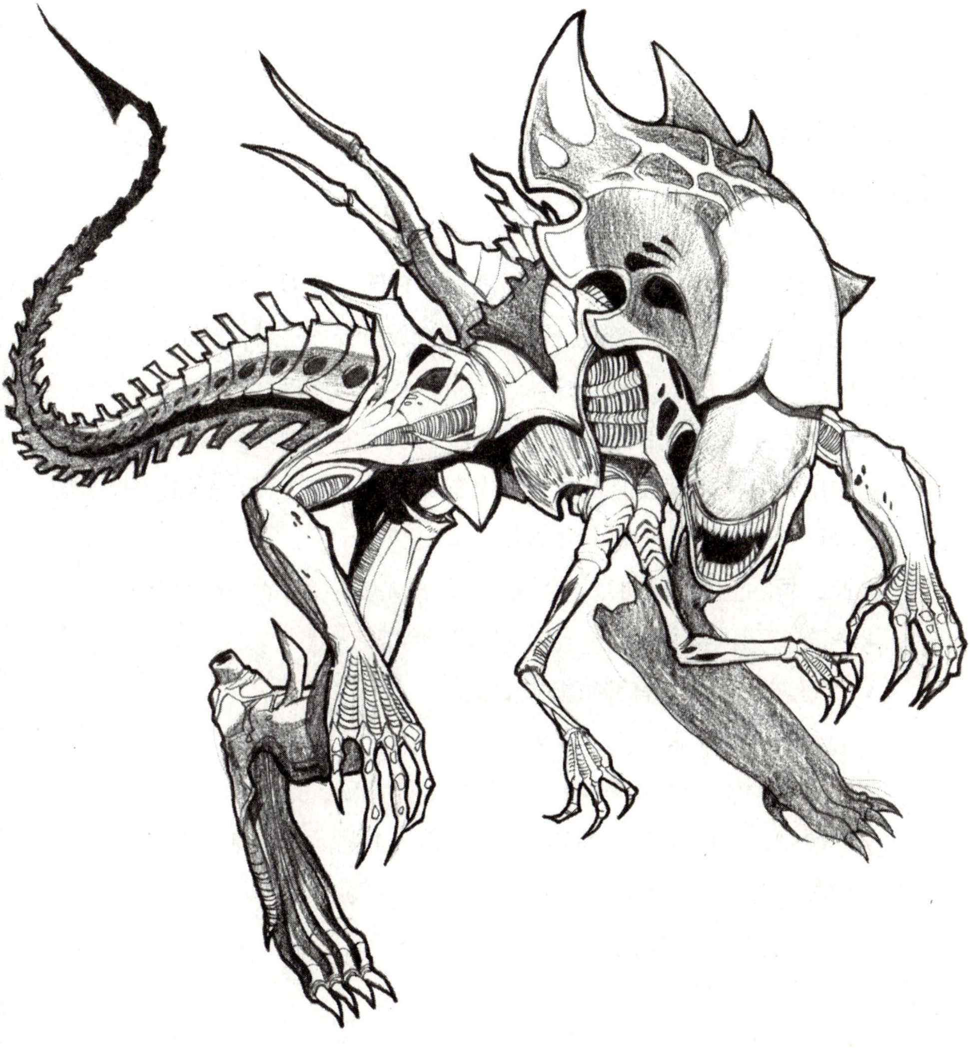

唯一可以肯定的是，异形皇后难以预测的繁殖率使得异形部落有无限扩张的可能，异形也像病毒一样越来越多。

异形皇后的产卵期能够持续多长时间，这个没有准确答案。“布维岛事件”中被囚禁的那只异形皇后，至少阿兹特克文明时代就健在，并且每隔百年就会有铁血战士来到地球，让皇后繁殖异形卵。这个活动大概持续了近千年，直到2004年，这位皇后依然有产卵能力。如果不是维兰德公司人造卫星发现了布维岛地下的不明热源信号，这只异形皇后还不知道要继续繁殖多少年。

4. 主要职能

作为一个部落的领袖，异形皇后独自享有繁殖权力，但不要以为它的使命如此简单，异形皇后必须协调部落中的所有关系，以维持部落的正常运作。

一个刚刚建成的异形部落，异形皇后就像一个刚刚起步的创业者，如果部落中出现其他高等异形，就会发生资源不够用的情况，不但无法创建庞大的异形王国，连自己的小命也会丢掉。

因此，异形皇后必须协调“君臣关系”和优化资源配置，释放信息素：

- 控制异形的身体发育，使它们体形不再变大。
- 保证自己唯一具有繁殖能力的地位。

异形皇后的信息素是有一定范围的，当它的管辖区域内“人满为患”时，就需要“授权”雄蜂异形在管辖权之外建立新的巢穴。脱离异形皇后信息素的控制，雄蜂异形身体可以自由发育，最强的雄蜂竞争上岗，发育为新一代异形皇后，统治新的巢穴，壮大新的部落。

新皇后仍然受到老皇后的统治，而后者也有了一个新的名字：异形圣尊。

三、异形圣尊

发育之源：异形皇后

体长：7.5米

体重：15吨

体色：灰白色

鉴别特征：干燥、灰白色的外骨骼，扇形头冠脊状骨为五根

战斗力：60

防御力：120

生命值：120

得意技：运筹帷幄、斗转星移

异形圣尊其实是一只非常老的异形皇后，进行三次发育之后而产生。通常二次发育之后的高等异形是大多数异形生命的最后阶段，很少有异形能够进行三次发育。

1. 身体结构

圣尊的体形比皇后还要大，区别在于两点：

● 从外观看，就可以断定圣尊非常老，外骨骼褶皱、干燥，颜色为变成了干巴巴的灰白色，说明外骨骼中的几丁质层已经随着时间推移逐渐钙化。

● 圣尊的头冠更加巨大，表面的脊状骨从三根变为五根，上面覆盖的鳞片状层完全退化，头冠后延还能看出分层状，并且形成了一个个向后生长的尖刺，几乎看不出脊状骨的次生状态。

2. 主要职能

异形圣尊的管辖区域非常大，在“LV-1201事件”和“BG-386事件”中，各发现过一只异形圣尊，统治着整个异形星球，其他巢穴中的年轻异形皇后也在其管辖范围内。

“BG-386事件”中，陆战队员“菜鸟”①曾经干掉过一只待在殖民地熔炉上方产卵的异形圣尊。它的身体可以看见弹孔和磨损的痕迹，头冠甚至残缺不全，是经历了多次战役存活下来的老年异形。

---

①“菜鸟”：殖民地陆战队“回声救援小队”新兵一枚。“BG-386事件”中大部分成员被屠杀殆尽时，他左冲右突杀出一条血路，战斗力可嘉。逃出生天后，救援机下落不明，生死未卜。

“菜鸟”引爆熔炉炸毁圣尊时，这位圣尊自始至终没有动地方，可见它已风烛残年，老得无法活动了，除了统治乖巧的部下和皮糙肉厚之外，已经没什么本事了，但繁殖能力依然没有退化。

异化杀手：突变异形

突变异形并非由对宿主的“DNA优化选择”产生，而是由于自身的母系遗传特征，由人工干预或自发性的基因变异产生的异形。这样的异形非常稀少，但种类繁多，有的只存在于传说中，被认为是游离于异形种族之外的亚种。

一、神仆

关于神仆的身份，众口不一，但可以肯定的一点，神仆与异形有着千丝万缕的联系。而对于神仆的进一步研究，由于“空白期”停滞不前，推测它的基本功能如下：

- 神仆有着酸性血液和高速的代谢机制。
- 神仆没有背刺，但这是一只幼年的生物，像异形的破胸者一样，身体结构还未发育完全，成年后长出背刺的概率非常大。
- 根据“DNA优化选择”的特性，神仆成年后可具备巨人族那样的体形，异常魁梧。

二、逆种

体长：2.4米

体重：140千克

体色：黄绿色

鉴别特征：人与异形的杂糅

战斗力：130

防御力：20

生命值：70

得意技：天生神力

“第四次异形事件”中，出现过一只臭名昭著的突变异形——逆种，由遗传“蕾普利8号”子宫的异形皇后生育。

1．外形构造

逆种完美地遗传了人类与异形的双重DNA，没有背刺和尾巴，四肢纤细。外骨骼并非硬化，而是柔软的淡黄绿色的肉质皮肤。

从皮肤上判断，这种生物与异形一样，由氢、氟、氯等元素组成，但逆种的血液是红色的，说明其血液遗传自人类，很有可能也具备酸性。它的头部像一个骷髅，眶骨内部是深邃的目光，鼻子内陷，嘴部没有咬肌，

牙齿外露，没有内巢齿。

逆种也拥有和异形一样的梭状头冠，但后延与背部长在了一起，看上去就像一个“罗锅”。

2. 行为举止

逆种的行动缓慢，但力量奇大。刚出生的逆种通过嗅觉，认定面前的皇后并非自己的母亲，从而一掌将皇后头部打碎，证明其力量要比异形皇后更加强大。

异形皇后用胎生的方式生下逆种，而胎生基因来自“蕾普利8号”，因此逆种更像人类，具有人类的本能，认为人类是它的母亲。

3. 悲情弃婴

逆种具有人类婴儿的特性，具有破坏欲，轻易地捏碎了迪斯特韩诺[①]的脑袋；同时对母亲有强烈的依赖性，表现出亲昵的行为，发出细微的叫声。但谁也不敢保证逆种成熟之后的行为，因此“蕾普利8号”选择杀死了它。逆种临死挣扎时，显示出悲痛的情感，这是孩子与母亲分别时的表现。

三、撞击者

体长：3米

体重：700千克

体色：黑褐色

鉴别特征：巨大的头部，四足爬行

战斗力：110

防御力：150

生命值：120

得意技：铁头撞击

---

① 迪斯特韩诺：“御夫座”号士兵，是梅森·雷恩的贴身护卫，但对其行为并不认同，最终站在了“蕾普利8号”一方，提供了逃生路线，是团队的向导。

撞击者首次露面于“LV-426救援行动”。

1. 信使异形的近亲？

撞击者究竟是不是由信使异形发育而来？从撞击者那副尊容来看，很有可能。

撞击者有着与信使异形同样的四足爬行特点，外形类似白垩纪的三角龙，身宽体胖，扇面形头部上有五根脊状骨，代表了异形的三次发育！但为什么以高速、脆弱著称的信使异形，发育结果却是笨重、身披重甲的撞击者呢？因此有人认为，撞击者是一种突变异形。

2. 战场堡垒

撞击者绝对是“钻石体质”，身披超厚外骨骼，就像一辆重型装甲车，对步枪、冲锋枪的攻击完全免疫，扇面状的头冠也比其他高等异形更加厚实，就像一面天然盾牌，能够阻挡包括巴雷特M82A1反坦克狙击步枪在内的大口径子弹。

撞击者四肢发达，可以进行冲刺，是战场上的移动堡垒。巨大的身形产生的惯性，使得撞击者具有强大的动能，是摧毁建筑物、掩体的主要力量，与公元前5世纪的希波战争中阿契美尼德王朝[①]使用的铁甲骑兵类似。一只撞击者身后总是跟随着一票“小弟”，人类若不幸遭遇，走为上策。

四、毒液

体长：2.4米

体重：160千克

体色：黑色

鉴别特征：头部酸腺

战斗力：75

防御力：50

① 阿契美尼德王朝：波斯帝国的王朝。公元前558年居鲁士所建。在马其顿亚历山大东征中，公元前330年，末代国王大流士三世战败被杀，王朝结束。

生命值：65

得意技：暴雨梨花酸

在“LV-426救援行动”中，出现了一种非常擅长喷酸的异形：毒液。

毒液与普通异形区别在于它们的头部，梭状头部两侧非常宽厚，长有酸液腺体，储存着大量的酸液，吐酸时薄膜肿胀后突然收缩，依靠压强将“酸液”发射出去，从酸液量到射程都要高于其他异形。毒液的吐酸能力可达80~100米，对人类的威胁相当大。

当然，它们头部的腺体也是最大的弱点，遇到这种异形，远距离击破腺体，相当于废了它们的武功。

五、尸爆

体长：2.4米

体重：160千克

体色：黑色

鉴别特征：浑身脓包

战斗力：70

防御力：50

生命值：60

得意技：自爆

尸爆就像一个身染重病的战斗异形，体表布满了透明的肿瘤状突起，像脓包一样，极其令人厌恶。在脓包下面是涌动的酸血，一旦遭受攻击，这些脓包就会像气球一样炸开，酸血的飞溅范围远远大于其他异形。

尸爆还有一项必杀技——自爆，轻易不会采取这项技能。当它们受伤时，会偷偷潜伏至目标附近，通过加速血液的流动，使体表的脓包膨胀爆裂，将自己变成“人肉炸弹”，可以对方圆10~20米内的生命造成不同程度的伤害。因此遇到尸爆，一定要敬而远之，在自爆前将其消灭，它们身上的脓包是它们的武器，也是弱点。

URVIVAL
ANDBOOK
ROM ALIEN

中篇

地球末日

——异形入侵危机

异形其实离我们并不远……

异形降临，你不得不离开温暖的小窝，就会发现外面的世界并不轻松，它比你想象的还要猛烈，充满了危机。这些危机不光是异形，还有人类在危险面前的慌乱、紧张和歇斯底里，危机无处不在。

慌乱是危险突破人类心理承受压力极限所致，异形真正出现在面前时，谁都害怕，都想开溜，因此绝对不慌乱根本不可能做到。

本篇并非灵丹妙药，只是告诉你，真正遭遇异形危机时应当如何处理。当异形危机爆发时，下面的内容会帮助你躲过危险，将慌乱降到最低，提高生存指数。

SURVIVAL
HANDBOOK
FROM ALIEN

第六章

红色警戒——异形危机预警阶段

异形已经来了！

在这场实力悬殊的生死搏斗中，我们首先要做的，就是做好应对危机的前期准备，搞清楚异形是什么，它们的弱点是什么，然后搞清楚你能做什么。

《异形生存手册》十大准则禁忌，是你最好的行动指南，好好看，照着做，就能活命。

这场恶仗即将打响，注意，不要去想怎么打败异形，首先想办法活下来吧，活着才有资格去想后面的事情。

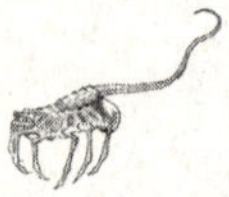

从太空到地球：异形的奇幻漂流

“宇宙”存知己，天涯若比邻。宇宙有超过1000亿个银河系，每个都包含了千亿颗行星，如此巨大的空间，地球不可能是唯一演化出生命的行星。很多人对外星人好奇，实际上外星人并不都像电影《E.T.》中那样友好善良，与人类小伙伴相亲相爱。异形的出现，打破了人类对外星人的美好幻想。

可人类就是一种奇怪的生物，任何时候都打算挑战极限。还没等异形拜访我们，人类就急不可耐地在宇宙主动寻找异形了。这其中有好奇，想搞清楚异形到底是何方神圣，也有看中了异形的科研价值，想利用异形研发生化武器。

无论哪种倾向，人类自大的天性在浩瀚的宇宙中，都像达尔文在《进化论》中对蚯蚓智商的评价一样，不值一提。在各种异形事件中，以维兰德-汤谷公司为首的人类，不惜一切代价打算将异形带回地球研究，导致了一次次异形事件的爆发，损失惨重。许多优秀的战士相继死在了异形的魔掌之下，而仅有的生还者，用句时髦话说，差点就扑街了。

从2091年“普罗米修斯事件”开始，直到2381年“第四次异形事件”结束，蕾普利等人付出了血的代价。这些英雄的目的只有一个，阻止异形来到地球。他们明白，异形一旦踏上地球，就意味着人类的灭顶之灾。这种像病毒一样的生物近乎无限制的扩张，甚至有可能占领地球，使人类灭绝。

但他们万万没有想到，在这之前，异形就已经在地球完成了它们的血腥洗礼。

一、异形拒绝传说

在维兰德-汤谷公司位于南非的工作站中，有人在一座破旧仓库里发现了两个布满灰尘的档案袋，看上去年代很久了。这个东西看上去毫不起眼地被丢在了角落，但档案袋淡黄色牛皮纸上“维兰德工业（绝密）”几个醒目的字眼，令人不得不对里面的内容充满了好奇。

档案袋中记载着异形在地球上的两起事件：2004年的“南极洲布维岛事件”和“科罗拉多州康尼森镇事件”。这两起事件被称为“遗失档案”。它告诉了人类一个冰冷的事实：早在2004年，异形就在地球上留下了足迹。

出乎意料的是，据阿兹特克人遗迹文献记载，最早可追溯到几千年前，地球上就留下了异形的烙印，笼罩在异形的魔掌中，随时会用死神的镰刀收割人类的灵魂。

从未来到过去，这一切就像穿越，时间仿佛倒流，异形不再是传说中可望而不可即的生物，不再是未来虚无缥缈的灾难，它们就在我们的身边！

二、异形入侵地球？

1. 文明的遗言

从“布维岛事件”中得知，铁血战士在地球设立了数个“考场”，让未成年的铁血战士猎杀异形通过成人礼考试。研究人员据此找到异形存在于地球的重要证据：

● **神的祭祀**

铁血战士在几千年前降临地球，带来异形。他们教会人类建筑房屋，被人类奉为神明，而代价是人类向“神”奉献活人祭祀——用于繁殖异形的宿主。从布维岛地下的建筑物可知，该金字塔融合了埃及、阿兹特克、柬埔寨三种文明的建筑风格。

● **生存还是死亡**

铁血战士的成人礼结束于以下两种可能：

其一，铁血战士通过考试，杀死所有异形，将异形皇后再度冰封，等待100年后下次成人礼再度激活。

其二，铁血战士未通过考试，为了避免异形扩散，启动自毁装置，与该区域内包括异形皇后在内的所有异形同归于尽，于是整个文明一夜之间销声匿迹，从地球上抹掉了。

● **异形风波再起**

在其他文明遗迹中，包括埃及、伊拉克、中国、印度等国未被发现的建筑遗址中，可能仍然存在等待激活的成人礼“考场”。铁血战士的自毁行为，也解释了诸如玛雅、巴比伦、亚特兰蒂斯一夜之间消失的原因。但在自毁过程中，是否有异形逃出成人礼考场，不得而知。

作为铁血战士的成人礼试炼场，地球上一定还存在着一处或者数处“考点”，异形皇后仍然处于沉睡之中，在下一拨铁血战士光临地球之前，该区域一旦被人类发现，就有可能提前触发异形危机。

2．未知生物之谜

除了铁血战士，异形是否还有其他途径降临地球呢？

据称，2010年，太平洋生物顾问小组[①]在阿拉斯加退潮的海滩上发现了一种未知生物的残骸，附着在一具尸体的头部。这种残骸看上去像是某种生物的一部分，一条管状物深入死者的口中，前段成钳状，末端参差不

---

① 太平洋生物顾问小组：一个给太平洋中的动植物做编目的小组。

齐，似乎是在外力作用下被扯断的。

当地上了年纪的渔民口中念叨着祖辈流传下来的传说，在白令海中，有一种体形类似螃蟹的生物，专门攻击潜水作业的渔民头部，是一种非常危险的未知生物。当地曾经在死去的渔民头部发现了上述管状物残骸，他们很早就了解这种生物的存在，并称之为“猎头蟹”，尽量避免和这种生物接触。生物顾问小组将这种生物命名为“exocell”，至今未获得活体标本。

在《魔律天书》的汇编档案中，不难看出言语中透露的震惊与恐慌，这种生物竟然与抱脸虫如此相似。我们来做一个大胆的推测，白令海底可能存在异形卵，在渔民潜水作业过程中，触发了异形卵中的抱脸虫，导致被抱脸。但在水下，抱脸虫无法向宿主提供氧气，自己也无法在水中长时间生存，导致二者双双死亡。

这种疑似异形的生物很早就存在于地球，可能是铁血战士带来，也可能是巨人族的遗留，无论哪种方式，异形危机一触即发，地球危在旦夕。

异形爆发等级划分

筛选异形出没的范围和规模，可以将异形危机划分为以下四个等级：

Ⅰ级蓝色警报

关键词：异形卵

Ⅰ级警报乍看是初级，但这意味着地球已经进入了空前的危机，人类已经笼罩在异形的魔掌之下。

异形卵出现可以判断出两件事情：首先，有异形卵证明存在它们的妈妈——异形皇后，这是一种非常危险的情况，其危害等级时刻准备调到最高级；其次，像“普罗米修斯事件”和“第一次异形事件”那样，异形卵或其他初级有害物质都是历史沉淀下来的产物，是开启新一轮异形肆虐的钥匙。

因此Ⅰ级蓝色警报的具体内容为：首次发现处于休眠状态的异形卵。该阶段要立即采取相应措施，包括调用相关科学部门和局部军力对异形卵进行销毁。

24小时内，如果没有发现包括宿主、成年异形在内的其他危害生物体，表明异形危机已经被有效控制。

Ⅱ级黄色警报

关键词：宿主

众所周知，异形卵即便在休眠时期，仍然具备一定的活性，在进行危机处理和防御的相关事宜中，一旦发生意外，危险等级立刻上升为Ⅱ级。

Ⅱ级黄色警报的具体内容为：发现空腔异形卵，周围存在宿主和死去的抱脸虫，在12小时内未发现异形宿主破胸和成年异形的存在。

该阶段应立刻进行宿主排查，进行平民疏散计划，设置隔离区，展开相关安全部署。

Ⅲ级橙色警报：

关键词：成年异形

如果宿主遭遇破胸，异形危机就正式进入了实体化的草木皆兵阶段，如临大敌。橙色警报仍属于区域性警报，但上升为最高级别警报的可能性非常大。

Ⅲ级橙色警报的具体内容为：成年异形出现，数量不多，并且在8小时内未进一步扩散。此时要调动大量兵力进行集中搜捕和猎杀行动，防止异形蔓延。

Ⅳ级红色警报：

关键词：异形皇后

该级别与Ⅰ级警报关系十分密切，倘若发现活性异形卵，证明存在产卵的异形皇后，要立刻将警报等级调整为Ⅳ级，刻不容缓。

Ⅳ级红色警报的具体内容为：发现异形皇后和异形巢穴，地球已经陷入空前危机，要启动国防力量发动消灭异形的战争，不排除使用大规模杀伤性武器的可能。

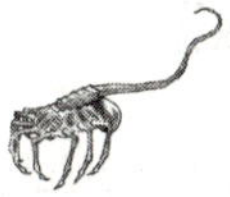

阿喀琉斯之踵：异形弱点分析

中国有句古话："金无足赤，人无完人。"西方基督教也认为，上帝创造万物时只能尽善尽美，而不会十全十美。

从某种意义上来说，异形是超级致命、最为先进的杀人武器，完爆人类好几条街。但先进并不意味着"十全十美"，即便异形处于食物链的顶端，也有自己的弱点。

这里要感谢《魔律天书》的编者，他们对异形进行了大量的研究，整合了所有异形事件的资料，终于归纳出了异形的几处弱点，称之为"异形的阿喀琉斯之踵"。了解了这种生物的弱点，无疑提高了异形遭遇战中人类的生存概率，增强了地球军团胜利的信念。

1．头部

与大多数生物一样，头部是异形最大的弱点，研究发现，成年异形，无论是光滑头部还是脊状头部，通常不会很厚，相对容易被武器贯穿。

异形的头部分为前额和后延，打穿异形头部后延的大部分区域不会使它们立刻死亡，但会阻断它们的神经系统，降低战斗力。而前额是异形的致命处，无论普通的异形还是高等的异形皇后，光滑的前额都无法抵御子弹的冲击。但这块只有巴掌大小的区域无疑增加了瞄准的难度，这就需要我们瞄准异形前额，这里是异形的命门。针对不同异形，选择不同口径和

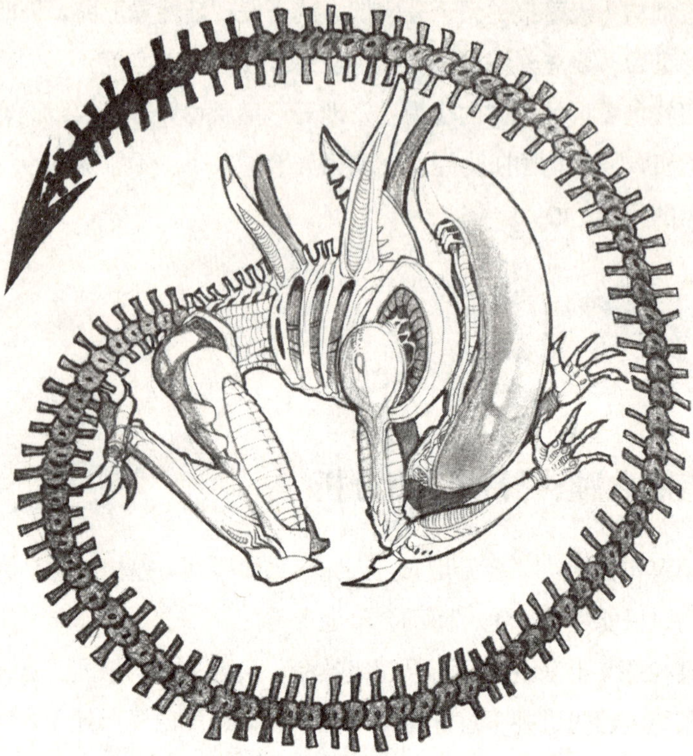

威力的杀伤性武器，可以令异形一击必死。

2. 四肢

纤细的四肢是异形的另一大弱点。大部分时间异形都处于爬行状态，当它们直立起来或者向目标扑去时，张开的四肢便暴露无遗，攻击四肢是使它们丧失行动能力的主要方式，而且可以降低异形体内高腐蚀性的血液飞溅伤害人群的可能性，因此应当集中火力攻击异形的四肢，尤其是腿部。失掉行动能力，就等于损失50%以上的战斗力，接下来的工作就变得相对简单了。

3. 智商

虽然异形高度进化，拥有超强的适应能力，但智力仍然是它们的“硬伤”。单一地服从皇后的命令，发现目标不顾一切的攻击方式，使人类更胜一筹。无论逃生还是进攻，智力上的优势足以成为人类面对异形时的决定性因素。高级的诱饵、陷阱等计谋的运用，密集火力、尖端武器等科技的运用，这些都是异形无法比拟的。人类可以完全掌握异形的习性，采用策略弥补自身的劣势。

4．致命摇篮

相比成年异形，这种生物学上“完全变态”的生物幼体，杀伤力要小很多。这就需要我们寻找机会，将它们扼杀在摇篮中。抱脸虫虽然高度敏捷，但它们在“抱脸”之前几乎没有任何杀伤力。而破胸者就更加脆弱了，它们都不会对人类造成很大伤害，这就需要人类主动寻找并消灭它们。

5．低温

异形是一种喜温生物，在热量充足的情况下如鱼得水，而寒冷会使异形身体机能下降。“布维岛事件”里，爬上地表后相对迟钝的异形皇后被成功灭掉。“第四次异形事件”中，戈德曼博士利用液氮教训异形。

人类掌握了它们怕冷的习性，就可以运用战术，从武器选择到寒冷气候，一举击溃异形。

当然，我们也要考虑到在寒冷环境中，人类身体机能会受到限制，应针对不同人群的适应能力进行战术选择。

6．火焰

可以大胆地说一句，只要是生物，都会害怕火。尽管在茫茫宇宙中，不同行星的气候条件和生存环境与地球大相径庭，如果存在生命，想必也会进化出不同的能力，但暂时没有发现可以在“烈火中永生”的生命。火焰燃烧时，生物的表皮与空气加剧氧化反应，这一点任何生物都吃不消。

“第三次异形事件”中，接近1800摄氏度的铅水浇在异形身上，没有将其烫死，只是使其遭受大面积的烫伤，说明聚四氟乙烯和碳化硅等物质组成的外骨骼具有强烈的耐热性。

火焰伤害不仅仅是高温，火焰会与异形外骨骼中的几丁质等成分发生化学反应，直接导致异形表皮细胞熔于火焰进而蒸发，这是异形受不了的。与其他生物一样，异形哪怕有登天的本领，也没有“辟火诀”。

《异形生存手册》十大准则、禁忌

第一条

准则一：明白对手是谁

首先我们要明确，异形不是低等生物，也不是装备精良的部队，而是一支有组织、有纪律、有杀伤力、有智慧的“四有”外星生物，寻找宿主和杀戮是它们唯一的战斗动力，因此也就不会有坐下来谈判的可能性。而且异形毫无怜悯之心，这是一种单纯的生物，即便面对从装备到数量都占优的对手也毫不畏惧，也就避免了与异形玩心理战的可能性。种族灭绝般的屠杀使得我们不得不采用一切方式，为自己赢得生存的权利。

禁忌一：无准备之战

没经历过战争的人，通常会将其想象得非常吸引人，而不是可怕。于是在热情激励下猛然扑向敌人，管他对面是敌人的子弹还是异形的魔爪，胜利的桂冠近在眼前，荣誉的果实等待你的品尝。如果抱有这种想法，那么你冲向的不是异形，而是死神的怀抱。

任何情况下，都必须正视敌人，了解异形这种生物的可怕之处，做好充足的准备。只有深思熟虑，才能在残酷的遭遇战中获得生存权利。

案例分析：

“仅仅一只异形就消灭了除我之外的其他所有船员，如果LV-426上的居民发现了异形，就不知道还有多少人会遇害，你们根本不知道将要面对的是一种什么样的生物！”

——艾伦·蕾普利

“第二次异形事件”中，一支12人的陆战队登陆LV-426。与异形初次交手就造成8人丧生，登陆舰坠毁，全线溃败。是什么原因使一支训练有素的陆战队几乎覆灭？只因为他们根本不了解异形这种生物，《蕾普利报告》摆在所有人面前却被无视，导致错误地深入异形巢穴，最后损失惨重。

第二条

准则二：远离异形

异形入侵地球，大军压境，我们不得不拿起手中的武器进行还击。人类与异形之间实力悬殊，在任何情况下，都要时刻记住这条要领：离异形越远越好。无论防御还是进攻，都要与它们保持一定距离，免受伤害，活命要紧。

禁忌二：好奇害死猫

作为一种外星生物，异形卵、抱脸虫甚至一只成年异形，都会引发人类强烈的好奇心。我们要时刻铭记第一条准则，搞清楚异形这种生物的危害，在任何时候都要避免接近异形的愚蠢做法。

案例分析：

“你看她长得多迷人，过来小姑娘，你好，小家伙……”

——米尔本

“普罗米修斯事件”中，生物学家米尔本被困时发现了蛇形虫。根据头盔摄像机的视频记录，他以生物学家的本能好奇地接近了蛇形虫，却被蛇形虫缠住了胳膊，像蟒蛇绞杀猎物一样扭断了他的肘关节，并钻进了他的口中。这位生物学家就这样死于自己的好奇心。

第三条

准则三：建立团队

人类是群居动物，集体的力量远胜个体。俗话说：三个臭皮匠，赛过诸葛亮。即便臭皮匠们加起来的智商也比不过诸葛亮，但三人合力一定能把诸葛丞相胖揍一顿。单纯数量上的优势，在战略上往往会成为最普遍的制胜因素。面对异形时，本着“人多力量大”的原则，建立一个团队，会让你拥有队友的协助及更大的生存空间。

禁忌三：独自求生

通过异形与人类的几次战役，可以得出一个结论：一个训练有素、全副武装的人面对一只成年异形，胜率绝对超不过50%。因此在防御异形的时候，应该极力避免“落单”，哪怕团队“分开行动”，也是非常错误的。

身边的人越多，就越容易被异形发觉，无疑增添了危险性，但拥有队友的你生存概率是“九死一生”，独自面对异形就是“十死无生”。

案例分析：

“我们没有时间进行充分的训练，因此我们必须组成一个团队，如果想要大家活命的话。”

——艾丽莎·伍兹[①]

第四条

准则四：团队分工

组队时，不可避免地鱼龙混杂，谁也不能奢求自己的队员都是以一当十的超级战士，当三教九流会聚一堂时，我们需要对成员进行分工。

团队成员最少为六人，各司其职。

领袖：“好狗护三村，好汉护三林”，首领的人选通常是队伍中最有影响力的人，队员们会倾向于团结在他周围。一个优秀的领导者，是整个团队的生存希望。

向导：领袖的副手，扮演了非常重要的角色，一般会找当地人或对地理和野外求生比较熟悉的达人，以便带领大家逃出困境。

前哨：需要一名拥有强大胆识和清醒头脑的家伙担当前哨的重任，在不脱离团队的前提下，游走于队伍外围，时刻察觉四周的动静，一有危险就立刻通知大家。

---

① 艾丽莎·伍兹：环保科学家，“布维岛事件”中维兰德工业科考队的领航员，唯一生还者，事后维兰德工业给了她不菲的封口费。她一直生活在监控下，直到去世，著有《布维岛回忆录》。

干将：队伍中最强大的人，可以成为团队的主要依靠力量，他可以协助其他队员和弱小者，也是对抗异形的主要力量。

断后：一名断后者必不可少，要随时注意身后的动向，为大伙儿解决“后顾之忧”。

后勤：假如采取长线战略的话，找专人负责那少得可怜的口粮是非常重要的。“负责”不代表着要解决后勤，而是采取措施，合理分配和看管物资。

禁忌四：个人英雄主义

个人英雄主义与团队之间的矛盾，是人类本性与社会化之间的矛盾。个人英雄主义并不是“落单”，而是“单干”，是个人主义的体现。人类是一种社会性动物，但遭遇异形时，总有一两位“自命不凡者”挺身而出，打算独自杀死异形，得到别人认同，导致团队行动功亏一篑。

要时刻记住，个人英雄主义只在电影里才会成功，现实中完全不提倡这种自杀式的行为。

案例分析：

“现在危机四伏，大家在这里集合。这里没有通风口，如果怪物来了，一定走大门，要有人守门，怪物来了我们才会知道。现在先躲好，准备迎接它，有武器的，就拿出来用吧，否则救援队来之前，我们全都死翘翘了！”

——莱昂纳多·迪伦[①]

“第三次异形事件”中，在蕾普利的主张下，制订了一个“不太有效”的战略方针——诱杀异形。这起事件中，成员分工不同，前哨、诱饵、操作者、瞭望台无不安排了人员，这是有记载以来第一次团队分工，虽然经验不足和武器匮乏导致伤亡惨重，但无疑为抗击异形提供了一个很好的借鉴。

---

① 莱昂纳多·迪伦：“狂暴161监狱”的服刑犯，因杀人和强奸幼女被判终身监禁。在被关押过程中，找到了上帝的归宿，成为虔诚的信徒和监狱宗教领袖，也是“第三次异形事件”中的团队首领。

第五条

准则五：合纵团结

人多力量大，但是酒囊饭袋、贪生怕死的人甚至个人英雄主义者，都会在关键时刻成为拖累，这就要求更加注重团队合作。当团队合作是出于自觉自愿时，它必将产生一股强大而且持久的力量。因此，合理安排好团队中每个队员的角色，队员齐心协力上下拧成一股绳，可以使你的团队更好地应对遭遇战。在队长的领导下，明确的分工，一致的目标，没有比与队友联合起来一起逃离险境更好的事情了。

禁忌五：内耗祸害无穷

要注意一点，在团队当中，总有那么一两个不和谐的声音。有的是为了异形的科研价值，想拿异形来创造财富与荣耀，有的是为了自己的生存而不顾他人。证据显示，在多起异形突发事件中，这些谋求私利之人的行为都是惨剧的导火索。

每个人都是独立的个体，有自己的思想和打算，尤其是在面对异形，生命受到严重威胁的时候，利己主义心态盛行，这是团队行动中的大忌。活命固然重要，但相得益彰的合作才是活命的前提。

案例分析：

“想要活命的话，就团结一致，你们同意吗？”

——克里斯汀[①]

“第四次异形事件”中，该团队是最为经典的案例。首领“蕾普利8号”精明强干，仿生人考尔是她的得力助手，还有火暴勇猛的约翰纳[②]、

① 克里斯汀：最值得信赖的“贝蒂”号船员，颇具正义感。船长埃尔金死后，显示出了卓越的领导才能。手腕处隐藏着两只微型手枪，射术高超，被异形酸液喷至脸上受重伤，为救维斯而死。

② 约翰纳：脾气火暴的“贝蒂”号船员，有一股不怕死的冲劲，为人霸道任性，曾对“蕾普利8号”产生浓厚的兴趣，生还者之一。

敏锐勇敢的克里斯汀、身残志坚的约翰·维斯[1]、沉默的迪斯特韩诺，组成了一支彪悍的战斗小队，在一次次遭遇异形后死里逃生。但唯一不安定的因素在于温诺·梅森，一个自私自大的男人，认为异形比所有人都重要，并且在逃生过程中枪击考尔，最终自食其果。

第六条

准则六：光明是你的伙伴

黑暗，对于外表暗色、善于潜伏和伏击的异形来说，是最好的盟友。反之，光明则是人类最好的伙伴。异形这种习性，使得它们光天化日出现的概率很小。人类可以在日光充足的情况下，进行战略部署，明亮的开阔地将使异形无处遁身，即便有，我们也可以毫不犹豫地群殴它。但是，夜幕的降临使得我们不得不身处于危险中，要打起精神来应对。

禁忌六：恐惧令人崩溃

随着夜幕降临，人类的恐惧感也显露出来。黑暗中，这种外表丑陋、杀伤力极强的生物随时会对人类生命造成威胁，导致人类心理防线崩溃。事实证明，因为恐惧全盘皆输的案例不胜枚举，恐惧使人类在异形面前不战自败。

首先要明确一点，胆怯不会因为精密的战术运用而消除。任何人，任何生物，都会对黑暗中未知的威胁产生恐惧，失去镇静。只有依靠大胆的进攻和防御，才能抵制懦弱和贪图安逸的倾向，获得战场上的胆量，得以存活。

案例分析：

“妈妈说，这个世界上没有怪物。”

——纽特[2]

---

① 约翰·维斯：前陆战队员，在一次战役中受伤高位截瘫，不得不依靠轮椅行动。“贝蒂”号上的老好人，与克里斯汀是生死之交，喜欢考尔，生还者之一。

② 纽特：全名瑞贝卡·乔丹，全家人都叫她纽特，除了她哥哥。“哈德利之希望”居民，异形肆虐后的唯一生还者，个性坚强，但目睹家人被杀对她打击很大，一度沉默寡言。死于“苏拉克”号救生舱坠毁。

“第二次异形事件”中，“哈德利之希望”殖民地中，这个12岁的小姑娘，在其他殖民地成员惨遭异形杀害时，隐藏在隔间里，一个人生存了17天。物资匮乏，危机四伏，唯有镇定和胆量让她坚强地活了下来。

第七条

准则七：生于忧患

异形危机不是实战演习，是关系到自身命运的生死战斗，必须时刻保持警惕。而这条准则的重点不是只在与异形战斗时保持警戒，而是任何时间，从防御到逃生，从异形出没前兆到最后进攻，时刻要绷紧神经，从精神到肉体，对危险保持敏锐的感觉。或许你的高度紧张会被嘲笑为“神经过敏”，但神经过敏的现实意义在于，你可以随时应对危险的发生，“神经过敏者”往往都活到了最后。

禁忌七：死于安乐

当你消灭了一只异形，或者成功抵御了它们的一次进攻，自以为万事大吉，心中的一块石头总算落了地，但如果就此放松警惕无疑大错特错。异形是一群不知道失败为何物的战士，它们不会退缩，也不会因为一次失败就放弃这片领地，踪迹全无的异形很可能躲在暗处酝酿着下一轮进攻。在异形被消灭干净，警报完全解除之前，你的“神经过敏模式”一定要保持下去。

案例分析：

“我不敢相信，不知什么东西能让一个人被活活地剥皮，而且没有一点痕迹，我们麻烦大了。”

——艾迪·莫拉莱斯[①]

“康尼森镇事件”中，异形危机爆发的前一天，异形与铁血战士已经开始了第一回合的战斗，并且波及人类。据生还者透露，当时警长已经意

---

① 艾迪·莫拉莱斯：康尼森镇警长，人缘很好，工作称职。事件爆发后，第一时间通知国民警卫队，参与到与异形的战斗中，死于核弹空袭，著有《警员不明事件殉职报告》。

识到了事态的严重性，并且发布危机警报，做好第一手应急准备。但镇上的人没有在意，依然悠闲度日，最终落入无法挽回的境地。

第八条

准则八：互通有无

危急时刻的通信是人类彼此相连的纽带，这里的“互通有无”除了依靠传统意义上的通信工具，也有人与人之间的交流、团队与团队之间的协作，将人类的力量发挥至最大功效。相互交流是很重要的，交流中可以了解最新战况，查明危险的方位，掌握防御和进攻的最佳时机，还能增进彼此的了解，对战场上的生存、团结、集中力量消灭异形有很大帮助。

禁忌八：“打死我也不信”

这个世界上总有那么一类人，不见棺材不掉泪。在未掌握真相前，对于异形是否出没，它们的危害和战况局势，不能完全听信他人，也不能稳坐泰山，闭目塞听，可以互通有无，做好相应的准备。要知道，真相不会自己跑到你面前，你必须有所行动，否则当“真相”突然出现在面前时，也就意味着死神的降临。

案例分析：

“坦白地说，我们的监狱向来平安无事，只是一直正常运作的机制出了点小毛病，我们要做的就是保持信心，等着救援队。另外，不要听信那个蠢女人蕾普利的话，她一直在制造谣言……”

——哈罗德·安德鲁斯[①]

这是一次令人沮丧的会议，因为所有人见证了他们“伟大”的监狱长在会议演讲中被异形抓走。

没有见过不要紧，但不重视死亡事件，也不采取必要措施，这种自

① 哈罗德·安德鲁斯：“狂暴161监狱”监狱长，不相信犯人们信仰的宗教，认为他们永远是狗改不了吃屎，讨厌蕾普利，暗中与维兰德-汤谷公司勾结，想依靠异形换取一官半职。

大的表现就连“85号”①都觉得颇具讽刺意义：“虽然我们都不喜欢监狱长，但他的死警醒了我们，让我们第一次见到了异形。”

第九条

准则九：理论联系实际

通常，提前制订战略方针有点纸上谈兵，但是如果不先在纸上谈一谈，危险真正来临时也就无“兵”可出。理论联系实际，充分把握时间、地形、人员和装备配置，随机应变。充分运用《孙子兵法》、“三十六计”等计谋和理论，声东击西，诱敌深入，暗度陈仓，力求扭转颓势。所有理论与战略中最强的“走为上策”，是面对异形时最可靠的方式，屡试不爽。

禁忌九：吊死在一棵树上

制订战略千万不要死脑筋，常言道“不撞南墙不回头”，可遭遇异形时，“撞南墙”就意味着已经无法回头了，死亡随时迎接着你的光临。因此在战斗中，无论制订逃生路线还是选择进攻方式，一定要准备“B计划”，做好应急策略，一旦首选计划不成功，还有一条退路可选。尽可能在行动之前考虑到所有可能出现的情况，虽然这一点在紧迫的时间和极端的环境下非常困难，但如果没有这种应急策略，摆在面前的“华山一条路”就很可能通向鬼门关。

案例分析：

“嘿，伙计们，我的门不能正常工作，我想我们最好重新考虑这件事情！”

——罗伯特·摩尔斯②

① “85号”：副监狱长，因智商只有85而得这个外号。安德鲁斯死后，“85号”无法胜任其职，被犯人们奚落。但“85号”明白异形的危害，站在正义一方，因阻止公司特派员威胁蕾普利而被枪杀。

② 罗伯特·摩尔斯：“狂暴161监狱”服刑犯，因五项持械抢劫被判终身监禁，举止疯疯癫癫，吐字不清，胆小怕事，“第三次异形事件”中唯一生还者。

"狂暴161监狱"年久失修，很多通道大门不能关闭，无法将异形引至铅水槽中。再周密的计划也赶不上变化，加之没有后备计划，这次任务伤亡惨重。

第十条

准则十：精神的胜利

如果将人类与异形的个体属性分为技术、身体、精神三大类，就会发现人类在技术手段和身体机能方面完败于异形。但人类有异形无法比拟的一点，就是强大的精神属性。德国军事理论家卡尔·冯·克劳塞维茨在《战争论》一书中曾经提到过一个公式：

战力=实力×战斗意志

实力指技术手段，个体的战斗能力；战斗意志则指的是精神层面。勇气，意志，果断，胆识，坚忍，这些都是异形所不具备的。另外还有人类智商的优势，这些都可以成为左右胜负的决定性力量。不要因为实力的悬殊就产生悲观的情绪，生存欲望下，人类的潜能将被无限激发。

禁忌十：过于疲劳

假如一个人冻得四肢麻木，或渴热难当、疲劳不堪，这时候对抗异形后果不堪设想。疲劳是战斗中最大的阻力，徒步逃生、背负物体、精神紧张都会造成疲劳，从而影响战斗力和对局势的判断。很多事物是无法严格规定它们的使用限度的，尤其是体力，任何人都不能确切地指出人体究竟能承受多大的劳累。

以异形遭遇战为例，通常双方的缠斗不会超过12个小时。异形也不是永动机，它们也需要休息，而且只是在晚上出现。也就是说，除去极夜这种特殊情况，"一夜之间"就可能决定生死，掌握好这个时间段，就可以养精蓄锐，避免疲劳。

案例分析：

所有异形事件。

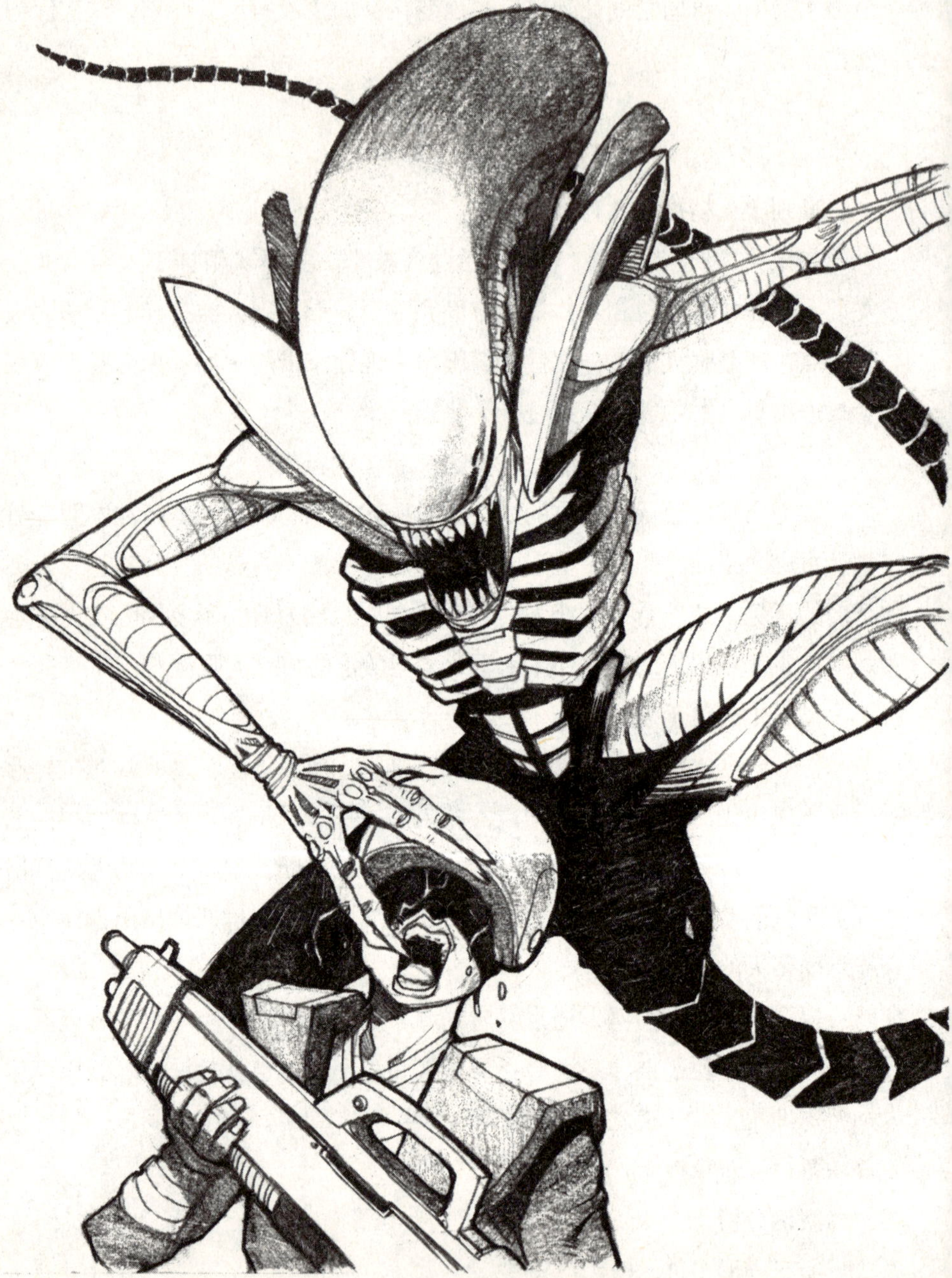

SURVIVAL
HANDBOOK
FROM ALIEN

第七章

铜墙铁壁——基本防御指南

这是的“防御”，指的是战略上的防御，并不是一味龟缩防守。战略性防御是弱势一方常用而且有效的作战方式，使用防守策略可以帮助弱势一方保存实力，等待机会，转入反攻。

认清人类在异形遭遇战中的地位，是战略防御的首要原则。

生存是一种艺术，危急关头，敌强我弱，我们必须“把大门关起来”，只有防御才能在强大的入侵者面前保住自己的小命。

防御要领

一、防御的必要性

1．敌我力量的悬殊

异形种族无论作为整体还是个体，都是一种非常强大而且致命的生物，对人类有着压倒性的优势。异形来袭，人类无疑是弱势的一方。

认清人类在异形遭遇战中的地位，是战略防御的首要原则。

2．战略上的优势

假如有一只猛虎突然蹿到你家门口，你的第一反应，除去被吓尿然后奔逃狂呼这种大脑缺氧的短路行为，首先想到的就是关门闭户，阻止猛兽侵占自己的领地，然后才考虑其他应对措施，而不是冲出去与之以死相拼。这就是战略防御的最佳表现，人类的逻辑思维可以瞬间进行敌我实力对比，如果短时间内其他战略措施还未牢固，防御便是第一选择。

防御比进攻容易，这是一条常识，无论敌强我弱还是势均力敌。

异形遭遇战中，防御比起进攻来，具有以下优点：

● **以逸待劳**

异形依靠灵敏的感官系统来察觉风吹草动，感知潜在的宿主，这就需要像猎狗搜寻猎物一样，游走于可能存在宿主的区域，寻找如何冲破人类的堡垒，这些活动都需要消耗体力和时间。

对于防御中的人类来说，可以利用这段时间制订下一步的计划。如果异形对局势估计错误或者错过了最佳的进攻时机，就会对人类大有帮助。

● **天时地利**

我们固守的“城池”是我们相对熟悉的地方，在一个熟悉的地理环境中，哪怕小朋友“躲猫猫”都能找到合适的藏身之处。这是防御中我们可优先享用的条件。

在古今中外很多以弱胜强的战役中，防御都是优先使用的策略。

3. 消极但保命

进攻可以运用更多的战术，防御却不行。防御的消极性在战争中已经被证明了千百次，它会令人沮丧和丧失斗志，甚至会引发内讧。但是有一点必须明确，在异形遭遇战的选择题中，防御是必选项，不要因为防御的消极性就放弃这个选择。

防御的最大优点，就是能够让你生存下来。生存是一种艺术，危急关头，敌强我弱，我们必须“把大门关起来”，只有防御才能在强大的入侵者面前保住自己的小命。

而且要充分明确一点，在防御中，无论条件多么艰苦，物资多么匮乏，所有这些不利因素加起来，都比不上一个无法回避的现实：

“我仍然活着！”

4. 敌强我弱

人类与生俱来拥有自大的天性，使得很多人在与异形的交锋前会存在以下两种心态：

● 尽管异形这种生物进化能力突出，但终究是一种原始生物，人类的优势在于强大的智商。

● 最令人自豪的一点是人类可以武装自己。实战证明，人类手中的武器只要运用得当，就完全可以消灭异形，甚至还拥有核子飞弹这种超级大杀器，完爆异形不在话下。

如果存在这种优越感的话，人类在面对异形时将必死无疑。原因很简单，人类从心态上就先放弃了“防守”这种战略方式，双方都想进攻，防御也就不存在了。等发现敌我力量悬殊，再想退缩防御，为时已晚，异形可不会轻易放走送到嘴边的肥肉。

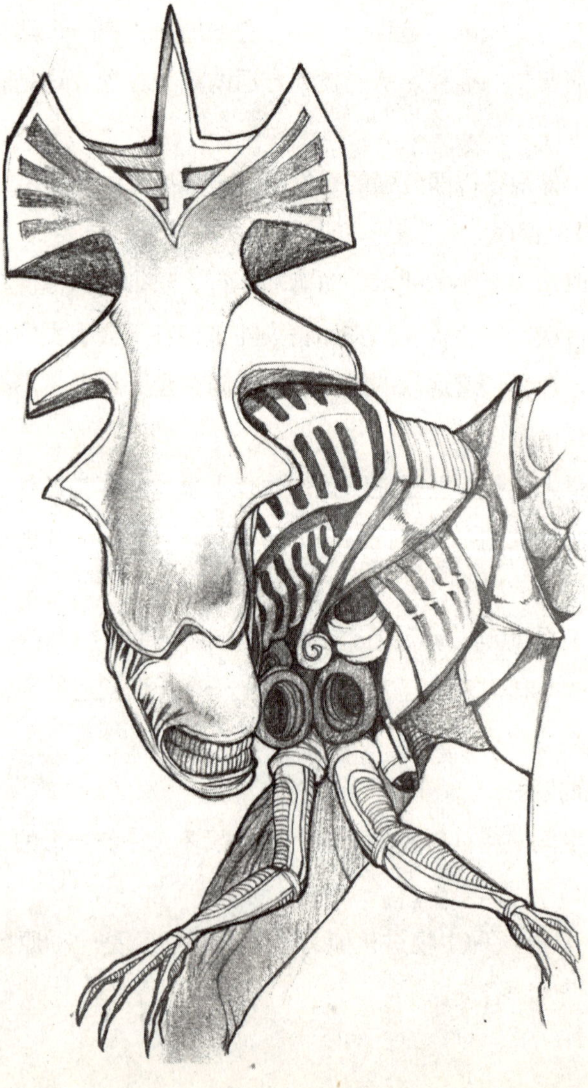

因此我们一定要杜绝这种优越感行为，始终明确异形的危害，优先选择防御。在任何对抗入侵的战争中，都是以防御开始，以进攻结束，这一点也是异形防御战场上的自然法则。

二、防御的劣势

● **“人在江湖在”**

异形入侵的主要目的就是寻找宿主，没人的地方异形就不会去。人类的聚居点是异形的首要目标，它们的感官能力超强，哪怕人类隐藏得极为隐蔽，也会被异形挖地三尺翻出来。

● **内部瓦解**

人类与异形不存在战略缓冲带。假如一个人成为宿主，在人类聚集处破胸，异形就会渗透至人类内部，防御体系随之崩溃，战略要塞通通作废，防御也就基本不存在了。

● **突袭与遭遇**

异形的习性决定了它们通常采用潜伏的方式，搞突然袭击。它们不会与人类展开阵地对峙，任何与异形的战斗，都始于遭遇与突袭，从没有“异形要来了”，只有“异形已经来了”，使人类措手不及。

● **整体防御作废**

当今，人类放弃了原始的城墙和护城河这样的防御手段，导致大到城市，小到街道，没有任何防御壁垒。异形来去自如，整体防御完全靠不住，只能采取局部防御策略，这就加大了防御难度。

● **防御主体的改变**

在所有异形事件中，除了军队，还有大量平民。军队在一定程度上能够抵御异形的进攻，但异形的目标是所有人，其中缺乏训练和心理素质低下的平民占相当大的比重。因此，异形防御并不仅是士兵们的任务，也是所有人的生存需要。

兵临城下：防御主要条件

在对异形的防御中，除了要铭记《异形生存手册》中的要领和禁忌外，还要根据异形防御战的特殊性和必要性原则，因地制宜地选择正确的防御措施。对各种因素的利用，将会为自己带来积极的意义。

一、建立“堡垒”

这是防御中最重要的一条，就是把自己关在一个坚固的“城池”中，人类可以利用各种自然环境和人造建筑建立起一个堡垒。

1．因地制宜

日常生活中有很多场景能够发挥这样的作用，这个堡垒不能太大，也不能太小，根据人数而定，要能把所有人完全封闭起来，隔离与异形的接触。“第二次异形事件”中，蕾普利退守医疗中心，把所有的门焊死，就是一个经典的堡垒防御案例。

2．注意补给

补给要充分，但也不要一口吃个胖子，把一年的食物全堆进来。异形不会与你打持久战和阵地战，人类的防守区域变化会非常频繁，不停地换战场，过多的物资无疑会成为阵地转移的累赘。

3．加固“城墙”

加固“城墙”薄弱的地方，比如将所有能用得上的坚固物体来堵门、窗、通风口和下水道。这种做法能更好地抵御冲击力，经受住撞击者这种大型异形的进攻。

加固“城墙”可供选择的方式如下：

（1）可移动的大号物体

家里的桌椅板凳、书柜碗柜、双人床等，便利店里的货架，仓库里的麻袋，就地取材，极为方便。

（2）封窗的技巧

● 木板：无须木匠手艺，简单几下就能使你变成鲁班再世。虽然异形可以轻松穿透木板，但钉木板是最为简单也最常用的堵窗堵门方式。对公寓里的人来说，心理安慰要大于实际效果。

● 三合板：质地不错，但不容易将其固定在出入口，需要一定的手艺。

● 钢板：采用焊接将其固定是最好的方法，问题在于，谁会没事儿在家里存一堆钢板和电焊机呢？

● 铁丝网：防人还行，防异形效果不佳，最后很可能异形进得来，自己出不去。

● 电网：好主意，但问题与钢板类似。现炒现卖的可能不是没有，但工程量大，还要考虑安全，比如是否漏电，小心没等异形攻进来，自己就先玩完了。

● 跑步机：将超市卖场和健身房当作堡垒时，在周围布置一圈跑步机，异形会发现自己跑了半天仍然原地踏步。这种措施的搞笑性能要大于防御性能。

（3）留退路

有一个笑话，一个人砌墙，结果把自己砌进去了。因此，在异形防御中，不要把自己关在一个“铁罐子”里，要给自己留一条退路，不至于大部队撤离时，才发现自己的堡垒实在“过于坚固”。

退路的选择非常重要，最好不要选择正门作为“出口”。万一异形突然从某处进入你的堡垒，你从正门逃生，却发现另一只异形已恭候多时……因此退路应该是那种比较隐蔽的出口，如地下通道。

（4）堡垒的弊端

堡垒固然能保护自己，但如果队伍中有一个异形宿主，或者异形潜入堡垒，那么就像羊群中闯入一只狼，堡垒立马变为逃生的障碍，相当于为自己修建了一座坟墓。

（5）外面的危险

把自己关在堡垒里并不是等死，而是伺机逃生。异形遭遇战中，外面的情况瞬息万变，危险大大高于堡垒内部，等到异形退去后再做逃生的准备。

（6）提前肃清

“第四次异形事件”中，“御夫座”号异形危机爆发后，几名军人跳进了一艘逃生艇，但艇内随后进去了一只异形，结果可想而知。

因此，在选择堡垒时，要先确定是否有异形隐藏，你的同伴是否是异形的宿主，这是必需的措施。

（7）重重设卡

如果觉得加固“城墙”还不够保险，重重设卡也是非常重要的。将自己的堡垒布置成“冲霄楼”[①]，才是双保险。

● 布置陷坑。如果地面松动，可以临时挖坑，或者利用天然坑道，上面铺上简易的覆盖物。异形善于飞檐走壁，不过一旦它们“步行”，诸位就可以过一次“痛打落水狗”的瘾。

● 设置障碍。简易捕兽夹、老鼠夹子、图钉等障碍，可以阻挡和减缓异形的行动，但要时刻保持清醒，注意障碍的密集程度，避免自己“蹚雷”。

（8）免留后患

当你从退路逃生之后，不要自顾自地逃走，你要明白身后有异形在追赶，人类是跑不过异形的。可以事先在出口洒上汽油或者易燃物，逃走时点燃，或者用上一条的几种方式，来阻挡异形的追赶。

二、集中力量

实际上，集中力量并不是人越多越好，并不是让所有人站在大街上组队吓跑异形，而是你不要成为“孤家寡人”，时刻铭记“一个好汉三个帮”。

---

① 冲霄楼：古典小说《三侠五义》中的著名建筑。襄阳王蓄意谋反，私建冲霄楼，并将反叛盟单藏匿于此。“锦毛鼠”白玉堂意欲盗取盟单，三探冲霄楼，最终命丧铜网阵。

1. 最佳拍档

假如事件发生时你待在家中，那么家人将是你的最好搭档，这是最理想的状况，没有什么比和亲朋好友待在一起更好的事情了。关门闭户，做好防御准备。家庭是你的力量源泉，亲人是你的支柱，朋友是你的拍档。

2. 临时特攻队

由于异形攻击属于突发事件，谁也不可能保证异形发动攻击时正好待在家中。这样一来，你就不得不因地制宜建立堡垒，拉拢闲杂人等组成一个团队。

在几次异形事件中，蕾普利的团队是“铁打的女神，流水的兵”，身边的队员没有重样的，这就给团队的关系协调和合作带来非常大的困难。

“不怕神一样的对手，就怕猪一样的队友。”当你拼凑起一支临时杂牌军时，打退堂鼓，为了生存互相排挤，暗中使坏，钩心斗角，这种情况是无法避免的，但这些可以预防。要牢记《异形生存手册》第五条，只有团结才能生存，最大限度地降低内耗，这就要看你或者团队领袖的协调能力了。

3. 平民武装

平民武装是一种既危险又有效的防御手段。

团队中如果有警察或陆战队员，会使对付异形变得相对简单。

危险在于，危急关头不可能随时找到武器。一旦异形发动进攻，场面一定相当混乱，陈尸遍地。平民由于缺乏训练和心理承受能力差，会将武器当作救命稻草，通过极端方式获得武器，甚至为了争夺武器自相残杀。拿到武器后，平民也往往盲目射击，浪费弹药，伤及无辜，乱上加乱。

因此，对于平民武装，首先有武器总比没有好，但要适度使用武器；其次要了解武器的基本参数和射击要领；最后，化腐朽为神奇，燃烧瓶、弓箭、标枪、土制炸弹这些简易武器同样能派上用场。

4. 协同防御

同盟军是防御者的最后支柱。这里的同盟军指的是与自身存亡有着利害关系的团体，警卫队、陆战队都是你的同盟，甚至铁血战士也能成为合作对象，尽管不太靠谱。

三、异形走廊

熟知异形平时喜欢待在什么地方，从哪里冒出来，选择回避并且封闭这些区域。

1．通风管道

通风管道不是异形的居所，却是“必经之路”。异形喜欢隐藏的天性使它们无时无刻不在寻找通风管道，将其用作从一个区域到另一个区域的“捷径”，因此要尽可能远离这些无处不在的通风管道，包括小型的通风道和大型的中央空调出风管。

同时要堵住管道的出口，防止成年异形跳入你的堡垒，也要防止抱脸虫、破胸者隐藏其中。

2．下水道

下水道是一座城市的血脉，纵横交错的下水道与各个区域相连，形成一个天然的网络，是异形的天堂。

“康尼森镇事件”表明，异形入侵一座城市，首先会占领下水道，那里温暖潮湿，正是异形建立巢穴的理想所在。异形也会通过下水井口爬上地面，突然袭击人类。

人类唯一能做的就是将下水井口封死。这样可以暂时将异形困在地下，但时间不会太长，城市中大小井口不计其数，不可能做到毫无疏漏，但必须防患于未然，远离下水井口，确保将自己堡垒中的井口堵住。至于去下水道围剿异形，就留给军方和专业人士去做吧。

3．结构复杂的建筑

诸如博物馆、大型商场、KTV这些公共场所，并不是建立堡垒的良好选择，但赶上异形突袭，只能勉强为之。但认“倒霉”并不是走投无路，首先要时刻牢记以上几条“防御注意事项”，然后“化整为零”，不要来回游荡，选好一个较小的房屋和空间，将其当作堡垒，采取防御措施。

4．电力设施

异形喜欢黑暗，即便在夜晚出现，也会优先破坏供电系统。这可能是一种本能反应，也可能是收到智商很高的异形皇后的指令。

蕾普利在《蕾普利报告》里写明，异形破坏了“哈德利之希望”殖民地的供电装置和信号发射系统，导致一行人被困在医疗中心里。

种种事件表明，我们必须保护好城市的供电装置，大型发电站要重兵把守，严加看管电闸和变压器。

四、防御装备

1. 照明装置

电力如今已经成为人类生活当中必不可少的需求，停电之后几乎所有的工作都将停顿，电梯、自动门陷入瘫痪，四周一片黑暗。但不要因为停电沮丧，因为只要撑过一晚上，就能抵御异形的第一波进攻。平时要养成储备照明装置的习惯，避免“摸黑战争”。

我们能够准备的照明装置如下：

- 蜡烛。
- 手电。要准备足够的电池。
- 便携式应急灯。平时要充满电。
- 手机。如今越来越多的智能手机和山寨手机都具备了照明功能。
- 小型发电机。城市居民区很少有这种东西，但在乡村农场，私人发电机相对多见。
- 荧光棒。追星族家中必备品，一根荧光棒有限，但将数十根绑在一起，光线同样够用，届时你就会像黑暗中的萤火虫那样拉风，好似车胤[①]再世。
- 临时加工的火把。万一以上装置不够用，可以将沾满酒精的布条绑在一根长木棍上点燃，同时注意防火。
- 消防发烟棒。这是“第三次异形事件”中犯人手中的照明利器，

① 车胤：晋代人，幼时家境贫寒，夏夜就捕捉一些萤火虫，装到能透光的纱布袋中，用以照明夜读。与他同代的孙康利用雪后映射的光亮看书。为此，他们二人留下了“囊萤映雪”的典故。

学校、仓库、矿井、油田等地常备此物，但发光时间较短，每根大约8分钟。

● 煤油灯。古董级照明装置，相当稀有，在以上所有物品缺货的情况下，可以使用煤油灯。就算没有，完全可以自制，一根棉绳，一碗菜籽油就可以做成一盏“菜油灯”，同样要注意防火。

● 烟花。完全不建议使用这种物品照明，不但容易暴露目标，而且十分危险。

2. 头盔

头盔，是人类头部的保护工具，功能主要有以下三点：

● 通常异形的内巢齿都是冲着人的头部下手，头盔具有针对性的防御力。

● 全罩式头盔可以防御抱脸虫的“抱脸行为”。

● 部分头盔的材质为聚乙烯树脂与合成纤维，对异形的酸性血液完全免疫。

以上几点无疑加大了头盔在防御道具中的分量，但也不要高估头盔的作用，例证也有三：

● 成年异形的内巢齿近距离攻击动能很大，常见的ABS树脂头盔防御力较低。

● 不要以为戴上头盔就能完全隔离抱脸虫，“第一次异形事件”中，抱脸虫可以用酸血腐蚀凯恩的宇航头罩面窗后进行抱脸，搞定一个头盔不在话下。

● 部分头盔厚重闷热，设计不好的头盔有时还会影响你的视线。

以下介绍几种大家能够见到或者买到的头盔：

（1）普通军用头盔

大部分为特种钢制作，可以抵挡刀砍、子弹和其他打击物对头部的伤害，军方必备用具，可防止成年异形内巢齿爆头，但无法阻止酸血和抱脸虫。

日常生活中这种护具非常稀有，必要情况下可以向救助中心索取或者捡战死士兵的“遗物”。

（2）飞行员头盔

钢制材质很少，大部分为玻璃钢和塑料制成，追求轻便，在异形战场上用途很少，面罩式设计只能防御异形酸血，建议弃之。

（3）凯夫拉头盔

因头盔中含有一种“凯夫拉”的材质而得名，可以抵消大部分子弹的动能，防御性非常好，装备于空降兵、海军陆战队、特警等。但对于异形的近距离攻击防御作用非常有限，而且价钱昂贵，稀有。

（4）防爆头盔

警用防爆头盔为全罩式，采用聚碳酸酯合金材质，面罩为树脂打造，视野开阔。这种头盔设计时就考虑到了预防化学药品泼洒，因而在异形战场上具有防酸、防抱脸、防攻击（仅限一次使用，通常异形的一次攻击就会导致防暴头盔破裂）的优点，是性能最好的一种头盔。

（5）摩托车头盔

常见的ABS树脂型全罩式头盔只能防御高速撞击，而且闷热。玻璃钢头盔尚未普及，只有专用赛车头盔能够承受相当大的冲击力，甚至能经得住坦克的碾压，防御效果优于普通军用头盔，但非常少见，只有专业赛车手才会有此装备。

不过摩托车头盔有一点好处，就是它们的厚度。异形内巢齿攻击距离有限，贯穿头盔后会降低内巢齿的动能，甚至无法伤及头部，除非异形抱着你的脑袋啃。头盔破碎后，你可以抓紧时间逃生。

（6）橄榄球、冰球头盔

与摩托车头盔类似，但效果没有摩托车头盔好。材质为树脂和塑料，也具有抵御第一次攻击的功能，属于一次性头盔。

（7）安全帽

是最常见的头盔，最大用处是给人心理上的安慰。

（8）古代步兵头盔

只在部分博物馆里才能觅见，遭遇异形时正在逛博物馆的游客和工作人员可以就地取材：

古罗马角斗士的重型全罩式头盔

希腊青铜步兵头盔

中世纪撒克逊人轻质头盔

中国唐朝狮面头盔

维京海盗牛角头盔

……

这些装备基本是用金属打造，承重效果不错，完全可以阻挡异形的内巢齿攻击，但重量大，活动不灵便。

（9）DIY头盔

没有头盔也不要惊慌，你完全可以根据实际情况DIY，甚至比“正品”头盔更有效。

现代头盔诞生于第一次世界大战，一名法国炊事兵在德国人的炮火袭击下将铁锅顶在头上，竟然只受了点轻伤。这个创意导致了现代头盔的诞生，同时也启发我们，材质短缺的时候，发挥自己的聪明才智，完全可以打造出自己的“铁锅头盔”。

将家中的圆底铁锅、不锈钢炒锅顶在头上，再用一根绳子固定住，不失为一个好主意，虽然样子相当滑稽，但保命效果不俗。也可以采用金属制成“帽状”结构戴在头上，高压锅、平底锅因其结构特点，不具备任何防御效果。

3. 身体护具

首先保护头部，其次考虑保护身体。身体护具其实并没有针对性，只是用于抵御一般攻击，防撞击。身体护具在异形遭遇战中的缺点不少，首先，它们未被普及，其次，影响使用者的活动能力。

（1）防弹衣

身体防具的首选。防弹衣主要用于防止子弹和弹片对人体的伤害，如今的防弹衣材质主要为凯夫拉纤维，对低速弹头或弹片有明显的防护效果，但对于异形内巢齿和尾部穿刺攻击，就徒唤奈何了。

很多人存在认识误区，认为防弹衣既然可以防御子弹，异形的内巢齿和尾刺威力再大，也比不上子弹吧。其实子弹攻击与近距离穿刺攻击是两个概念，防弹衣防御子弹的原理在于纤维能够吸收、扩散弹头或弹片的动能，并不是直接抵消；而近距离突刺的作用在于纵向切割，力量集中，尤其是纤维材质，对突刺的抵御能力相当差，很容易被切断。异形的主要进攻方式恰恰是基于这种穿刺原理。

世界上还没有哪款软质防弹衣能通过各种穿刺性能试验，穿刺力达到900牛顿，穿刺动能超过25焦耳，就能使防弹衣不堪一击。

“第二次异形事件”中，身着维兰德-汤谷公司研制开发的“M3防弹衣”的殖民地陆战队员，丧命在异形的近距离攻击下，表明防弹衣对于异形攻击防御效果并不佳。

不过，老式的防弹衣倒有不错的效果，因为老式防弹衣的防弹层是用特种钢、合金等制成，能够正面抵消异形的攻击力量，但这些防弹衣厚重闷热，穿在身上极为不便。与其将自己塞在一个“铁套子”里，倒不如DIY。

（2）橄榄球、冰球护具

假如你是一个从事该项运动的运动员，这些护具方便获得，加之于身也没有什么坏处，但如果附近没有这类装备，大可不必觉得遗憾。这些护具用于防止运动中的撞击，材质多为ABS塑料，可以预防异形的爪子攻击，但对内巢齿和尾刺的进攻抵御能力很差。

（3）防辐射工作服

这是极端环境下作业的工作服，采用银纤维防辐射面料或金属纤维混纺防辐射面料制成，具有减少或屏蔽电磁辐射、电波辐射的作用。可惜，异形并不是因辐射变异的怪物，这种衣服没有任何抵御效果，所以排除在外。

（4）古代盔甲

好吧，跟古代头盔一样的特点，无法防御酸血，质地重，行动不便，稀缺。

中国唐猊铠：著名宝铠，重量高达42千克。

中国名光铠：轻便有效，护心镜作用极强。

蒙古骑兵柳叶甲：外层铁网，内层牛皮护身。

中世纪诺曼人连环锁子甲：全身包裹，分量极重。

古罗马鱼鳞甲、环甲：层叠覆盖身体。

十字军骑士团装甲：质地密集，重型盔甲之一。

圣殿骑士铁皮甲：堂吉诃德的著名装备。

金缕玉衣：不是防具，如果你穿这身装备，更有可能被趁火打劫。

……

（5）盔甲DIY

如果打算防御异形的普通攻击，可以向美国西部片《荒野大镖客》中的克林特·伊斯特伍德学习，将两片铁板用绳子穿起来，前后一搭，就变成了一件简易的防弹衣，能够保护前胸后背的重要器官，防止异形的尾巴和内巢齿攻击，但无法防御酸血。

如果打算防御酸血，可以向异形取经。用一层聚乙烯树脂包裹住身体的重要部位，薄薄的一层就可以抵御异形血液飞溅，但无法防御异形的普通攻击。

在铁板上再套一层树脂呢？如果条件允许，打造出这种具有双防效果的“盔甲”理论上完全可行，等穿到身上就会发现，这种双层“盔甲”完全是自己找罪受。密不透风的设计会导致机能紊乱，时间一长，你的皮肤就会过敏，奇痒无比，身体负荷大大增加。不到万分危急，比如杀出异形包围圈，这种盔甲用途不大。

4. 通信器材

假设异形发动攻击时，你躲在了堡垒中，但还有家人或朋友没有回来。这种时候，冲出掩体盲目寻找实在是下下策，很有可能半路被异形伏击。最好的方法，就是用通信设备通知他们危险来临。

通信设备不仅可以相互联系，进一步了解战况，同时也可以求救，是防御中必备的一环。保持与外界的联络，是生存的根本。

（1）手机

如今手机的普及率高得惊人，智能手机、山寨手机几乎人手一部。利用手机可以通知在外的家人，被困时向外求救，团队之间互相联络了解局势，保持行动一致，非常有效。

异形遭遇战不比其他自然灾害，只要异形没有破坏信号发射塔，手机信号就不会受到影响，但要考虑电量的问题。异形随时会破坏发电装置，导致停电，到时你的手机就成了贵重物品，仅存的电量一定要合理使用。

（2）网络

在不断网、不停电的前提下，网络通信设备同样能发挥作用。网络是你接收外界信息和发出信号的主要媒介，并且可以通过网络架设一个网络电台，了解最新局势。

（3）无线电

无线电在“二战”中派上重大用场，同样可以挽救当今危机中的人类。发送莫尔斯电码，接收调频广播、卫星电话、电视信号，数据传接。如果停电，那么你就从网络时代瞬间回到解放前，无线电将成为唯一的通信工具。

（4）对讲机

这种通信装备在一定距离内可以双向发挥作用，属于必备物品。

普通对讲机的通信距离大约在2~4千米，而车载对讲机可达到5~20千米。而且建筑物越少，区域越空旷，通信距离越长。

5. 医疗箱

医疗箱是你的小型药库，可以应对防御过程中的伤病和因紧张而造成的心理疾病。家庭便携药品包也是家中必备的，可以根据自身条件提前置办药品，最基本的药物如下：

● 感冒药。因环境的剧变而造成的感冒发烧，虽不严重，但会令人颓废，常见的解热镇痛药和感冒冲剂必备。

● 肠胃药。肠胃疾病非常凶猛，可以令人剧痛、脱水，在危急状态下非常棘手。普通肠胃药虽然短期无法根治该类疾病，但可以缓解副作用，尤其是急性肠胃炎。

● 消毒药物。包括碘酒、酒精、卫生棉球等物品，用于应对外伤，防止感染。

● 心脏药物。因巨大的恐慌导致心律紊乱和心肌炎复发，可以采用心脏类药物救急。

● 镇静药。用于缓解因紧张气氛造成的身体状况不理想、失眠和高血压，少量服用镇静药可以使人平静下来，但用量须谨慎。

● 葡萄糖。能源类药物，它能迅速增加人体能量、耐力，可用于血糖过低、感冒发烧、头晕虚脱、四肢无力等症状，稀释的葡萄糖也可作为饮品度日。

6. 口粮

这是一种常识性装备，不再赘述。只是要说明，你的食物和饮用水没有必要存放许多，堡垒一旦被异形攻破，你就不得不逃生，口粮多了也没用，足够一天吃的就行。

最后的城堡：具体场景防御

一、防御总则

事先了解外界情况，假如异形战场就在附近，那就要固守城池；假如异形战场发生在离你较远的地方，此时是你逃生的最佳时机，不要一根筋地死抱着这片区域不放。

因地制宜选择一座建筑作为你的堡垒，加固城墙，堵住所有出入口。

利用房间中的物品，安排你的防御装备、通信装备、照明设备、医药工具。

准备你的武器，枪械、弓箭等称手的家伙。如果武器短缺，可以制造燃烧瓶，以火攻为上，注意防火。

即使没有任何武器，也不要灰心，时刻保持警惕，保持与外界的联系，当察觉地板被撬动或听见窗户破碎，立刻逃生。

异形善于攀爬，不要只盯着地面，留意墙壁和天花板。

提前预备逃生工具，不是每个人都能像博尔特跑得那么快。

时刻远离大型场所，那里不仅防御难度大，而且容易被异形当作巢穴。

二、家庭场所

某天晚上，你恰好宅在家中，恰好又赶上了异形突袭，这是一种比较理想的状况，你的房屋是防御异形的最好堡垒。

1. 单身公寓

防御难度：★★☆☆☆

公寓的防御面积不大，而且水泥墙壁厚，没有下水道和通风口，是理想的防御场所。

● 要考虑到“给自己留一条后路”的原则，根据环境考虑一下从门逃生还是从窗户逃生，假如是高层，一定要放弃从窗口逃生的想法。

● 尽一切可能将窗口堵死，以防异形突破。堵窗口的物体最重要的是牢固，在窗口挂一条被子纯粹是自欺欺人。

● 堵门。大门原本就是天然的防护屏障，你要做的就是加一层防御。注意一定是可移动物体，以免异形突然闯入房间，你自己也出不去。

● 小心空调出风口和油烟机排风口，也要将其堵死，防止抱脸虫和破胸者从这里闯入。

2. 楼房家庭

防御难度：★★★☆☆

你所要做的与单身公寓完全相同，只是如今住房面积越来越大，防御也越来越难，需要你更加警惕周围的动静。

3. 别墅

防御难度：★★★★☆

别墅区的防御难度要大大高于普通居民住所。

● 集中防御。别墅建筑非常复杂，加之是平房，危险系数很高。你必须放弃一部分区域，一楼、二楼还是阁楼，根据环境选择。在此建议选择放弃底层，并将所有通往上层的通道堵死。

● 地下室是你最好的防御场所。

● 把防御区内的下水井口压上重物，防止异形从井口蹿出。

● 大部分别墅的窗户都安有铁栏，铁栏只能防小偷，坐拥酸血的异形随时会用酸血腐蚀窗户栏杆，因此也不能放松对窗口的警惕。

● 要尽量靠近车库，也可以将堡垒选择在车库，一来面积小，更容易防御，二来全家人都躲在汽车里，当异形冲破你的防线时，可以随时发动汽车逃生。

4．林中小屋

防御难度：★★☆☆☆

对于聚集性的村落来说，防御重点与别墅类似，而对于单独的小木屋，令人非常纠结。

● 异形只去人多的地方，荒郊野外的小木屋人烟稀少，异形不大可能派大军围剿你。

● 一旦异形发现你，并试图猎杀，你与外界缺乏联系，成功防御异形的可能性很小。

● 一旦察觉危险来临，不要固守城池，立刻逃生。

三、公共场所

在公共场所防御难度相当大，只能自认倒霉。倒霉并不意味着你只能坐以待毙，你要充分利用条件，合理选择一处区域作为堡垒。多一个防御区域，就多一分生存希望。

1．中小学校

防御难度：★★★★★

异形通常是夜晚发动攻击，中小学生大多已经离校，但如果有特殊情况，比如补习班，那就非常令人挠头。未成年人尽管不是异形的主要目标，但防御力很低的孩子可以让异形展开大肆猎杀，因此中小学校是一个非常危险的地方。

● 假如你是一名老师，切记不要惊慌，要尽量稳定孩子的情绪，把你班或者周围的学生集中在一间教室里，不要随意走动，封死窗户，堵住大门，时刻留意外面的情况。

● 假如你是一名学生，一定要听老师的安排，如果碰上个别不靠谱的老师独自逃生，你可以跟你的小伙伴躲起来。要记住，躲起来是你们唯一的生存希望，不要惊慌，自我安慰式地将这种行为当作娱乐活动，充分发挥“躲猫猫”的本领，桌子底下、储物柜中、厕所隔间，屏气凝神。

● 不管是谁，一定要发求救信号。学校一般是官方最重视的区域，只要通知他们异形在此出没，警察或军队就会立刻赶来。

2．大学校园

防御难度：★★★★☆

别看大学校园中都是未来社会的栋梁，但大学校园的防御相当困难，原因有三：

● 大学生生机勃勃，青壮年男女学生正是异形的最好宿主。

● 大学生虽然成年，但还未真正踏入社会，社会经验少，防御意识不足。

● 大学生血气方刚，容易冲动，自以为相当不含糊，做傻事的比例相当大，真正遇到危险又会不知所措。

“康尼森镇事件”的生还者笔录中，就鄙视了大学生的愚蠢行为造成的不必要的伤害。

● 放弃所有英雄幻想，不要在校园里游荡，选择与你的室友躲藏起来。

● 大学寝室的防御与单人公寓的防御方式相同。

● 假如没有时间回寝室，就立刻选择其他防御堡垒，教学楼、图书馆、游泳馆、篮球馆等建筑防御难度很大，尽量避免。

● 要记住，无论外面游荡的异形有多少，大学校园公寓式的结构是你最好的藏身之所，在救援到来之前，切勿私自逃生。

● 大学校园因人口密集，会成为异形攻击的主要对象，这个最大劣势同时也是最大优势，力量集中，一定要掌握好团队合作的要领。

● 时常与外界联系，了解该区域的战况。

● 如果异形将大学校园中的某个场所当作巢穴，立刻逃离这个区域。逃生时要集体行动，注意周围动向，避免发生踩踏和拥挤事件。

3. 大型超市

防御难度：★★★★★

很不幸，如果异形事件发生时你正在逛超市，你要做的就是立刻放弃这个地方，前往周边的小型商店或者住所，在那里建立堡垒。甚至钻进汽车逃生，也要比待在大开大合的超市强不少。

一旦你被困在超市里，首先你要想方设法从这个区域出去，如果四面被围，就要尽一切可能做好防御和战斗准备。

● 超市中的各种物品是你的防具、通信和武器的原材料。

● 不要过度留恋超市的物品，物品多没什么用，要尽快找地方躲藏。

● 超市的仓库是一个相对安全的防御区，但选择须谨慎。大部分仓库只有一个出口，进去就意味着被救援之前是无法出去的，假如异形将超市当作巢穴，那躲在仓库的你就玩完了。

● 在超市最可靠的方式就是利用超市复杂的结构伺机逃生，用超市中所有能用得上的物品制作武器和防具，使用火焰分散异形的注意，阻挡异形的进攻，伺机逃出这个该死的地方。

4. 便利店等小门脸儿

防御难度：★★★☆☆

便利店是很不错的防御区，空间相对较小，可以阻挡大部分异形的进攻。

● 大可在里面躲一阵子，门外的卷闸门，相对丰富的物品，可以形成一个天然堡垒。

● 小心通风管道，防止异形进入其中。

● 不要以为在里面就高枕无忧，适当的时候也要果断放弃这个堡垒，逃到更安全的区域。

5. 影院

防御难度：★★★★★

夜幕降临，偌大的放映厅人口密集，阴暗，闷热，嘈杂，符合异形的习性，是它们最喜欢去的地方。异形在这些地方建立巢穴的概率要比其他公共场所更大，因此无论如何，就算拼了老命也要离开这里。

● 看电影遭遇异形，首先要做的是从黑暗的放映厅出去。

● 异形亚光色的外表使其遁形于黑暗，在电影院中确定异形方位的唯一方法，就是听惨叫声，你要朝相反的方向跑。

● 电影院都设有消防疏散通道，并装有门灯、壁灯、脚灯等应急照明设备，除了大门入口，还有“紧急出口”等指示标志。根据实际情况，选择你的逃生路线。

● 放映厅人多出口少，小心拥挤和踩踏。过度拥挤的出口容易导致受伤，很可能也会吸引异形。

● 特别注明，异形的目标主要是观众席。你可以利用舞台、大银幕后面的各个出口迅速疏散或者隐藏。

● 当放映厅过于混乱，一时辨不清东南西北时，可以暂时趴在座椅下面，从座椅的空隙匍匐逃生，当心踩踏。

6. KTV等娱乐场所

防御难度：★★★★★

KTV、游戏厅、酒吧、大型会馆等娱乐场所与电影院类似，一到晚上，人口密集，乌烟瘴气，出口狭小，正是异形的目标。

● 娱乐场所很容易阻隔外界信息，导致异形危机来临时，这些人还沉浸在梦幻的世界中。没有别的办法，自求多福。

● 当异形突然出现时，不要过分入戏，认为这是娱乐场所为了活跃气氛而准备的化妆互动节目。

● 逃生指南与电影院大致相同，多利用安全通道，不要一窝蜂地拥堵在一个出口。

● 如果发现出口被封死，KTV包厢、后台、演员化妆室、员工休息室、杂物间这些地方是一个暂时的防御区。

● 该类场所混乱中很容易发生火灾，异形会趁火打劫，但它们也怕火，此时你生命的最大威胁不是异形而是火灾。这是最不利的情况，你要另辟蹊径，打破窗户或者逃往顶楼，来到一个空旷的区域，等待救援。

7．写字楼

防御难度：★★★★☆

写字楼中每一个办公室都可以当作堡垒，划定一个小型防御区，但也有其特殊之处。

● 时刻留意堡垒中的中央空调的出风口。

● 办公室宽大的窗户防御难度很大，如果没有合适的物体挡住窗户，就需要你选择性地放弃堡垒。

● 四周封闭的储物间、仓库也是一个理想的防御区。

● 逃生时切忌使用电梯，要选择楼梯。

8．博物馆

防御难度：★★★★☆

结构复杂的博物馆等大型场所同样是你需要离开的区域，尽量不要选择这些地方当作防御区。

● 有时博物馆中会有古代兵器和装甲陈列，这些物品可以派上用场，但要搞清楚陈列的这些东西是否还能用。

● 不要闯入博物馆去寻找防具和武器，得不偿失。

9．动物园

防御难度：★★★★☆

夜晚动物园一般不会开放，但假如你是工作人员，你的责任就很重。

● 当异形遭遇战发生在附近时，不要考虑别的，立刻放弃这个区域。

● 假如异形战场的区域离动物园还有一段距离，你的任务就是首先呼叫救援，要求增派人手，关起所有的动物。有条件的话，可以将大型猛兽和食草动物运走。

● 控制这些动物不是怕它们在混乱中跑上大街惹是生非，而是防止动物被抱脸虫寄生，发育成新品种的信使异形。

● 尽管信使异形目前仅有过将狗（牛）当作宿主的案例，但根据异形“DNA优化选择”的遗传特性，很可能会出现虎异形、大象异形、鲨鱼异形这样的变态品种，杀伤力无疑会大大增强。

10. 露天游乐场

防御难度：★★★☆☆

目前很多游乐场夜间开放，异形危机来临时，要注意以下几点：

● 尽量向出口逃生，远离过山车、摩天轮等娱乐设施，以防倒塌，远离人工湖，以防被挤进水中。

● 游乐场孩子居多，千万不要走散，不要被奔跑的人流冲散。

● 如果与家人走散，立刻用手中的通信工具呼叫救援，联系家人。

● 如果联系未果，不要盲目在危险区域停留，无论家长还是孩子，要尽量保持自己在人群的外围，因为异形会朝着人多的区域下手，过于拥挤也会导致踩踏事件发生。

● 不要登高远眺寻找和大声呼喊家人的名字，在混乱的人群中很难发现混杂在其中的家人，反而容易成为异形的目标，只能逃离危险区域再做打算。

● 身为家长，将以上守则告诉你的孩子，不仅仅针对异形危机，也可以应对其他危险。

11. 游泳馆

防御难度：★★★★☆

“康尼森镇事件”生还者瑞奇的笔录中透露，他与女友第一次遭遇异形就是在一座游泳馆里。由此可见，游泳馆是异形经常光顾的场所，甚至可能当作巢穴。

● 异形的游泳速度很快，要赶紧离开游泳池，安全出口、天窗、场馆的窗户都是逃生途径。

● 如果身上仍然穿着游泳衣，此时要权衡危险，活命要比面子更为重要。

● 千万不要将更衣室当作防御区域，四通八达、狭窄、物品稀缺的更衣室无法完成有效的防御任务。

四、特殊情况

什么是特殊情况？就是危急时，由于断电等原因，导致你被困在某处。这种情况具有不可预知性，万一“撞大运”，不能听天由命，要想尽一切办法逃生。

1. 电梯

被困在电梯中非常凶险，四周漆黑一片，搭配幽闭恐惧症，异形在电梯井内活动的概率非常大，内忧外患，危险一触即发。

● 保持镇定是最重要的原则，不要放弃希望，老老实实地在里面待着，电梯通风好，不会把活人憋死，只能郁闷死。

● 按下所有楼层的停靠按键。

● 利用电梯内的紧急按钮或对讲机和手机呼叫求援，假如以上方法失灵或者信号有问题，可以大声呼救，拍打电梯门，引起外面人的注意。虽然很可能让异形发现你，但就算不发出声音，异形也会发现你。

● 千万不要打开电梯天花板爬出去，爬出去一样没有出路。

● 不要尝试着扒开电梯门，就算推开电梯内门，也不一定够得着外门。

● 时刻留意四周动向，假如电梯井内有动静，很有可能是异形，这时电梯里的人要死死堵住电梯天花板。这个方法不管灵不灵都要尝试，一旦异形闯入，死亡没商量。

● 如果电梯缆绳断掉，紧急制动开关失灵，电梯急速下坠，你要保持如下动作：用手抱头，身体直立紧贴四壁，膝盖弯曲，脚尖点地，如果周围有可抓持的物体如扶手，要牢牢抓住，这样可以减少坠落的冲击力。

2. 摩天轮

被困在摩天轮中比困在电梯里也好不到哪儿去，狭小的空间，摇摇欲坠的轮厢，在高空的危险系数同样高。

● 首先要判断被困轮厢的高度，观察外面的钢筋结构，看是否有爬下去的可能。如果离地面很高，则要打消这种想法。

● 除了求救外，你能做的事情不多，要尽量保持周围人的情绪稳定，尤其是孩子。

● 异形善于攀爬，如果发现异形向你逼近，要死守住车厢门，将车厢当作你的堡垒。

● 动作不要太大，否则会使车厢摇晃，引起恐慌。

3. 高空缆车

● 这种情况非常少见，被困在高空缆车里，大可不必惊慌，因为异形采用“走钢丝”的方式接近车厢的概率并不大。

● 与摩天轮相仿，最重要的也是不要使车厢乱晃，半空中坐轿子的感觉一定不太舒服。

● 观察车厢与地面的距离，缆车中通常会配有安全绳索，距离地面不太高的话，可以顺着绳索滑下去。

● 当缆车发生坠落的时候，你的防范措施与电梯类似，用手死死抓住车厢内的栏杆，膝盖弯曲。如果有背包，踩在脚下可以减震。

五、极端天气

“天时、地利、人和”中“天时”非常重要，异形发动进攻时从来不看皇历，只要夜幕降临，风雨无阻，因此一些极端天气也是不得不考虑的因素。甚至有时候，在异形遭遇战中威胁最大的不是异形，而是该死的天气。

1. 暴雨

“康尼森镇事件”的另一个启发就是，雨天对于异形来说毫无影响，但人类在雨天会受到能见度低、疲劳、武器受潮甚至情绪低沉这些不利因素的影响。

● 在武器上套一层塑料袋，防止武器受潮，最重要的是枪口、扳机和弹药要保持干燥，否则会使你的武器变成喷水枪。

● 雨天能见度大大降低，作为防守的一方，要防止雨水打湿眼睛、视线模糊。异形的攻击风驰电掣，不要让视力受到影响。

● 大雨会影响逃生和救援的速度，这是无法避免的事情，最好躲在自己的堡垒中。

● 逃生的时候，你所要做的就是比平时更加耐心，大雨会影响逃生路线，尽量往积水少的地方去。

● 无论雷雨还是暴雨，都要远离架空供电线路和变压器，防止触电。

2. 寒流

寒冷的天气不但对人有影响，异形行动能力也会因此下降。这对人类是一个好消息，你所要做的就是做好御寒准备。

● 在堡垒中尽一切可能御寒，衣物、暖气，甚至火把，保持堡垒的温度，预防冻疮和疾病。

● 异形喜温，容易被温暖的区域吸引，因此你的堡垒要比平时更加注重防御。

● 严寒会使人反应迟钝，当你仍然具备清晰的思考能力时，要尽快做好下一步打算，想清楚如何防御和撤离。

● 大雪天要尽量避免撤离行动，大雪不但会降低行动能力，还会导致人类方向感的缺失，要死守据点，熬到雪停。

● 寒冷会使人情绪低沉，要尽量保持活力，时刻想到寒冷对异形也是不利因素，采用自我安慰法，保持精神振奋。

3. 台风

台风对处于防御中的人类影响不大，但当你逃离时，一定要避开台风来袭的时期，否则会使你举步维艰。

● 台风对内陆城市影响不大，但会给沿海城市带来严重的破坏，甚至会出现洪水和大浪。如果你住在沿海城市，一定要远离海岸。

● 异形不惧风沙，因为它们善于隐藏，敏锐的“第六感”会使异形察觉到台风的来临，从而隐藏在避风的地方，比如下水道，但不会停止猎杀。因此台风来临时，要远离大型和复杂的建筑，街边的门脸儿和公寓是最佳的防御地点。

● 如果你将一栋坚固的房屋作为堡垒，就尽量待在原处，地下室和楼梯下是最安全的，要保持警惕。

● 台风意味着你可能要长期守候在一个地方，要将你的堡垒作为一个持久的防御地点，预备好足够的粮食、淡水，准备与异形打持久战。

4. 大雾

雾天，尤其是夜雾，是最令人担心的一种天气，犹如置身无边的“寂静岭”①，能见度降至最低，而异形没有眼睛，雾气对它们的影响很小。

● 夜雾的持续时间是6~8个小时，很可能会从夜晚一直持续到第二天上午9：00~10：00。这段时间，防御是唯一要做的事情。

● 要时刻记住，外面一片茫茫，你看不见异形，但异形“看得见”你，此时出去无异于自寻死路，不到万不得已，避免离开防御区。

● 做好一切准备，假如异形来了，与异形打一场防御战。如果幸运地突围，在雾气茫茫的世界里，要远离公路，防止被路上盲目行驶的车辆撞倒。

● 雾中行进，灯光是首选装备，是你的“第二眼睛”。穿透力很强的战术手电效果甚佳，其中黄光手电穿透力最强，白炽光次之。

5. 极夜

极地圈内的居民会遭遇这种奇特的自然现象，在挪威、瑞典等地的北部区域，最长可达半年，无疑给夜间出动的异形带来得天独厚的猎杀

---

① “寂静岭”：位于美国托卢卡湖边上的一个被森林环绕的小镇，曾经是度假、疗养胜地。后来，一场煤矿的大火烧毁了整个小镇，从此小镇终年被迷雾笼罩，空气中弥漫着粉尘，对人类健康不利。据传小镇中隐藏着一个邪教团体，从事恶魔创世的活动。

环境。

● 异形在寒冷的极地出现概率不大，但并不是不存在。“布维岛事件”告诉我们，异形在极地环境中同样能觅得踪影。

● 极地圈的生活环境非常恶劣，人类不得不积累足够的食物来应对即将到来的极夜。当危险逼近时，所有人要避免出门，守候在自己的堡垒中进行最大限度的防御。

● 这是一场并不多见的持久战，极地居民要尽量靠拢，在避风的地方建立聚集点。

● 长期的室内防御，会使人情绪低落，甚至患上幽闭恐惧症和室内热症。因此要合理安排你的团队，轮流放哨，其他人找点事情做，振奋精神，防止在异形进攻前就崩溃了。

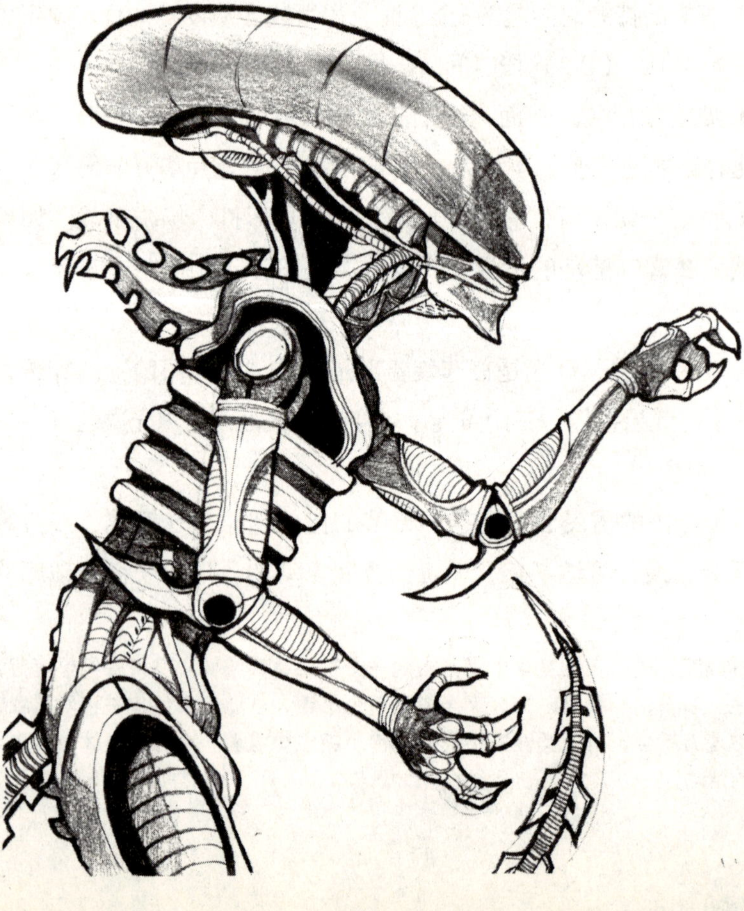

SURVIVAL HANDBOOK FROM ALIEN

第八章

危险排查和救护措施

“生存还是死亡，这是一个问题。”

——莎士比亚

异形遭遇战中，危险无处不在，防御要紧，自救更是必不可少。假如打算参考一些自救常识诀窍就想渡过异形危机，无异于异想天开。异形这种外星生物的个性繁殖方式、独特猎杀技巧，完全令人猝不及防。危险突然降临，常用的“见招拆招”乃死路一条。因此，面对异形，有一套针对性的自救措施，才有机会重见天日。

半条命：排出宿主

一般来说，异形会将猎物带回巢穴供抱脸虫寄生，但有时异形卵和抱脸虫也会“亲自出马”。异形会将卵和抱脸虫带到人类聚居区，如下水道等隐蔽场所。一旦抱脸虫寄生到人类身上，宿主就会混杂在人类中间，从内部渗透人类的防线。

谁也不想自己的团队和堡垒中有一个随时会引爆的“定时炸弹”，如何对待异形的宿主，这是一个非常令人纠结的问题。

首先，他们是活生生的人，与我们有着同样的血脉，甚至里面还有你的亲人、朋友，但残酷的事实摆在面前，他们几小时后就会孕育出一只异形，而后变成一具尸体。他们是危险的，但都是生命。

其次，一旦被寄生，就相当于一只脚已经踏入了阴曹地府，几乎无法摆脱体内的异形胚胎，任何药物都无法杀死它。

异形宿主是悲惨的，但并非不可救药。克制你的悲痛，不要惊慌，冷静考虑异形宿主的影响，不要被情感上的难舍难分和生存的欲望冲昏头脑，做出傻事。

一、疑似宿主

宿主身体的反应与病毒性感冒、发烧、胃病等疾症类似，而且抱脸虫袭击宿主后，会导致宿主短期失忆，因此对于宿主的确认非常重要。

2003年“非典型性肺炎”（简称“SARS”）爆发，疑似病例使群体人心惶惶。同样，“疑似宿主”也会导致宿主本人和他人的恐慌，如何排查疑似宿主，将是一个非常重要的步骤。

● 确保身边的人在异形危机爆发后始终与大部队在一起，没有被抱脸的可能。

● 当发现一个晕倒的人时，首要问题是确定周围是否有死亡的抱脸虫。抱脸虫完成胚胎植入后，通常将自己隐藏在一个狭小的地方死去。

不过大部分情况，它们都是就地翘辫子。因此要仔细搜寻晕倒者的周边，如果有死亡的抱脸虫，此人十有八九已经被寄生。

● 你的团队加入新成员时，要时刻留意此人是否有不停进食、口渴甚至咳嗽等宿主的初期症状，如果几小时内没有任何不良反应，大可放心。

● 宿主初期和正常人没什么区别，但长时间疑神疑鬼无疑为危急关头增添了紧张气氛。假如不想过这种精神高度紧张的生活，有一个措施可以解除大家的猜疑：

异形宿主不像“SARS”那样通过空气传播，只有在接触抱脸虫后才会被寄生，而且也无须临床验证，只要X光透视仪扫描一下即可。因此，疑似宿主必须“胸透”。

危机爆发时，带疑似宿主前去医院和救助站检查很不现实，而且也浪费时间，因此便携式透视仪派上了大用场。

这种设备市场上很常见，分高、中、低档，价格从千元到万元不等，检查疑似宿主胸腔用最基本的微型型号即可。它们的外形很像单反相机的取景镜头，对着胸腔扫描一下即可。异形胚胎体形相对较大，很容易被发现。

没有便携式透视仪，最简单的听诊器也可以进行排查。可以用常用的听诊方式，就是用听头听宿主的心跳。异形胚胎由于连接宿主的心脏，导致宿主心律失常，出现早搏，心音分裂，宿主会存在心慌、气闷等反应，但又不像心肌炎那样心跳过快，有这种杂音的可被确诊为宿主。

但使用听诊器需要熟悉医学常识，搞清胸腔内部的杂音方式，区别其他症状。这就需要长期的学习和了解，没有听诊经验的人切勿使用，以免误诊。

二、建立隔离区

异形危机爆发后，官方会迅速设立一个或者几个救助中心。这些地方首先是一个肃清异形的区域，其次四周还要有重兵把守和监视。出于便捷的需要，救助中心往往会建立在各个交通枢纽的附近。而救助中心除了必要的医疗手段外，建立隔离区也势在必行。

非典型性隔离区注意事项：

● 宿主必须被隔离。隔离不是放弃，而是为了拯救他们，也为了保护我们。

● 经过对几起异形事件的分析，异形“破胸”的时间长短不一，这就决定了当疑似病例被确诊后，要第一时间将其送去隔离，刻不容缓。

● 异形宿主并不是病毒携带者，他们没有传染性，因此隔离区都是开放式的，只是简单将其与普通人隔离开，没有必要建立消毒装置。

● 异形宿主的隔离区非常特别，不是集中式，而是分散式的单独隔离，以防破胸者到处逃窜，给其他宿主造成恐慌。隔离区的面积不用太大，保证一个房间只有一名宿主，可以选择现成的建筑物当作隔离区。

● 隔离区必须有非医疗人员协助，最好是持有武器的陆战队员和有经验的志愿者，以便随时应对隔离区内的突发状况，维持秩序，杀死破胸者，防止异形蔓延。

● 隔离区内除了救护人员和协助人员，宿主的亲属和围观人员都要撤离该区域，以便采取更有效的管理措施，缩短救治时间。否则鱼龙混杂的场面会使救治工作变得相当困难，增添了不必要的时间。

● 无论你被寄生还是他人被寄生，千万不要惊慌失措，因为惊慌会导致血液流动加快，心肌供血不足。要随时记住头脑清醒，保持冷静，尽快前往附近的救助中心进行隔离。生离死别固然重要，但也不要过于悲观。

● 使宿主获救的唯一途径就是专业手术，只能寄希望于他们。切勿用土办法私自进行手术，简陋的医疗设备和消毒条件往往会导致宿主失血过多死亡。

● 最后，非常重要的一点，当被确认为宿主时，在未被破胸前，宿主是最安全的，异形会分辨谁是宿主，绝对不会攻击他们。因此宿主可以走出堡垒，快速前往救助中心，一路上绝对没有异形干扰你。

三、救助阶段

进入隔离区，对宿主的救助才刚刚开始。

1. 二次排查

首先隔离区入口处应当安排专人，负责二次排查，以免出现误诊，救助站要普及便携式透视仪。

2. 有效救助阶段

没有人会在激烈的破胸过程中生还，因此有效救治阶段只有在被确定为宿主到“破胸”这个时段。由于宿主的健康程度不同，胚胎在宿主体内的发育程度不同，2~3个小时为最佳救助时间。

3. 确定寄生时间

根据宿主不同阶段的反应，详细询问宿主大概的寄生时间，了解宿主处于寄生的哪个阶段，以便做出应急反应，最先救助晚期症状宿主。

同时也要参考宿主破胸的规律：身体健康、强壮的男性破胸时间相对较短，年龄偏大和尚未成年的男性以及女性，破胸时间相对较长。同等情况下，优先考虑青壮年男性。

4. 药物抑制

通常来说，代谢、心跳速度越快，破胸时间越短。在宿主拥挤的情况下，可以采用药物抑制，减缓宿主的代谢功能，延迟异形破胸。

这些药物主要是镇静剂和镇痛试剂，对心情烦躁和身体机能紊乱的宿主具有镇定作用，避免宿主过度紧张，也能缓解由于胚胎活动引发的疼痛，延缓破胸时间。

隔离区要常备这些药物，宿主在寄生早期也要服用该类药物，具体服用请遵医嘱。

5. 破胸防御

任何人都无法确定准确的异形“破胸”时间，这就使得隔离区的宿主人人都是“定时炸弹”。在未接受救助前，只要有一个宿主“破胸”就够所有人喝一壶的，破胸者逃窜，很快就能在人多嘈杂的隔离区遁身，导致异形危机爆发，这该如何是好？

首先，除了让患者尽快接受救治，还有一个措施，这个措施比较残忍，无法挽救宿主的生命，但可以控制破胸者的逃窜。

这个措施是从“BG-386事件”中H.G.格罗夫斯博士[①]那里学来的，格罗夫斯博士发明了一种有效的方式来捕捉抱脸虫，并饲养其至成年异形，以便对其进行活体研究：

用一个类似罐头瓶子的透明玻璃容器倒扣在宿主胸前，当宿主被破胸后，破胸者会直接钻入容器，然后用闭合器封住容器口，这样就能捕获破胸者。

这项捕捉措施的成功率为83%[②]。这种方式加以改进甚至简化，就可用于隔离区的破胸控制。将一个器皿固定在宿主胸前，万一宿主被破胸，这种装置可以控制住异形的蔓延，而且也没有必要保存破胸者，集中销毁

① H.G.格罗夫斯博士：维兰德-汤谷公司顶级科学家，在BG-386星球上负责异形研究工作，为人冷酷，利用活人作为实验品，采集异形的进攻数据。相对比较顾全大局，当“杀人蜂6号”出现异常时，他首先想到的是除掉它，却被卡尔·维兰德制止，最终酿成大祸，身死。

② 83%：格罗夫斯博士共实验了6个抱脸虫样本，前5个样本捕获非常顺利，只有6号样本出现异常。它从宿主胸腔破出后发现此路不通，又钻回宿主体内，咬开了宿主的口腔钻出，这次意外导致两名工作人员丧命。6号样本也就是著名的“杀人蜂6号”。

即可。

这种做法很不人性，一定会被人道主义者谴责。但隔离区的首要目的是保证所有宿主的性命，同时保证隔离区的安全，没有人打算用这种方式来让所有宿主坐以待毙。作为一种预防手段，在不确定因素下，只有这种方式能够有效地控制异形的蔓延。

6. 救护手段

对异形宿主进行必要的救助势在必行。

（1）被否定的化疗

维兰德-汤谷公司科学院的科研小组曾验证过药物化疗来杀死异形胚胎的可能性，比如利用碱性药物（氢氧化钠、氢氧化铝）破坏异形胚胎的酸性体液浓度，但这种方式宣告失败，原因有二：

第一，异形胚胎在宿主体内是一个独立的系统，碱性药物很难作用于异形胚胎，而胚胎与人体心脏动脉相连，采用动脉注射的方式，药量无法掌握，药量少则弱碱性对异形胚胎毫无影响，药量过大会导致宿主体液的酸碱度严重破坏。

人体的体液天生是弱碱性，细胞代谢作用会排出有机酸，分解为二氧化碳和水。强碱性药物会打乱人体代谢，导致宿主碱中毒，缺氧窒息。而动脉注射的后果则会作用于心脏，强碱性液体会导致心脏“停车”，造成宿主死亡。

第二，就算药量控制得当，异形胚胎的防御机制会使其强酸性血液外溢，穿透胚胎羊膜，酸血进入宿主血液，瞬间杀死宿主。

因此，在新的救助手段还未通过临床验证的情况下，要想完全根除宿主体内的异形胚胎，只能通过开胸手术，进行胚胎摘除。

（2）开膛破肚

救护手段分为两个步骤：缓期救助和即刻救助。

第一步，缓期救助的方式是低温冷冻，宿主身体机能暂时停止，异形胚胎也会停止发育。假如医疗平台和救助人员短缺，可以把宿主暂时封存起来，甚至无限期冷冻。

第二步，即刻救助，就是采用人工手术或者自动手术的方式取出异形胚胎，最好在宿主冷冻的情况下进行，以防手术过程中异形胚胎活动导致宿主死亡。假如时间紧迫，在宿主刚刚被寄生时，就可以进行手术。

7. 手术注意事项

异形胚胎摘除手术与肿瘤摘除手术不同，有几点注意事项必须明确：

（1）异形胚胎是活的，它们外表包裹了一层羊膜，摘除过程中随时会刺激到胚胎，导致它们挣扎。

（2）摘除异形胚胎时千万小心，不能让手术用具破坏胚胎的羊膜和体表，否则会导致酸性血液流出，后果不堪设想。

（3）了解它们与人体哪几个部位相连，再按照如下步骤进行摘除：

- 首先用两根止血钳轻轻托起半透明羊膜包裹的异形胚胎，用镊子固定。
- 用手术刀割断胚胎与宿主相连的微小导管，最好使用激光手术刀，切割的同时也可以止血。导管中是不会有酸性血液的，这一点大可放心，但不能采用强拉硬拽的方式，这会导致异形胚胎和宿主器官破坏。
- 割断导管的时候，异形胚胎会感觉到身体吸收器官遭到破坏，它们会挣扎着从羊膜中钻出。这时用固定胚胎的镊子迅速将其移至树脂托盘中，这样就算它们的血液外溢，也不会造成太大影响。
- 对宿主进行止血，缝合伤口，手术后的宿主休息2~3天便可痊愈。

取出的异形胚胎要集中销毁，免留后患。

四、半条命原则

当人类成为宿主后，他最多只有半条命，而且这半条命也不由自己掌握。异形宿主扮演了一个危险而悲惨的角色，他们体内孕育着新的异形，是潜在的危机爆发群体。但任何人，在任何前提下，都没有采用私刑结束宿主生命的权力。

异形宿主不是病毒携带体，也不是传染源，他们是正常的人类，半条命也是生命，而且通过救助手段可以排除危险。纵观所有异形事件，除了被异形掳回巢穴的宿主，游荡在人群中的宿主群体比例并不大。当发现宿主时，迫在眉睫的就是要使其前往隔离区，进行救治。哪怕你把宿主排除在团队之外，也绝不能本着消灭潜在危险的目的，提前结束他们的生命。要知道，在“第四次异形事件”中，一伙儿走私犯、太空强盗面对普维斯这个宿主，也没有选择将其杀掉，甚至让其跟随团队逃生。

要时刻铭记，危急关头，任何人都没有权力去剥夺他人生命，如果你违反了“半条命原则”，你与残暴的异形其实是一样的。

除虫总动员：拒绝抱脸虫

体形微小、行动敏捷的抱脸虫非常令人厌恶，它们隐藏在黑暗中，突如其来地一跃而起，扑向你的面部，令人猝不及防。抱脸虫对人类的威胁不比成年异形小，被它们抓住就无法取下，意味着给你下达了一道死缓通知书。如何有效地防止抱脸虫寄生，也成为排除危险和自救的重要事项。

一、被动防御

抱脸虫突袭的速度很快，人类对抱脸虫袭击的反应时间不多，很可能被“一击命中”，因此防御抱脸虫的首选就是“被动防御”。

全罩式头盔，而且必须是树脂面罩，可以让抱脸虫无从下“口”，它们的酸血也无法腐蚀聚乙烯树脂和同种材质的面罩。异形危机爆发后，官方很可能会加大全罩式树脂头盔的普及程度，将其作为防御异形的标准道具之一。

如果认为树脂头盔能够完全防住抱脸虫，也是错误的观点。当抱脸

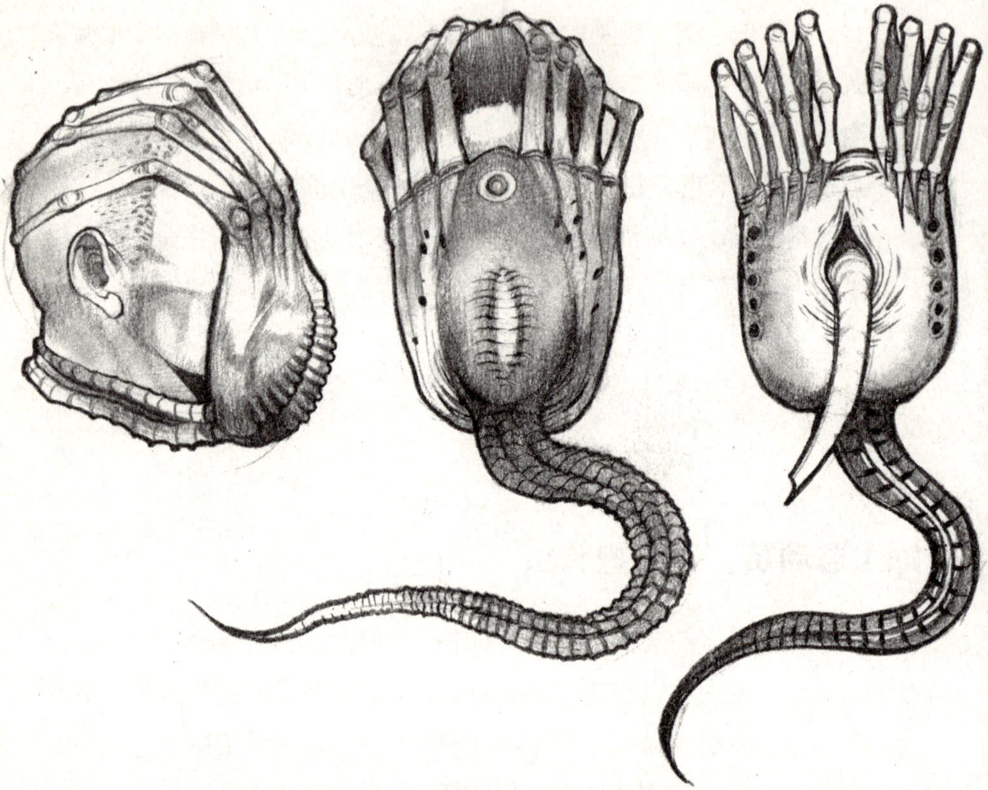

虫抱住头盔时，它们的尾巴会缠住人类的脖子，同时酸血设法破坏树脂面罩。这种情况会使被攻击的人窒息，酸血无法腐蚀面罩，滴落到身体上造成严重的创伤。因此一旦头盔被抱脸虫抓住，应当立即摘下来扔到一旁，远离抱脸虫。

树脂头盔的重复使用率很高，一旦抱脸虫发现自己抱错了目标，会从其表面脱离，假如头盔没有损坏，可以重复使用。但是，当你扔掉头盔，相当于扔掉了防御抱脸虫的唯一装备（戴双层头盔，或者还罩着一层树脂面具的达人除外），抱脸虫离开头盔后，会立刻寻找下一个目标，此时没有头盔“保驾”的你，很可能成为抱脸虫“二次进攻”的目标。

二、主动防御

“主动防御”完全取决于个人反应，如果没有头盔，要时刻留意身边的动静，防止抱脸虫从角落蹿出。

1. 溜之大吉

当发现抱脸虫或者摘掉头盔后，你的最佳选择应该是掉头就跑，因为抱脸虫是唯一追不上人类的异形生物。

研究人员认为，抱脸虫脱离异形卵后，存活时间不会太长，它们的身体机能仅限于爆发力，持久耐力不佳，没有足够的时间和体力去寻找和追逐目标，通常采用就近原则，攻击附近的生命。因此当你跑开后，抱脸虫不会像犬科动物那样紧追不舍，它们更像猫科动物，确定附近一个或多个目标后另行伏击。

抱脸虫不是猎杀者，而是一种寄生体，遇见抱脸虫，跑得越远越好。

2. 高速反应

假如你没有头盔保护，面前突然蹦出一只抱脸虫，抱脸虫从跃起到扑住你的脸，时间是0.5~0.7秒，而人类的正常反应时间为0.25秒，说明人类还有一定的反应时间来阻止抱脸行为。

因此，人类要利用自身的高速反应能力，采取如下措施来阻止抱脸虫的攻击：

● 将自己的手抬起放在面前，手掌向前张开，手臂肌肉绷紧。当抱脸虫扑来时，用手“接住”抱脸虫的腹部，用力将其推开。

● 手不要伸出太近或太远，太远无法发力，太近会让抱脸虫的尾巴缠在你的脖子上，由于窒息而导致手臂力量减小，抱脸虫一样会隔着你的手抱在脸上。正确的动作是，手掌距面部前方20厘米左右，并绷紧手腕。

注意不要抓持抱脸虫。推开抱脸虫后使劲摔在地上，一只手力量不够，那就双手并用。只要不让抱脸虫接近脸部，口器就不会深入你的口腔，而且发动攻击时，抱脸虫为了保证目标存活，是不会使用酸血攻击的，这一点大可放心。

3. 抱脸时机

当抱脸虫搞突然袭击而你又来不及做任何动作时，你还有极少的机会摆脱厄运。

● 用手抓住抱脸虫的尾巴，防止尾巴勒住你的脖子，用力向下撕扯。这时抱脸虫肢体的力量会被尾部分散，力量减弱，你要用力掰住抱脸虫的肢体往下扯，有可能将抱脸虫从脸上扯下。

● 咬紧牙关，防止抱脸虫的口器深入你的口腔。

● 切忌用牙齿去咬抱脸虫的尾巴。这是一种错误的行为，就算成功移除抱脸虫，你的后半生也只能用吸管进食了。

“第四次异形事件”中，“蕾普利8号”曾经在水下咬断抱脸虫的尾巴，使其从脸上脱落，但这位大姐具有与异形相同的血液成分，酸血对其并无伤害，别人学不来的。

三、移除抱脸虫?

在所有异形事件中，只有过两起抱脸虫解除手术，采用不同的方式，但都宣告失败。

1. 手术失败

“第一次异形事件”中，船长达拉斯用激光切割刀企图切除凯恩脸上的抱脸虫，但溢出酸血，导致手术被迫停止，凯恩暂时幸免。

“第二次异形事件”中，科学家马尔考克[①]在实验过程中被抱脸，助手采用大激光光谱的切割方式，将“第一次异形事件”中的荧光激光光谱增强为高分辨率光谱，蒸发掉抱脸虫切割面的酸血，使其不滴落到受害者身体上。但手术中发现，抱脸虫肌体受到严重创伤时，会停止给宿主供氧。当抱脸虫从宿主脸上摘除时，马尔考克已经因窒息死亡。

---

① 马尔考克：“哈德利之希望”首席医官，死于抱脸虫移除手术，留下了很多珍贵的资料。

2. 麻醉失败

格罗夫斯博士在BG-386星球的科研所里验证了麻醉抱脸虫的方式，但这项研究进行到一半就被迫停止。因为抱脸虫一旦寄生受害者，就与其构成一个共生系统，抱脸虫被麻醉，供氧系统就停止，宿主同样会窒息，任何企图分离二者的行为都会导致抱脸虫与受害者共同死亡。

可见，抱脸虫这种生物属于沾上就不放的狗皮膏药类型，人类一旦被抱脸，就只能等着完成胚胎植入后自动脱离。受害者成为宿主的命运是无法改变的，只能通过手术移除宿主胸腔的异形胚胎，才能挽救宿主生命。

四、标示抱脸虫

在一些情况中，抱脸虫不会离异形卵太远。如果你逃到一片区域，发现附近有异形卵存在，要立刻进入防御状态。

当然，抱脸虫还会通过成年异形的携带，远离巢穴和异形卵。这时你面临的危险就不只是抱脸虫了，成年异形和抱脸虫将是双重威胁，你的主动防御体系宣告失败。如果你是一个合适的宿主，成年异形不会对你造成伤害，它们会控制住你，让抱脸虫优先“占有”你。

抱脸虫会导致宿主失忆，如果周围没有目击者，宿主苏醒后如何第一时间了解自己被寄生了呢？

最笨的办法，也是唯一可行的办法，就是发挥人类的“臭美”本色，在被抱脸而意识尚清醒的短时间内，掏出手机或相机华丽自拍，然后“潇洒”地晕倒。等你苏醒后，失忆的你就会发现相簿中多了一张“脸上扒虫”的照片，前提是手机或相机没被偷走。

还等什么？带上这张照片，立刻前往救助中心进行胚胎摘除手术。这张照片非常有纪念意义，也许就是你生前最后一张留影。当你得到有效救治生还后，它也成了你日后向朋友吹嘘的资本。从异形的猎杀中存活下来，这也许是你一生中最帅的时刻。

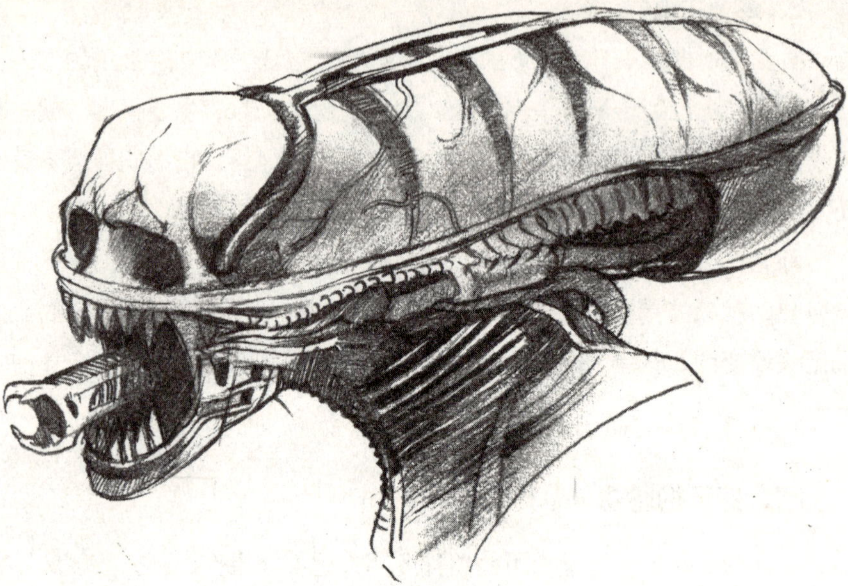

恶魔在身边：异形杀到

抱脸虫，破胸者，这些不起眼的小家伙的致命程度难以想象。如果打算在异形遭遇战中顺利过关，不拿出赵子龙当年七进七出长坂坡的勇气是不行的。能从与抱脸虫、破胸者的遭遇中觅得生机，绝对能在你的人生履历表上增添值得炫耀的资本。

不要以为从它们的攻击下存活就能应对异形的攻击，跟异形比起来，以上只是“开胃菜”，异形才是真正的“大餐”。回顾下第一篇，你就会明白，遇到成年异形，你才知道什么是真正的血腥。

一、“冻结反应”

人类遇上异形这种面目可憎的怪物，都会吓个半死，不要说比画两下，当场暴毙都很有可能。因此在异形危机中，抬出一票尸体之余，也往往会架出几个神经病。在异形事件的生还者笔录中，那些被异形杀掉的倒霉蛋反应往往出人意料，大呼小叫或夺路而逃的情况很罕见，反而像小猫一样温驯安静，完全自闭，陷入一种“麻木不仁”的状态。

这是人类陷入突如其来的惊恐的自然反应，人的大脑记录了所有可预见的事物和应对措施，一旦超出认知范围，大脑无法产生应对机制，就会短时间内处于自我封闭状态，科学上称为“冻结”。就像小动物被老虎抓住后呆呆不动，这是一种本能反应。

这种“冻结反应”在异形危机中是致命的，幸运的是，人类大脑的可塑性非常强，完全可以通过训练避免“冻结”。

● 危机来临时，提前做好准备，这是老生常谈。

● 巨大的声响会分散你的注意力，从“冻结”状态中清醒过来，瞬间意识到危险。当发现有人处于这种半痴呆状态时，朝他大声疾呼，很可能救他一命。

● 降低自己的恐惧，大脑做出“冻结反应”的可能性就会相应小一些。关于如何减少恐惧，可以通过开阔视野、深入接触自然、极限运动、野外生存训练来增强大脑对紧急状况的应变和承受能力。对于一个足不出户的宅男来说，看恐怖片是你锻炼意志的唯一选择，但效果似乎并不明显。

二、宁在一思“退”，莫在一思停

单论赛跑，人类是赢不了异形的。

中国武术中有一句话，叫作“宁在一思进，莫在一思停”，意思是比武交手的时候，如果不识对手套路，无从拆招，宁可放弃防守选择进攻，也不要停下不动。但是面对异形时，切忌此举。

所有异形事件中诸位前辈的经验是，异形神出鬼没，敏捷致命，一次攻击的成功率极高，即便你全副武装，也不得不且战且退，还要随时提防埋伏在暗处的异形给你来个两路夹击。而对于装备匮乏、战斗经验不足的平民来说，一个字：跑。

异形遭遇战就是一场别开生面的逃亡之旅，而且异形是有策略地进攻，人类的逃亡不能是单纯的跑路，而应该是战略性的撤退。

下面就是异形进攻时的逃亡策略，从堡垒到城市，从城市到野外，拥抱大自然，系好安全带，戴上安全帽，下面的路程将会非常颠簸。

SURVIVAL HANDBOOK FROM ALIEN

第九章

生还者之书——异形逃生指南

一座城市并不是你的最终归宿，你所在区域的危险系数很可能越来越高。你的堡垒很可能撑不了多久，你的物资补给很可能消耗殆尽，你的精神和身体防御能力已经达到极限。异形入侵地球，宁静的生活被打破，家庭破坏，亲人离去，这些悲痛的场景从侧面证明了，我们的力量在外星生物面前是多么渺小。虽然危机来临之际，我们都能得到后方大团结的力量，但是灾难已经发生了，经历防御阶段后，当一切朝着不利的方向发展时，我们要做的不仅仅是等待救援，异形危机迎来了下一阶段——逃离危险区域。

逃生要领

翻开异形事件的档案，就是一幕幕鲜活的逃生指南和禁忌。

- **最佳逃生时机**

当发现防御区已经不利于防守时，不要考虑财产、物资，立刻放弃这个区域，不要让异形占得先机。

- **生存目标**

逃生是有目的的逃生，要提前明确逃生目的地，不能盲目逃窜。

- **捷径**

要了解外面的危机等级、混乱程度、交通状况，搞清楚什么地方能去，什么地方不能去，同时你也需要一个对环境熟悉的向导，制订一条便捷的逃生路线。

- **临时策略**

危险突然降临时，来不及做更多打算，这就需要你立即离开这个区域。要时刻保持清醒，在逃生的过程中寻找最佳目的地，通常，人烟稀少的地方是你应急逃生的主要目标。

● **排除异己**

你的队伍必须团结，避免分歧。如果队伍中有队员想法不一，先理清思路，权衡利弊，判断哪一方的目的地更现实，更适合逃生。如果你认定自己的目的地是最佳选择，同时说服对方无望，那就带上志同道合者，去吧，各奔前程，切勿在这上面浪费更多的时间。

● **肃清队伍**

确保你的队伍安全，不要有异形宿主和其他潜在危险存在，否则会对逃生带来严重的危害。

● **轻装上阵**

要保证逃生的速度，过多不必要的物资会是累赘，只需要简单的必要装备，武器、口粮、急救药物和御寒衣服等，必要时甚至可以采取“裸奔”的方式。毕竟逃生的变数很大，谁也不能保证周密的计划就一定成功，因此现实的生存要比远期的规划更重要。

● **远离危险**

最后一条，也是最重要的一条，逃生途中危险性相当大，地形、天气会影响逃生的效率，异形随时会出现在你的周围。因此，保持高度警惕，提前制订B计划，随机应变，在非常时期会有非常效果。

百鬼夜行：聚集区突围

当你不得不离开固守的堡垒时，首先要考虑的就是离危险区域越远越好。而一旦走出堡垒，就会发现摆在面前的是危机四伏的世界，无处不在的异形，慌乱奔走的人流，即将沦陷的城市。

异形危机中，所谓的逃生并不是要彻底消除危险，而是尽量将危机爆发率降至最低。

逃生的第一步：尽快离开人多的地方。

也就是说，你要逃出这座城市或聚集区，到荒无人烟的地方。要想尽一切办法，从这座围城中逃走。

一、把握逃生时机

人类开启逃亡模式一般是发生了以下两种情况：

● 天已大亮，明亮的世界不再适合异形出没，异形进攻大潮退去，回到巢穴或隐藏起来。这时候的逃亡相对简单，按部就班地离开城市即可。

● 异形已经侵入你的堡垒，严重威胁到你的安全，这时不能坐以待毙，无论外面发生什么情况，都要立刻离开。这种情形非常棘手，时间很可能是夜晚，外面处于“无政府状态”，有异形猎杀造成的恐慌，也有人类逃生时的拥堵和踩踏。这就需要你更加谨慎地逃离，稍有不慎就可能在慌乱的人群中迷失方向。

在这种情况下，混乱的局势已经无法遏制，即便是拥有高素质、高胆识、高智商的“三高”人士，也会在极端危险下产生紧张、焦虑的情绪，进而将逃生当作第一选择。

“第三次异形事件”中，一群双Y染色体①的重刑犯，杀人不眨眼，但在一只小小的信使异形面前竟然表现得如此慌乱，普通老百姓又能如何？混乱无法避免，但必须将之降至最低点，其中有官方措施，也有自发的行为。

二、官方引导

异形危机不比其他战乱，异形无处不在，无论是警力还是军队到来，都会立刻投入紧张的战斗和搜捕，很少有专人维持秩序。

---

① 双Y染色体：临床表现为语言障碍、智力障碍、行为障碍。“狂暴161监狱”中的重刑犯是该症状的病发群体，表现为极端的暴力倾向、破坏欲和精神紊乱。

1．聚集大本营

如果没有选择，或者来不及选择藏身之所，那么只能前往警察局、部队驻地寻求救援。异形事件发生后，临时救助中心比较常见，那里有重兵把守，相对安全。

官方可能会放弃一个区域，但通常不会放弃警察局、部队驻地这两个区域，因此相对安全。

2．逆向行动

不要以为跟着士兵就能获得武力保护。当发现陆战队或者警力大批前往一个区域时，不要跟随他们，因为那里往往是异形出没的区域。

协同作战是抗击异形的好办法，但如果你没有这个能耐，就不要跟着起哄。美国大片教育我们，军民武装战线的力量相当伟大，但最先死的往往是缺乏训练的平民。掂量下自己几斤几两，不要冲动，即便消灭异形的荣耀勋章的诱惑力对你实在太大了，也要先将家小护送至安全区域，或者托付给信得过的人，要做一个有责任心的男人。

3．逃离时分

就算来到安全区域，也不要认为万事无忧，时刻留意战况。假如枪炮声越来越近，说明异形越来越接近你，这时候，你要时刻准备着下一轮的逃生。

提前做好准备，不要等官方封锁了逃生路线。官方封锁逃生路线，意味着要放弃连同大本营在内的整个区域，甚至一座城市，核弹攻击随时可能到来。因此提前做好逃生准备，找到亲朋好友与自己一起逃离虎口吧。

4．远离危险

所谓的隔离区、救助中心和大本营毕竟只是区域防守点，真正远离危险，必须逃离这座城市，前往无人区或者集中防御聚集区。准备充分的补给和便利的交通工具，外加路线指南，直接远遁他乡。

三、蛇行鼠窜

异形遭遇战的大部分时间都是自发性的混乱，谁都想活命，于是不顾一切漫无目的地逃跑，这种做法与鸵鸟将头埋进沙里异曲同工。

首先，异形神出鬼没，你不知道它们下一步会从哪里钻出来。

其次，一味逃跑不顾后方，异形说不好什么时候就从后面给你来一口，要知道人类是跑不过异形的。

1．宁静的危险

怎样从嘈杂、混乱的城市里寻得一条正确的出路呢？假如对地理和交通认识不足，可以暂时随大溜转移，切勿为了抄近道去几乎没有人烟的区域，因为冷清的原因可能是如下两条：

● 那里有异形出没，已被列为高危地带。

● 死胡同一条，此路不通。

2．避开人群中心

大家都喜欢随波逐流，人越多意味着越安全，一来壮胆，二来人多力量大。但是要特别指出，异形事件中还是尽量远离人群为妙。

远离人群，似乎有悖集中力量原则，但这里的“人群”并不是一个团队，没有任何力量集中可言。人群拥挤嘈杂，没有一致的目标和统一的行动指挥，在慌乱的人群中根本无法建立防御体系。假如突然有一只异形杀出，定会导致人群恐慌和奔跑，发生踩踏事件。所以，千万不要走在人群中心，尽量处于外围，或与大队人马保持一定距离。否则一旦发生危险，你的团队就会被疯狂的人群冲散，拥挤踩踏造成非战斗伤亡。

万一你不小心被裹在人群中，发生踩踏事件时，可以按照以下方法保命：

● 任何大声喊叫或拼命示意阻止人群流动的方式都是无效的，不要因为前方有人摔倒就停滞不前，甚至转身，这样很容易被人流挤倒。如果可能的话，尽量绕开，并告知身后前方有人摔倒，让后面的人逐级传递给后方，尽量避开摔倒者，同时也能保护自己。

● 慌乱中，假如鞋被踩掉或者钱包掉了，千万不要想不开，弯腰拾东西，这样很容易被人群挤倒。这个时候不要当财迷，哪怕两只鞋都掉了，也不要停下脚步，时刻铭记：光脚的不怕穿鞋的。

● 假如摔倒的是你，一方面大声疾呼，警示后面的人地上还趴着一位，另一方面迅速爬起。如果人流汹涌来不及爬起来，那就要做好被“践踏”的准备：双手抱头，护住脖子，将身体蜷缩成一团保护肋部。如果可能的话，要设法紧贴墙壁，减轻伤害。

3. 保护弱小，远离自私

保护弱小是一种“个人选择”，哪怕你无法向那些无助的妇孺伸出援手，也不要眼睁睁地看着她们在慌乱的人群中迷失，一句忠告，一点帮助，也许就会使她们看到生存的希望。就算无能为力，选择性无视的情况下，也不要将自己的生存建立在他人的生命上。这不仅关系到人类的品质，也关系到团队中你与他人的共存。

正如清代小说家刘鹗所言：人人好公，则天下太平；人人营私，则天下大乱。有时候，过度的自私会导致你在混乱中陷于不利境地。

4. 纠结的交通

逃生时，人们拥挤在混乱的街道上，交通规则已经变成了一纸空谈，几乎没有人会按部就班地遵守红绿灯。即便你有这种“觉悟”，其他人也不会允许等红灯浪费时间。

假如你是行人，要尽量避开快车道，以防被飞驰而来的汽车撞倒。

假如你是司机，如何避开行人是一个难题。因为在集体逃生时，混乱的街道人山人海，机动车道上随时会有逃生的人群，这就要求司机不得不警惕危险时还要注意行人。如果没留神撞倒行人，将给你带来非常严重的后果，包括心理阴影和其他行人的围堵。虽然汽车是一种非常理想的逃生工具，但也要分情况，混乱的人群中，开车不一定比走路快。

5. 当心高空坠物

尽量远离公路，就意味着你必须像耗子一样“溜边儿”。而这种情况下，另一个问题出现了，钢筋水泥的都市高楼林立，在异形攻击中，异物有可能从高空坠下，包括从天而降的异形、楼上被异形追得慌不择路而坠楼的居民、因战斗和爆炸落下的杂物。总之，除了馅饼，什么都有可能从天上掉下来。

高空坠物充满了不确定因素，是无法防御的。人们不可能因为害怕被流星砸到而不敢出门，同理，在异形危机中也不可能永远躲着高楼而跑到马路中间。虽然被高空坠物砸到“中大奖”的概率不大，但你要做的是，尽量少在高楼、变压器、电线下停留，以防万一，开阔地才是相对安全的地方。

另外，官方的临时救助站、大本营也会选择建立在这些开阔地，如广场和体育场，不仅场地足够大，而且四周掩体较少，能防止异形偷袭。当你的团队来到这里时，你逃出城市的计划就完成了一半。

杀出黎明：逃离城市

在生活区寻找庇护点毕竟是大多数人的选择，谁也不愿意背井离乡，假如人类军团有效地控制住了异形危机，我们就用不着大费周章地逃往更远的地方。

不过，当你逃到庇护所后，异形危机没有得到控制，反而有进一步蔓延的趋势，那么下一步行动就刻不容缓：立刻逃离这座城市，前往荒无人烟的区域。

一、逃离要塞

从城市逃离，官方首先要发挥重要作用，这个作用是积极的，也是必不可少的。

当城市爆发异形危机时，官方首先要做的就是对这座城市进行全面封锁，交通要道、港口码头、车站飞机场等一切通往城外的交通枢纽将成为咽喉要道。这些逃离点必须层层设卡，这样一来，整座城市就像一个大的隔离区。隔离区不是为了隔离异形，而是为了“隔离”人类，其目的有二：

- 该城市是危险区域，防止外来闲杂人等进入，仅接纳经过授权的军队和医疗人员，杜绝外人进入城市遭遇不必要的危险，或者趁火打劫。

● 当城市发现异形后，允许平民逃离危险区域，前往其他城市或者无人区进行避难，但要经过危险信息检测，排查宿主。

异形非常善于搬家，除了通过侦察兵异形探索新的殖民地外，主要是依靠宿主携带，从一个地方传播到另一个地方。假如异形宿主通过逃离点到另一片区域，异形破胸而出，就会引起新一轮的异形危机。

1. 要塞排查

排查宿主其实与检查疑似宿主大同小异，在每个要塞点安排专门人员，配备便携式透视仪，对出城的平民和车辆进行检查。

排查宿主的人手要充足，要做到对每个人进行扫描，比查酒驾更加严格。为了减少出城民众的滞留时间，每个要塞点要配备3~5台扫描仪，否则会造成拥堵和慌乱。

2. 要塞地点

每一个交通枢纽都要设置要塞，这些地点是通往城外的主要途径。试想，在火车、飞机、轮船上爆发异形危机，乘客将会全部遇难，这是多么可怕的事情。

即便如此，要塞点依然不够，当代都市和城镇的发展已经没有了城墙，完全自由开放。除了以上的交通要道，其他都属于不可控制区域。相信一定存在某位大侠采用翻山越岭的方式潜伏出城，这些都是无法防范的。

3. 铜墙铁壁

古今中外的所有战争中，交通枢纽都是一座城市的咽喉，历来兵家必争之地，对战略部署有极大影响。

异形危机时的逃离点必定拥堵，异形很可能冲着人员密集的要塞下手，车站、码头这样的地形很容易让异形得逞，因此武装力量是必不可少的，甚至比城市中心的兵力还要充足。在要塞附近建立起火力防线，划定一条缓冲带，能够有效保护要塞，随时应对人流、车流中异形突然出现的紧迫局面。

加强武装的另一个目的就是维持现场秩序，危急时刻没有人会老老实实排队等候检查。迫切想要出城的民众会像汹涌的潮水，汇集在狭窄的出口，又不能迅速通过，猛烈地冲撞会使现场非常容易发生踩踏事件，更会有绝望的平民拼命推翻、攀过围栏，现场一片混乱。这时，有经验的军方人士和警力在现场维持秩序，能够有效地控制混乱场面。

4．救助中心

要塞的另一组成部分就是救助中心，救助中心建立在要塞附近是有一定科学依据的：

● 要塞便捷的交通条件是逃亡人群的首选，在这里建立救助中心能接触到更多的人。

● 一旦排查时发现有异形宿主，应立刻送往救助中心的隔离区，进行胚胎摘除手术，可以缩短时间，降低宿主的破胸率，更好地挽救一个人的生命。

● 要塞重兵把守，也为救助中心提供了先天性的保障。

可见，救助中心与要塞之间的作用可以互为补充，相互依存，甚至连军队临时大本营也可以安置到这片区域。

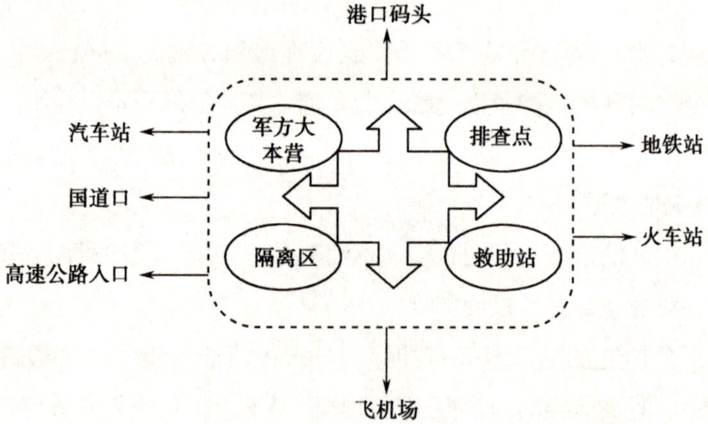

二、逃离方式

有人说，日益发达的交通工具，象征着人类对地域限制的克服。可以这样说，现代都市文明和工业社会，是乘坐着各种交通工具而来的。

如今，交通工具在人类生活中扮演着越来越重要的角色，交通工具无疑承担了“走向幸福”的载体。不同的交通工具有不同的优点和缺点，这就要具体问题具体分析了。

1．“裸奔”

脚在自己腿上长着，想去哪里自己说了算。只依靠腿跑路，在异形危机中被称为“裸奔”，虽然便捷，但效率极低。

（1）优点

遭遇异形，最灵活的方式是掉头就跑，虽然你跑得没有异形快，但总比在原地等死强。值得一提的是，大自然教给人类的经验有时在异形面前并不管用，比如像负鼠一样装死，异形可不管猎物的死活，一律照单全收，因此逃跑是你唯一的希望。

人类大脑在出生时已经免费安装了基本求生程序，被异形追赶命悬一线的情况下，肾上腺素会大量分泌，刺激人体机能，血液流动加快，按照最大标准量泵到四肢神经末梢，使人类能以平时无法达到的速度“裸奔”。

在混乱的大街小巷里，“裸奔”这种纯屌丝行为能让你平淡应对慌乱的场面，跟随着人群前往要塞，双腿健步如飞，穿堂过室，走街串巷，适用于任何复杂地形，不受路况影响。路本来是没有的，走的人多了，也就成了路，这是绝对难不倒你的。

（2）缺点

“裸奔”的缺点要比优点更加明显。首先你不得不与异形赛跑，体力、身体健康程度是决定你逃生速度的主要因素。除非遭遇突然袭击，一般不会有人两个肩膀扛一个脑袋跑路的，你的武器、补给物资等负重也会对体能产生极大影响。

更重要的是，“裸奔”是最慢也最消耗能量的方式，沿途危险重重，当你真正跑到目的地时，恐怕也快累吐血了。

可见，“裸奔”意义重大，但选择须谨慎。除非因为路况和交通工具燃料不足，实在没有别的可选，只能硬着头皮将赌注下到自己的双腿上，拿步量到要塞或者脱离点，再考虑乘坐其他工具逃离城市，否则就不要“裸奔”了。

2. 汽车

（1）城内大突围

既然有汽车，为什么还要采用“裸奔”这种既原始又费力的行动方式呢？诚然，汽车在现代社会扮演着非常重要的角色，它的普及和便捷是逃生时交通工具的首选。家有一车，如有一宝，逃生代步，载货甚好。如此时尚的代步工具，在异形危机中又能发挥多大作用呢？

选择汽车，首先要面临的就是如何从拥堵的城市中突出重围。嘈杂慌乱的人群，拥堵的街道，令人崩溃的交通，这些现象就算平时也够有车族忙活一阵了，在异形危机中更会被无限放大。所有人都朝着要塞点进发，会使几条主干道变成一锅粥。拥堵的行人尚可左冲右突寻找逃生机会，堵在路上的汽车那就寸步难行。况且汽车不是一个良好的防御体，异形“重拳”出击或者一口酸液，普通汽车的风挡玻璃就不堪一击。而此时危机越来越近，汽车在出城后的作用，车上的行李和物资，又会让你左右为难。

除非你有一条隐蔽而畅通的逃生路线，或者与主流逃生人群打好时间差，只有这样，汽车才能在城市中发挥作用。假如遇到异形危机爆发高峰期，汽车虽然优点多多，但还是建议各位尽早弃之。

（2）霸气侧漏

如果你的汽车侥幸在混乱的城市“杀出一条血路”，随后的市外路程则要让很多人羡慕嫉妒恨了。你有自己的主动权，跟随着逃生地图，信马由缰，犹如一只飞向自由的小鸟，但要当心掉链子抛锚。

（3）行车必备

行车时，时刻注意燃料和故障问题：

- 计算好你的燃油量，光顾沿途各个加油站。幸运的时候，你到一家加油站时，工作人员早就跑光了，你不但可以免费加油，还能增加燃油储备，算是捡了大便宜。

- 汽车故障的不可预见性要比燃油问题更加严重，城外维修站点稀少，一旦抛锚，你的汽车就像折翼的小鸟。因此，行车时不但要必备生存物资，也要有针对性地储备一些常用装备：

工具箱

千斤顶

备胎

方向盘

火花塞

电机轴承

减震器

排气管

● 作为一名司机，而且是在危机中肩负重担的司机，除了娴熟的技术外，必备的维修常识也非常重要，掌握基础的汽车维修方法，解决一些简单的汽车故障，使折翼的“小鸟”重新上路。

● 要针对你的汽车大小，给生存物资留出空间，而卡车司机要尽量多带一些配件，以备不时之需。

（4）行车注意事项

● 城外的高速公路同样会面临堵车的难题。白天还好，如果到了晚上依然没有动地方，那就十分危险了。假如车流一眼望不到头，短时间内看不到前进的希望，此时的堵车就像是赌命，多停留一分，危险就增加一分。

● 假如整条公路被废弃的汽车堵死，或者道路被破坏，说明这片区域已经遭到异形的袭击，危险等级无疑最高。要毫不犹豫立刻掉头，寻找其他逃生路线。

● 长途行车，疲劳是你的敌人，极端环境下更需要你时刻留意外界信息和周围动向。车上的人除轮换开车以外，要轮流值班，保证车上至少有两位清醒的人。如果车上只有你一个人，说明你没有仔细阅读《异形生存手册》。

● 假如行车时突然遭遇异形，立刻加大油门逃离，普通异形是追不上汽车的。面对异形皇后这样的高等异形，也不要惊慌，尽量走“S”形路线，后者身高腿长，容易被“晃点”。

● 不要碾压异形，轮胎中含有大量碳元素，异形的酸血会腐蚀轮胎。

“第二次异形事件”中，蕾普利驾驶着步兵战车轧碎了一只异形，导致车辆行驶不久就变成了“陆地行舟”。

● 如果你陷入了异形的包围圈，那么就顾不上酸血腐蚀轮胎了，开车撞出一条“酸”路，受损的汽车能跑多远算多远。一旦汽车报废，无论异形距离你多远，都立刻跳车逃跑。

3. 自行车、摩托车

两个轮虽不如四个轮好使，但也比你的“11路”强。更重要的是，两轮交通工具能够自如应对城市中的拥堵状况，具有与“裸奔”不相上下的灵活能力，而且更加节省体力。

在异形危机中，自行车与摩托车发挥的功效大同小异，都是城市逃生的高手，不适用于城外长途逃生。不同之处在于以下几点：

（1）自行车侠

自行车虽然耗费体力，但更加灵活，安全，无污染，噪声低，其行驶速度与骑车者体能挂钩，而且重量轻，遇到道路不畅扛起来就走。“裸奔”与自行车二合一，速度快，能将众人远远甩在后面。当被异形追赶时，用力蹬也很有可能在与异形的赛跑中名列前茅，可见是城市逃生最好的选择。

自行车最好只是用于市内逃生，骑到要塞也就到终点了。此时最好放弃自行车，改换其他交通工具。如果打算骑着你的“宝马”长途跋涉，无疑是臭棋一着。自行车不仅速度不上档次，而且极耗体力，骑一天自行车要比搬一天砖还累。一旦碰上扎带、掉链子，荒郊野外绝对找不到修自行车的老大爷。

（2）逍遥骑士

在混乱的城镇，摩托车同样能发挥重要作用，而且速度和节省体力上的优势明显，这是摩托车得天独厚的便利条件。但在其他方面就比自行车要菜一点，摩托车速度快，但安全性很差，混乱中容易撞到逃生的平民。

比撞到人更可怕的是发生事故，复杂的交通状况使摩托车手自发性事故要远远大于被异形攻击的概率。车手总把自己比作“逍遥骑士”，风一般的车手到头来只能是疯一般地出事，“肉包铁”真心伤不起。

摩托车更适合城外逃生，但也比自行车强不到哪儿去。骑摩托车长途跋涉，万一遇见风沙雨雪天气，车手非常容易疲劳。而且摩托车油箱小，燃料利用率低，导致摩托车就像加强版的自行车，同样不适合长途逃生。

（3）汽车帮手

但也不能完全否定两轮工具，可以考虑将其与汽车相结合，在轿车顶部、SUV后备厢携带一辆自行车备用。有条件的可以在卡车车厢准备一辆摩托车，一旦汽车抛锚，或者路况不佳无法前行，两轮工具就能派上大用场。

4. 集体逃生工具

集体逃生工具是危机爆发时运载民众的主要交通工具，火车、飞机、轮船客运量大，载重多，而且不受交通堵塞的影响。异形危机时，客流压力要远远超出平日，增派车（船）次和航班，军方协调人员疏导乘客避免过度拥挤。总之，届时混乱是一定的，而且事故发生率也不会低，只要登上就自求多福吧。

（1）火车

火车的运输量在这些交通工具中是最大的，但也是相对危险的交通工具。

- 不同火车的载客量不尽相同，最大的车厢包括坐票、站票，大约可容纳200人，但出于安全和乘客随身携带的货物量的考虑，一节车厢最多容纳160~170人。不要让车厢处于超饱和状态，一方面考虑到乘客对火车载重的影响，另一方面，一旦火车上发生危险，乘客连移动的地方都没有。

- 火车的事故率是三种交通工具中最低的，但在这种非常时期，火车是最危险的一种。不仅由于危机爆发时交通压力大，导致事故率增加，还要考虑到异形破坏铁轨的可能。铁路无法进行区域防御，军队也没有足够的兵力沿线保护铁轨，换句话说，火车的危险性要高于汽车。

- 唯一可行的方式就是对城市周边的铁路进行集中防御，保护高危地区的铁路不被破坏。而走出城市，荒野地带人烟稀少，异形也不大可能出现，除非它们战略性地破坏。因此，乘客登上火车后，要做好破釜沉舟的打算。

（2）船舶

海滨城市出行的必备工具，速度不快，但非常安全，住在临海、临江的居民们偷着乐去吧。无论私人游艇还是万吨货轮，你都比其他地区的居民多了一种安全的逃生方式。登上船舶，心里一直悬的那块石头也可以落地了。

● 异形虽然擅长游泳，但毕竟是一种陆生生物，不会跟随船只深入海洋和江河中心，一旦它们无法靠近船只，这种高耗能生物很可能体力耗尽，葬身海底河底。

● 与火车类似，船舶刚出码头是最危险的时候。港口、码头、船坞地形复杂，集装箱林立，重兵把守港口仍然不足以预防突发事件。还要时刻留意陆地、水下潜在的危险，防止异形破坏船身。

● 比异形破坏船身更严重的是异形潜伏在船上，船上舱室多，密集的管道和双层甲板，是异形理想的潜伏场所。一旦船只驶向水域中心，异形危机在船上爆发，后果不堪设想。

● 为了防止异形登船，应做好如下防范措施：

停船时严密检测水下，密切注意船锚舱、锚链有无异物攀爬，关闭所有舱室；乘客登船后暂时全部停留在甲板上，等船离开码头驶向深水区后，再打开舱室。

如果有条件，船身要涂上一层蜡质，泼一层油漆也可以，增加船身的润滑度。异形依靠爪子进行攀爬，没有吸盘，这些东西能使异形无法攀爬，望“船”兴叹。

严密监视各个管道阀室的出口，防止异形钻入。

重点保护区：发动机舱、螺旋桨所在的艉尖舱、桥楼和底舱，这些场所是重要部位，能否行驶到安全地带取决于它们能否正常运作。

● 时刻注意天气，台风会对船只航行造成很大的影响，也会让乘客产生眩晕、呕吐等症状。

● 做好在江海上长期漂泊的准备，晕船、坏血病、溃疡和高血压是你的大敌，多预备含维生素C的食物和饮品，如柠檬、猕猴桃等，可以预防船上的常见病。

● 每艘船上都配备救生艇，但不足以容纳所有乘客。根据前文“保护弱小”的逃生准则和“泰坦尼克”号上的事迹，这种“个人选择”的行为无法强求。

（3）飞机

不少人患有恐飞症，这是一种心理疾病。新闻、互联网中满天飞的坠机事件令人心有余悸。飞机这种交通工具，上去了就“悬而未决”，一旦发生事故，无路可逃。

● 飞机的事故率在三种交通工具里最高，但在异形危机中，飞机才是最安全的。只要飞机离开地面，不发生飞行意外，你就是绝对安全的。

● 人类甚至幻想着自己永远待在天上，甚至打算逃往外太空。在如今星球殖民地尚未开发的情况下，飞机最终还是要降落的。没有遭到异形入侵的安全机场将是你的唯一归宿。

● 如果使用涡轮螺旋桨飞机、直升机等小型飞机逃生，更加要留意天气和燃油情况，尽量采用低空飞行。

漫漫修远：路在何方

旅行的意义就是逃离，逃离的不仅是一座城，更是一段记忆……

放弃这些诗情画意吧，逃亡过程中你一定没有心情欣赏沿途的风景，时刻紧张的神经，极度的疲劳，对异形的心有余悸，有的还会陷入失去家人、朋友的无限悲痛。你的逃亡之旅如李清照的《声声慢》中描述的那样：

“寻寻觅觅，冷冷清清，凄凄惨惨戚戚。”

而这些负面情绪和问题将伴随着你的整个旅程，不要以为这就是行程的全部，因为还有一个更关键的问题让所有逃亡者吐血三升：

“我究竟要去往何方？天大地大，何处是我家？”

关于逃亡的目的地，广义上说就是安全区域，没有异形出现的地方；狭义上来说，安全区域又可分为两种情况：集中防御区和无人区。

一、集中防御区

异形入侵地球后，往往是从一个点扩散到一个面，进而占领整个区域，侦察兵异形负责获取猎物方位，雄蜂异形打头阵，捕捉宿主，建立巢穴，集结战斗异形大军，向新的领域扩张。这种周而复始的物种入侵行为会使异形的扩散速度非常快，只要有一个区域出现异形，地球上各国政府除了要派遣陆战队清除异形外，还要着手在确认没有异形的区域建立集中防御区。

1. 结构组成

集中防御区的概念比较特殊。由于人类的对手是异形这种外星生物，它们的攻击手段和策略，导致传统意义上的战略部署和防御措施通通作废。好在人类数千年的文明发展史给我们提供了经验，集中防御区不得不采用“固守城池”这种笨办法，才能有效地抵抗异形的进攻。

（1）选址

任何没有被异形侵占的城镇、基地都是理想的地点，同时也要考虑到这里要驻守大量兵力和接纳四方拥来的民众，防御区必须选在一个交通便利的地方。

（2）城墙

集中防御区也要重拾古代战争中起到防御作用的城墙，但是，古老的城墙是挡不住异形的，因此你要有心理准备：你只是来到了一个貌似安全的地方而已。不要把过多的希望寄托在城墙上，它给你的更多是心理上的安全。

（3）堑壕

古代城墙外的护城河被改造成了堑壕，方式多种多样，包括挖沟壑，设立铁丝网、木桩等障碍，不能让异形大摇大摆地接近城墙。

（4）基础设施

城池建设完毕，如果内部空空如也，那就不是集中防御区，而是“请君入瓮”的罐头加工厂。集中防御区内部必要的基础设施一定要具备，这也是集中防御区最好不要另起炉灶的主要原因，一个现成的区域会给防御区提供大部分基础设施。

防御区内的基础设施如下：

车站、飞机场、码头等因地制宜的交通枢纽

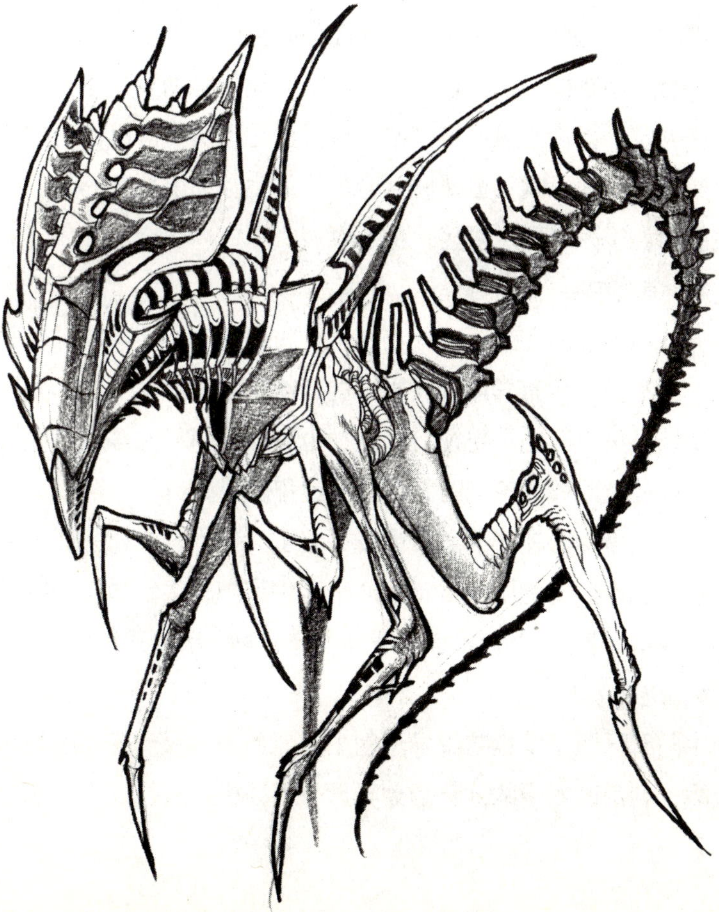

完善的电力设施

配套的医疗机构

足够的生存物资

强大的军事基地

2. 注意事项

（1）危险再排查

集中防御区是生还者的聚集点，是地球军团抗击异形的最后防线，不容有半点差池。因此更要注意对进出平民和军队的安全排查，检查异形宿主，排查可疑目标，加强下水管道系统的防御，防止异形从内部渗透。

（2）人满为患

恐怕谁都能料到，异形危机爆发后，集中防御区内的景象会有多么壮观。这里会集了五湖四海逃出来的生还者，他们形形色色，唯一的共同点就是对逃出生天感到庆幸，对异形谈虎色变。

而一个集中防御区的容量是有限的，究竟能容纳多少人要根据防御区的大小来判定。像沙丁鱼一样密密麻麻的生还者对防御区的正常运作、物资储存带来的负面影响，会威胁到全体人的生存，因此要充分考虑防御区的承载能力，千万不要过量接纳生还者。

（3）调度中心

如何让慌不择路的生还者找到正确的防御区呢？前文说过，调度中心的任务非常艰巨，所有异形突发事件的最新进展，哪里安全、哪里沦陷、交通状况，要第一时间用电视台、广播电台、短信群发等通信手段传达给所有人，还要及时通报各个防御区的位置和是否满员。

可见，调度中心在异形危机中发挥着重大作用，必须保证区域内调度中心的防御工作。调度中心员工将迎来有生难忘的工作时期，如果能平安渡过异形危机，员工们有120%的理由去向老板要求加薪和辞职。

（4）持久战

集中防御区除了承担防御异形的主要任务外，另一个作用就是与异形打持久战，利用时间上的优势消磨异形，抓住机会进行反攻。即使你所在的防御区城池坚固，粮草充足，城内的生还者也要做好长期固守的准备。

二、无人区

集中防御区是人类逃生的主要目的地，但也有不信邪的。

既然是迎战异形，集中防御区就有被异形攻克的危险，安全指数并非100%。因此，逃离城市的生还者中，定会有不走寻常路的“潇洒哥”。既然是安全区域，远离异形，索性就往穷山恶水、人迹罕至的区域进发，那就是无人区！

地狱无门：无人区求生手册

人类来自大自然，祖先都是野外生存的达人，经历了无数自然洗礼才走到这一步。可惜，如今的人类过了太久的舒服日子，早就把老祖宗混饭吃的铁饭碗丢到九霄云外了。这就导致人类在社会中手眼通天，在野外两眼一抹黑，更由于在野外的孤寂导致了紧张、害怕，心魔自生，精神分裂时有发生。

因此，在躲避异形危机中，无论那些一开始就奔着无人区进发的达人，还是在逃生中慌不择路误入歧途的小白，在无人区，异形将不再是你生命的最大威胁，取而代之的是极端的自然环境。

这里提示一下，本节主要关注的是异形危机，荒野求生属于异形危机的副产品，并非专业野外求生指南。这里是野外求生的一些简单的常识，掌握这些常识会在关键时刻救你一命。

一、无人区的选择

地球人口分布不均匀，有人口密集的地方，也有很多鸟不生蛋的“宝地”。但不要以为地球上可供选择的“无人区”很多，只要你具备清醒的头脑，就会明白，之所以成为无人区，归根结底是这些地方不适合人类生存。

选择无人区首先要具备如下条件：

● 该区域与异形爆发地点相距甚远。

● 极端自然条件的无人区必须放弃，否则大自然会替异形杀死你。

● 这些区域大多交通闭塞，仅靠交通工具完全不够，你必须拥有过人的体魄和必备的野外生存技巧。

● 提前设定好路线，在地图上标明你想要到达的地方，确保沿途顺畅，不能盲目寻找无人区。

二、具体场景优劣

以下是几种可供选择的无人区，因地形地貌的差异而特点不同。

1. 孤岛

生存指数：★★★★★

优点：

如果你有足够的条件前往茫茫大海中的岛屿，那么恭喜你，只要你还活着，这辈子是见不到异形了。

缺点：

淡水短缺使你不得不重返靠天吃饭的原始行为。一旦上帝看你不爽，台风来袭将是你升天的好日子，恶劣的天气和物资短缺使你度日如年。假如岛上只有你一个人，时间一长，你就会分裂出一个或者多个人格。

特别提示：

● 傍晚和清晨是捕鱼的最佳时机，潮水退去后沙滩上的贝壳、海龟蛋和岛上的海鸟都可以食用。如果你还没忘记小时候上树捕鸟、下河摸鱼的本领，食物完全不是问题，而且盐分管够。

● 你不得不制作大量的存水装置，用来接雨水和清晨植物上的露珠，淡水决定你的生存，每一滴淡水都是宝贵的资源。

● 一定要建一个庇护所，最次也要是帐篷，而且要尽量离大海远一些，防止台风引起的滔天巨浪将你卷走。

● 自娱自乐，打发时间，给岛上的所有植物起个动听的名字，发挥你的想象力，否则精神分裂可不是闹着玩的。

2. 山区

生存指数：★★★★☆

优点：

食物和饮水相对充足，山顶处视野开阔，容易发现潜在的危险，山谷便于隐藏。空气清新，精神爽快。

缺点：

视野是有限的，山区复杂的地形也会阻碍你对危险的察觉。初来乍到的你对山区地理环境生疏，容易迷失方向，而且山中的野兽一定欢迎你这个不速之客，尤其是晚上，这些问题更加明显。

特别提示：

● 辨别方向。阴天和没有星星的夜晚，以北半球为例（以下均是），山麓南边的植被要比北边的茂盛。

● 夜晚尽量减少活动，除了异形，还有猛兽出没，另外，四处乱跑当心会踩空坠崖。

● 当你在山麓行走时，要注意脚下的支撑点，尽量侧向下山，不要让自己成为“上山容易，下山更容易”的代表。

● 悬崖峭壁很容易造成视觉误差。当你沿着一条狭长的斜坡登山时，前面一条垂直的峭壁矗立在眼前，这其实是一种视觉误差。自然界不会形成这种构造，那个峭壁是属于对面山头，你的前方很可能是万丈悬崖。

3. 平原

生存指数：★★★★☆

优点：

视野开阔，随时可以发现危险。

缺点：

平原地带很少有无人区，就算有，危险性也远远高于其他无人区，异形随时会发现孤零零的你。

4. 高原

生存指数：★★★☆☆

优点：

如果你是高原居民，高原的地理环境将是你最大的优势。

缺点：

如果你不是高原居民，将高原当作无人区目标无疑是自讨苦吃。高原区空气稀薄，易缺氧，温度、湿度低，极容易缺水，日间辐射高，积雪反射甚至会导致双重辐射。更离谱的是，这些负面影响只作用于人类，对异形影响不大。

特别提示：

● 高原地形复杂，缺乏参照物，很容易对高度和距离产生错觉，应避免天黑后活动。

● 高原区要比其他无人区更加注重扎营的地点，应赶在天黑前找到相对平坦的扎营点。如果没有手表，大概估算下太阳下山的时间。有一种方法，将手臂平伸，用手指测量太阳下沿与地表的高度，一个指节的高度代表大约15分钟。

● 少洗澡，避免感冒，高原气候容易引发浮肿。

5. 戈壁沙漠

生存指数：★★☆☆☆

优点：

地球上有1/5的地区是戈壁沙漠，假如能解决水和食物问题，白天搭帐篷躲避日晒，夜晚生火取暖，戈壁沙漠也会是一个不错的选择。

缺点：

很可惜，由于以上问题终究无法解决，这些不毛之地永远不会成为一个长期据守的区域。有时候，逃难的目的地并不是这些地方，却一不小心遁入沙漠，而且进去再想出来可就由不得你了。四周荒芜的沙丘和漫天的沙尘暴，以及沙漠中精巧的机关——流沙，一夜之间就会让你踪迹不见。

特别提示：

● 水是最大的问题。在沙漠中行走，1小时需要消耗1升水，每失水1升需要补充0.75升才能保证身体的正常运作。因此要限制日间活动，否则18个小时后，你就跟木乃伊没什么两样了。如果可以，含着一口水行走，可以减缓脱水的速度。

● 戈壁沙漠中，如果某处有较为集中的植物，或者动物的巢穴，就代表附近肯定有水源。朝着下风方向寻找，可能会有所收获。

● 沙漠中植物的根茎部分大多数会贮存水分，正好为人所用。而且这些植物都可以食用。

● 如果不想吃饭就别吃，吃饭在沙漠中没什么用处。人体摄入蛋白质会导致饮水量增多，尤其是压缩饼干这类食物，最好不要食用。尽量吃一些富含水分的食品，罐头、速食品打开就要一次性吃完，否则几小时后就会腐烂变质。

● 沙漠日晒严重，昼夜温差大。白天全身穿衣，太阳即将落山时再走出帐篷，夜晚生火御寒。在这种地方生病，意味着你的生命已经有80%寄存在死神那里了。

● 流沙问题不可忽视，处处机关。如果不幸中招，千万不要挣扎，大脑里回想一下中学物理课本中教过的压强和浮力的内容，尽量前倾身体，增加身体受力，采用匍匐前进的方式，慢慢爬出危险区。

● 辨别方向。沙漠中动物的巢穴一般建立在盛行风向位置，出口处朝向的位置是南方，坐北朝南的定律在任何时候都很管用。

6. 丛林

生存指数：★★☆☆☆

优点：

食物与淡水相当充足，但气候潮湿闷热，树木遮天蔽日，人迹罕至，这些便利使丛林成为最好的藏身之处。

缺点：

丛林中最大的危险不是遭遇异形，而是周遭潮湿阴暗的环境。这里有你这辈子从未见过也从未听说过的蚊虫、毒蛇，五花八门的毒性植物，丛林内部暗藏的沼泽瞬间就能吞噬一个人，湿气很重，容易引起疟疾等疾病，环境因素才是真正致命的地方。

特别提示：

● 没有见过的食物千万不要吃，人类并非百毒不侵。

● 休息时不要上树，也不要躺在地上。你的帐篷最好有一张吊床，上下不靠才是硬道理。

● 时刻要生起一堆火，驱赶湿气和蚊虫，干燥的树干、死去的枯树和蚁巢都是易燃物。

● 辨别方向。一棵树木上树冠较大、枝叶最茂密的区域所指的是南方，树下苔藓密布的区域指向北方。

● 尽量包裹自己，免受蚊虫叮咬。如果身上爬有蜈蚣、蝎子，使用兰花指弹飞它们，千万不要拍打。

● 在丛林中行走，需要准备一根较长的木棍，随时拨打面前的草丛，所谓“打草惊蛇”就是这么来的，而且还可以探测前方是否有沼泽。

7. 冰原

生存指数：★☆☆☆☆

优点：

人类怕冷，异形也怕冷，但人类有御寒的衣服，异形没有。冰原环境恶劣，但安全指数很高。

缺点：

最大的缺点就是寒冷和食物问题，没事不要往这种地方钻。

特别提示：

● 与山区类似，一座雪山积雪多的一面是北面。

● 你在这些区域可能不会感到口渴，但干燥和低温会暗中消耗你身体中的水分，及时补充水分非常重要。

● 冰原中食物短缺，极地的植被大多可以食用；海鸟和海豹是潜在的食物来源，也可以凿开冰面钓鱼，但千万不要打北极熊的主意。跟动漫和小说里完全不一样，这种看上去憨态可掬的动物相当危险，尽量不要招惹或者调戏它们。

● 冰原中支帐篷度日显然是自讨苦吃，要跟因纽特人学习，就地取材建造你的“雪屋”。如果没有盖房子的技术，就选择那些厚实的冰川，稍加改造就能成为“冰屋”。建造房屋的地点也非常重要，除了平整背风的地带，远离山坡和大树底下，否则发生雪崩会把你掩埋。

● 冰原中“地雷”无数，隐藏在积雪下面的冰洞是天然的陷阱，“一失足成千古恨”。可以在背包里多装一些重物，用一根打满绳圈或拴着挠钩的绳索拖着走，一旦你掉进冰洞，绳索和背包会将你挂在空中，你才有机会爬上去。

三、无人区生存必备

你的地盘你说了也不算，这就是无人区最大的特点。如何在这种极端环境中生存，靠的就是坚定的毅力、足够的野外生存技巧和充足的物资。

你身上的物资除了应对异形危机的武器和防具外，还要有应对长途跋涉、亡命天涯所必需的生存物资。这些物资不仅仅针对无人区，在任何情况下都能用得着。一旦你的逃亡之旅中发生意外，误打误撞进入一片无主之地，这些物品就在一定程度上决定了你的命运。而且，深入无人区，你特地为“招待”异形准备的那些武器和防具就可以光荣下岗了。如果没有下面这些物资，你是永远都不可能走出无人区的。以下就是你的逃生背包最基本的物资：

1. 衣

（1）耐用的衣服

虽然冲锋衣是野外生存的最佳选择，但很少有逃亡者会在慌乱中特意换上一套。因此在跑路之前，一件密实耐用的运动服或风衣是必需的，而且要根据所处的环境和你逃亡的目标，合理选择你的衣物。在你的行李箱中多备一套冲锋衣，并不会为你的行程带来太多的负担。

单品选择：冲锋衣、风衣、运动服、雨衣

普及率：70%

特别提示：

冲锋衣早已普及，价格从入门级（500~1000元人民币）的骆驼、哥伦比亚等品牌，再到专业级的土拨鼠（1000~5000人民币）、公认的顶级冲锋衣始祖鸟（3000~7000元人民币），遍地都是，诸位可以根据自己的条件来选择。户外衣服，无论是在无人区还是在跑路途中，都能派上用场。

（2）舒适的鞋子

衣服来不及换，鞋一定要是最舒适的，这将决定你前方路途是否平坦。高跟鞋和人字拖不仅谈不上跑路，连正常行走都有可能栽跟头。一旦鞋子没选对，在长途跋涉中很可能遭遇脚底磨泡、筋疲力尽等不良影响。在极端危险的情况下，只要有可能，尽量换双鞋再逃亡。除了舒适这个必选项，最次也要是跑鞋。

单品选择：户外探险鞋、跑鞋

普及率：80%

特别提示：

简单的跑鞋早已成为大众屌丝的首选，从休闲的新百伦到运动为主的耐克、阿迪，这都算高级的，诸如特步“非一般的感觉”这些品牌的普及率几乎100%。而户外探险鞋相对比较少见，比如“爱步”的X-Pedition品牌，价格不菲，却是无人区生存的必选产品之一，其他的比如MONTRAIL、VASQUE都是著名的户外鞋品牌。

（3）帽子

有了合体的衣服和舒适的鞋子，没有帽子那就说不过去了。由于这个阶段主要任务不是防异形，帽子对于任何一个逃荒者来说都属于万金油装备，而且价格便宜，遍地都是，必须选之。

单品选择：各种帽子

普及率：100%

特别提示：

● 头部只占人体表面积的12%，但是从头部流失的热量占人体的33%。只要有一顶帽子，就能发挥它防止散热的作用，哪怕是草帽。防水帽透气性差一点，但胜在风雨无阻。

● 防水透气帽属于高端产品，采用GORE-TEX材料，对于那些逃往山地和高原的“敢死队”，效果非常明显。

（4）护目镜

可以有效地保护眼睛，是沙漠、高原、冰原等无人区必备的装备，平时也可以用来装酷。

单品选择：所有眼镜

普及率：70%

特别提示：

● 护目镜的作用就比较明确了，防尘防雾防紫外线。高级的户外护目镜很少见，比如美国M20战术护目镜，除了各种防之外，甚至还防弹。

● 护目镜紧贴眼眶，环视效果很好，这是普通眼镜不具备的。假如你是个近视眼，现成的近视镜最起码还能挡风沙。

2. 食

（1）口粮

逃亡时营养摄取一定要跟得上，压缩饼干储存携带方便，保质期长，而且占用空间少，你的背包中最好备几盒压缩饼干。

单品选择：压缩饼干、罐头、牛肉干、巧克力

普及率：95%

特别提示：

● 压缩饼干无疑是最省空间也最有效的口粮，如今压缩饼干超市货架有得是。比如我国09式压缩干粮就非常普及，更加专业的军用口粮有钱也没地方买。

● 口粮各自喜好不同，注意要尽量选择一些高热量的食品，如巧克

力，不要选择那些不易消化的美食，比如海鲜。要抑制住当吃货的欲望，因为你随时会被另一个吃货——异形盯上。

（2）净水器

如果你逃亡中连喝水的家伙都没有，那你的这趟生存之旅可以拍第二部《上甘岭》了。有了喝水器具还不够，户外净水器才是霸气的选择。在野外，饮用不干净的水很可能导致腹泻或疟疾，净水器可以将雨水、溪水、河水、湖水等天然水净化成无菌、无悬浮污染物的可直接饮用的水。

单品选择：户外净水器、水袋、生命吸管①、净水药片

普及率：4%

特别提示：

虽然普及率很低，却是必不可少的无人区装备。普通的净水器跟水壶大同小异，户外用品店里很常见，比如Diercon康米尔和瑞士康迪都是户外净水器的知名品牌。此外，净水药片和生命吸管也是不错的选择。

（3）炊具

这些锅碗瓢盆比较占地方，野营套罐这些较小型的户外炊具可以选择性携带，很重的炉具还是放弃吧，太占地方，毕竟逃荒途中打算野炊的朋友几乎没有。但是在无人区捕猎时，这些家伙就派上用场了。

3. 住

（1）帐篷

如果你一开始就打算逃往无人区，首先要考虑住的问题，帐篷乃必选。

普及率：5%

特别提示：

- 帐篷的品牌很多，特点是比较轻便，携带方便。市面上的帐篷一

---

① 生命吸管：一种获取饮用水的吸管装置，可以将污水净化为饮用水，能够过滤700升水，足够一个人一年使用。

般是为驴友准备，比不上军用帐篷，比如国产01式单人帐篷。问题是这种帐篷上市率很低，如果发现，一定要收至囊中。

● 支帐篷需要一定的技术，应在坚硬、平坦的地上搭帐篷。如果冬季地面冻结，打桩困难，可以挖一个小洞，放入桩子，然后加水使之冻牢。有雪的话，可以在帐篷迎风处堆上半圈雪墙挡风。

● 帐篷固然不错，但最大的缺点就是把自己封闭起来，不知道外面的情况。别说异形在外面出没，就算钻进去一只猴子也够你喝一壶的。假如异形钻进了你的帐篷，要立即向反方向逃生，来不及拉开帐篷拉链，用“黑狗钻裆”式，用力拉开帐篷的接地处逃出，还能将异形困在里面一段时间。

（2）睡袋

如果嫌帐篷占地方，支帐篷也没有技术，只好选择睡袋。

普及率：5%

特别提示：

● 其实睡袋与帐篷属于一套装备，拿下帐篷套装（睡袋+防潮垫+灯）这一套装备就全有了。很少有人在露天钻睡袋的，同样，据调查，在5摄氏度以下的帐篷内，如不用睡袋，一般人都夜不能寐。使用睡袋，即使零下10摄氏度，也可以睡得跟死猪一样，睡袋对防寒有重要作用。

● 必须保持干燥，湿漉漉的睡袋谁进去也不好受。同时要保持清洁，使用后，要及时清洁、晾晒。

（3）防潮垫

帐篷套装之一，能够起到隔绝地面湿气并保证体温不流失，提高舒适度等作用，不如家中的席梦思，但总比没有好。

普及率：100%

特别提示：

● 专业防潮垫是泡沫聚氨酯材料，价格便宜，禁得起诸位在上面折腾，非常舒适，但比较占地方。

● 充气式防潮垫体积小，但吹气是个累人的活，一旦被扎破就变成

“床单”了，令人火冒三丈，建议舍之。

● 不要小看防潮垫的功效，即便你帐篷、睡袋这些什么都没有，也要在逃荒途中备一张垫子。不防潮的床垫也可以，总比睡在冰冷的地面强。

（4）挖坑

普及率：100%

特别提示：

● 当你一无所有的时候，睡觉怎么办？这就需要屌丝的挖坑本领，只要你有一双手，走到哪儿挖到哪儿。

● 在斜面上挖一个可以容身的坑，如果有天然坑就再好不过了，可以防风。这种坑叫作散兵坑。在坑底一端挖掘一定深度的排水沟，坑内挖出来的泥土放在周围，筑成胸墙。

● 地面冰冷怎么办，垫一层枯树叶或者干燥的松土也能凑合过一宿。

4．行

背包

出门不背包，气死黑老包。尤其是在逃生时，难道你打算两个肩膀扛一个脑袋就往无人区逃生吗？

单品选择：行军背包、3D背包①

普及率：100%

特别提示：

● 专业的野外背包外表讲究整洁光滑，因此逃生时不管是什么背包，外面一定不要挂一些勾勾叉叉的东西，比如喝水杯或者钥匙链等，失去了灵活性，也不美观。

● 既然是背包，就要将所有东西装进去，从DIY的行军背包到大众化的爱华仕、威戈背包等牌子货，再到专业的蝰蛇、幽灵等各种仿3D背

① 3D背包：又称三日包（3-Days），来源于美军特种部队。设计理念就是背负满足突击队三天的作战需要物资的背包，一般大约30公升的容积。

包，就看你装什么东西了。必要的生存物资一定要随身携带，“你的背包，背到现在还没烂，却成为你身体另一半……”

5. 用

用的物资那就种类繁多了，打算上山就需要缆绳，下海需要救生衣，钻洞需要工兵铲和头灯。根据需求选择相关物品，这里不再赘述。你的背包也不是哆啦A梦的口袋，不可能一次性装下所有玩意儿，这里只是列举几种通常必备物品：

（1）指北针

在无人区辨别方向非常重要，有一个指北针，那就再好不过了。

普及率：50%

特别提示：

● 指北针使用功能远远不只指示方位这么简单，还有测定方位、距离、水平、坡度、高度等功能，但这些功能比较复杂，有的还需要地图配合完成，平民大众很少能掌握。如果你感兴趣，不妨找资料自学成才。

● 指北针的另一大作用就是让你走直线，假如在无人区迷路，利用指北针可以让你沿着一个方向一直走下去，前提条件是必须将指北针水平放置。

● DIY指北针非常简便，找一根铁丝在头发上充分摩擦，放置在一片叶子上，使其漂浮在水上。磁化的铁丝驱动叶子旋转，可指向南北方向。

（2）刀具

出门远行当然要成为“带刀侍卫”，这里不是让你与异形肉搏，而是完成无人区生存的必要任务。

单品选择：瑞士军刀、开山刀、多功能匕首

普及率：100%

特别提示：

● 瑞士军刀多功能性非常强大，在野外优势明显，开瓶器、剪刀、钢锉、改锥应有尽有，反倒是最基本的“刀”的功能有限。

● 多功能匕首相对笨重，但算是一把真正的“刀”，切割树枝，分割猎物，刀柄还能当锤子用。

● 如果在森林里，匕首的作用就没有开山刀强大了。一把大砍刀会使你得心应手，所向披靡，更可以作为对付野兽的武器。

（3）手表

随着手机的普及，手表这种看时间的工具地位开始下降，但在无人区，手表的作用凸显出来。

普及率：80%

特别提示：

● 假如没有指北针，手表也可以用来分辨方向，前提是要选择指针手表。

● 将手表放平，时针指向太阳，此时时针与表盘12点形成的夹角，该角平分线所指的方向是南方。这种方法的前提是，首先要在北半球，另外表盘时间要与该时区吻合。

（4）打火机

打火机是无人区必选装置，毕竟钻木取火的话，现代人没那本事也没那工夫，有了打火机一切都好办。

（5）急救箱

也就是随身药品，任何时候任何地方都要必备，老生常谈。

SURVIVAL
HANDBOOK
FROM ALIEN

第十章

地球反击战——进攻异形指南

始于防御，终于进攻。异形践踏着人类的家园，我们除了防御和逃生外，还要拿起武器，尽一切可能将异形赶出人类的家园。

在与异形的遭遇战中，首先讲究的是轻装上阵。好莱坞大片和射击游戏绝对是你最差的导师。那只是娱乐，常常会给人一种错觉，就是身上的武器越多越好，恨不得将所有杀伤性武器集于一身，这会让你死得更快。

进攻要领

一、近战武器=自杀

异形引以为傲的武器是什么？不是锋利的爪子，也不是标枪一般的尾巴，更不是流着口水的内巢齿，而是腐蚀性极强的酸性血液。有着“移动酸性容器”美称的异形，无时无刻不让有机生物忌惮它们身体里的电解质，“杀敌一千，自损八百”的本领，颇具“七伤拳”本色。

异形这种本领使得所有近距离攻击通通变得一文不值，刀枪剑戟斧钺钩叉十八般兵器通通沦为纸上谈兵。近战武器攻击异形堪称史上最馊的点子，酸性血液不但能腐蚀你的武器，沾到身上更会融化你的肌肉，渗透至骨骼，即便侥幸存活，也要落个毁容甚至半身不遂的下场。

铁血战士曾经针对性地制作了防腐蚀的近战武器——腕刃，但这种科技是人类远远达不到的。况且，就连铁血战士也是在肩炮能量耗尽的情况下，迫不得已才考虑腕刃。因此，即便身边有称手的家伙，也绝对不要和异形打肉搏战，哪怕你是世界甚至宇宙格斗冠军，哪怕你拥有最锋利的大马士革刀[1]。近战异形，无疑是人类通往地狱的一条捷径。

因此，放弃你那做工精美的刀剑吧，使用远程武器，是你最好的选择。

二、“禁止Reload”

这是所有现代战场上最基本的定律，当你冲着异形怒喷火舌的时候，要时刻留意弹匣里子弹的剩余量。

好吧，让我们详细讲解一下流程。人类对弹药耗尽的反应时间大约为0.4秒，也就是说，当子弹耗尽时，我们至少要扣动两下扳机才会意识到“没子弹”。接下来是一套电影里常见的熟练动作，退弹夹，拿出另一个弹夹重新装弹，拉动枪栓子弹上膛，继续开火，这个动作耗时大约4秒。从发现没子弹到重装弹药，总计至少耗时4.4秒，而且这是对一个老手而言。对于新手，对于那些拿着霰弹枪之类滑膛枪的弟兄而言，耗时无疑更长。

人类军团面对异形基本上都是近距离遭遇战，缓冲时间不多，4.4秒的耗时是致命的，没有密集的火力防线，异形很可能下一秒就冲到你面前，而你手中的家伙又不听使唤，意味着迎面扑过来的不是异形而是真正的死神。

因此一定不要在战场上换弹药，战场上禁止Reload。子弹用光，可以采用任何方式，包括更换武器或者寻求团队配合，甚至逃跑。无论哪种方式，都要比装弹时被扑过来的异形杀掉强百倍。

三、“二鬼拍门”

比战场上换弹药更加令人沮丧的是什么呢？那就是发现你子弹用光了。战场上发现枪里没子弹和弹尽粮绝是不同的概念，前者还可以重新装

---

① 大马士革刀：世界三大名刀之一，采用乌兹钢锭锻造。古代波斯人的主要近战武器，以锋利无比著称。因十字军东征时期，阿育布王朝开国君主萨拉丁使用大马士革刀，将飘浮在空中的纱巾斩为两段而名声大噪。刀身有锻打时留下的花纹，造型美观，极具收藏价值。

弹，后者是在遗憾地告诉你，你的枪已经变成了一堆废铁。

“二鬼拍门”，就是你必须拥有两种不同规格的武器。这两种武器要分清主次，选择不同种类，比如两支突击步枪只能加大你的耗弹量，是非常不科学的。一件主武器，比如突击步枪用于进攻；一件副武器，比如手枪甚至冷兵器，作为防身用具。重装子弹的时间至少三倍于换枪，当一种武器弹药耗尽或者需要装弹时，马上换备用武器，这比站在原地等着跟异形自由搏击强很多，大大提高了战场生存概率。

“第二次异形事件”中，蕾普利笔记记载：

“我拿了两件武器，M41A脉冲步枪和M240火焰喷射器，用黑色胶带将它们绑在一起，并在上面固定了一只手电筒。另外，我还拿了一条M40榴弹背带。”

“二鬼拍门”使她在异形皇后的巢穴大发神威，扫平了所有异形卵，迫使异形皇后逃走。

四、熟悉你的武器

无论你选择哪种武器，首先要熟悉武器的使用方法，例如冷兵器中弓箭的拉伸和瞄准要领，还有各种枪械的操作方式，这就需要平日适当地练习。另外，天气和环境的影响、枪械的后坐力等因素也要考虑进去。即便时间紧迫来不及训练，也要抓紧时间弄明白如何让手中的杀伤武器发射出去。即便打不准，也比束手就擒强。千万不要出现异形来袭时，枪没有开保险栓无法打响这样尴尬的死亡。

五、不要让武器成为你的累赘

好莱坞大片和射击游戏绝对是你最差的导师。那只是娱乐，常常会给人一种错觉，就是身上的武器越多越好，恨不得将所有杀伤性武器集于一身。但现实中，尤其是面对异形这种上蹿下跳的生物，人类无论逃亡还是进攻，首先要具备的是灵活性，身负超重的武器还打算飞檐走壁显然是不现实的。科学研究表明，人体的负重极限是体重的两倍，如果负重行走，最多可携带与体重相当的物品。假如一个人体重65千克，要想行走的话，可以负重60~70千克。

殖民地陆战队的野外生存训练要背负30~40千克的武器装备和生存物资，这种情况只针对受过严格训练的特种兵。

对于普通人，1998年，英国科学家做了一个实验，选择了男女各11名受试者，分别背负自身20%~60%的重量，在平地行走40米。结果发现，随着负重的增加，双脚支撑地面的时间越来越长，步幅下降，下肢关节也随之发生变化。正常人最高负重为体重的60%~70%，而且男女在相同负重情况下差异明显。也就是说，一个体重65千克的特种兵，负重40千克可以进行较长时间的行走和作战。而对于普通人，这种重量只是刚刚可以移动而已，更不要说跑跳了。

关于武器的重量，一支未装子弹的M4A1突击步枪重量为3千克，美国海军陆战队标配子弹背包，可容纳500发5.56毫米子弹，重量大概为19.5千克。中国97式突击步枪空枪重量为3.35千克，500发5.8毫米子弹重量大约20千克。单单为一支突击步枪提供的“口粮”，就已经消耗掉了一个人最高负重的1/3，行走负重的一半。面对异形打算跑路或者追杀时，这些重量显然已经成为你的累赘。

因此在与异形的遭遇战中，首先讲究的是轻装上阵。一方面要注意后期补给，将大部分武器留在大本营或者藏匿起来，选择称手而轻便的家伙；另一方面，为了不使武器成为累赘，考虑到长时间负重行走容易脚底起泡、应力性骨折、腰椎间盘突出等损伤，应当在日常生活中注意训练，增强体能和负重能力，同时要调整身体状态和步伐，注意负重背包的舒适性以及身体能量补充，以应对不时之需。

六、禁入巢穴

任何情况下，不要接近异形巢穴，那里是它们的大本营。深入敌人重地腹背受敌，不仅犯了战场大忌，而且在异形的包围下生还率极低。

这与异形闯入人类领地不同，它们是侵略者，力量高于人类。我们闯入异形巢穴，深入虎穴不说，巢穴中构架复杂难辨，通道狭窄，纵横交错，进去容易出来难。异形皇后正端坐产卵，行动不便，闯入巢穴将火舌一股脑儿地发泄在皇后身上，给异形来个“断根”，此举固然充满诱惑，但之前穿越异形海洋是非常可怕的。

因此遇到异形巢穴时，要集中火力进行摧毁，重型武器开道，实施远程打击，这样可以将人员伤亡降至最低，还能端掉异形的老巢，真正的“扼杀摇篮计划”。

七、识影寻踪

异形可以通过信息素甚至超声波追踪人类，导致我们无论藏在哪个犄角旮旯，都能被这些天生猎手发现，相当郁闷。但人类也有一个优势，就是异形通常夜间活动，白天藏起来养精蓄锐。利用这个优势，在白天大好时光展开反击战，逆向追踪才是王道。

了解异形的踪迹，通常在于以下两个方面：

1. 区域定位

通过对异形习性的描述，我们了解到异形喜欢待在什么地方，擅长在什么地方筑巢。在所有异形事件中，通常会在这些区域发现异形的筑巢痕迹：

下水道

核电站

大型散热装置下方

医院

飞船货舱

这些地点都具有阴暗、潮湿、封闭、容易积温、地形复杂等共同点，是异形建筑老窝的理想场所。

2. 定向追踪

异形不与外界进行热交换，意味着人类与异形发生遭遇战时，红外系统和热感应装置可以扔掉了，唯一能派上用场的就是动态感应器。该装置原理是根据轻微空气密度发生的变化来定位异形，但范围只有5~20米，也就是说，只有异形接近使用者时才会显现出动向。

除去科技手段，我们还可以根据一些常识定位异形，比如它们利用通风管道和排气设施中出没，可以大大缩小异形出没的范围。最重要的一点，异形时常“垂涎三尺”，地面、墙壁通常会留下异形活动过的蛛丝马迹。

● 黏液。这是异形的体液遇到空气氧化后形成的胶状物质，只要发现这种黏液存在，就证明异形曾经来过这里，附近至少隐藏了一只异形，要立刻做好战斗准备。还可以追踪黏液方向，找到异形的老窝。

● 腐蚀痕迹。当在地面发现酸血腐蚀的痕迹，小心，这是一只受伤的异形，走不了多远，很可能困兽犹斗。

八、双向被动

人类在进攻战术的选择中，是一种双向被动作战方式。

何谓双向被动?

首先异形感官能力高出人类几倍，对人类的行动了如指掌，但人类对异形的活动知之甚少，这是第一个被动。

其次，无论白天还是黑夜，异形的进攻和防御都是有针对性的，而人类的进攻和防御都是被动选择。假如发现异形动向，该区域就是进攻和防御的主要地点。但在没有发现异形活动的地方，并不意味着该区域就没有异形。人类制订进攻策略时比较盲目，这是第二个被动。

如何正确处理双向被动的作战方式，就是要将集团作战与游击队战术结合起来，将集团兵力分散成几个协同作战的小分队，采取地毯式搜索。而且在遭遇战中，异形通常是主动送上门来，也导致人类无法发动闪电战和偷袭战，因此高度的警惕和精良的装备必不可少。同时，要讲究团队内部合作和团队间的合作，互通有无，随机应变，这些都是人类一方的优势。只有充分利用这些优势，才能在异形遭遇战中看到胜利的希望。

九、制空权

制空权是近代战争中最关键的一环，在异形危机中是人类最大的优势，暂时没有发现会飞的异形，因此危机发生时，人类的最大优势就是制空权的掌握。

接下来的问题也就迎刃而解，无论“外科手术”还是“地毯式”，唯一要顾忌的就是人类与异形的战略缓冲带。异形渗透至人类内部，如何在空袭中避免伤及人类，是个大问题。就算现代战争，空袭误伤率也不会归零。“二战”中，葬身于己方炮火的最高将领是意大利驻利比亚总督巴尔博元帅，在托卜鲁克上空被自己的高射炮击落。误伤无法避免，这是空中打击中最令人挠头的事情。

因此这里将该条目放在最后，是不得已而为之的选择。作为平民，挤破脑袋般的逃生，是在逃离异形危机，也是逃离己方空袭。只有一点可以肯定，在人类大规模逃生阶段，集中轰炸人类撤离的区域，才有可能将误伤率将至最低。

杀伤异形基本参数

一、杀伤动能

“布维岛事件”中，艾丽莎·伍兹就用一把建筑用射钉枪近距离狙杀了一只异形。

“康尼森镇事件”中，一伙儿平民和科罗拉多州国民警卫队使用M4A1突击步枪打碎了几只异形的头部。

这两起事件的共同点，就是证明了地球武器，无论枪炮还是冷兵器，都可以对异形造成伤害。而究竟多大杀伤力才能贯穿异形那磷酸盐组成的外骨骼，一直都是维兰德异形小组研究的课题。异形的外骨骼最厚处为胸腔，达到10毫米，最薄弱的头部仅有5毫米，而外骨骼的布氏硬度[①]为6~7 HBW。研究人员曾经指出："异形并不是坚不可摧，它和我们人类一样，只要贯穿外骨骼，破坏它的肌体组织，就会造成神经性创伤。"

研究表明，自动步枪、渔叉枪等武器射出的子弹或者尖锐物体，不考虑要害部位情况，使人类丧失战斗力的子弹落点动能最小为78.5焦耳，而贯穿异形外骨骼的最小动能大约为80焦耳。注意，打穿外骨骼并不代表异形的死亡，只是使它们遭受创伤。

二、致死能量

一颗子弹、一枚气钉击中异形的前额部位，就可以杀死它们。但是异形行动极为敏捷，在战场上，如果不是撞大运或者近距离狙杀，是很难打中要害部位的。

"致死能量"并不是单纯的动能叠加，虽然异形杀伤动能与人类相近，人类武器可以穿透它们的外骨骼，但异形的生命力极为顽强。一颗子弹命中人类的胸腔很可能导致死亡，而命中异形的胸腔，异形至少还会保留80%的战斗力。这就需要人类耗费相当比例的弹药才能将一只异形完全杀死。

分析异形突发事件案例，发现大部分人类军队和平民在遭遇异形时，都采用"盲打"这种方式，冲着异形狂泻子弹。这种方式相当耗费弹药，根本无从考证有多少子弹打在了异形身上，精确考证异形究竟命中多少枪才会死。

2004年的"康尼森镇事件"中，生还者凯莉[②]是用一支装满30发子弹

① 布氏硬度：用一定大小的试验力将一定直径的淬火钢球或硬质合金球压入被测金属的表面，按公式求出布氏硬度。布氏硬度值越小，材料越软，其压痕直径越大。

② 凯莉：美国陆军上尉，"康尼森镇事件"幸存者之一，是一名久经沙场的陆战队军官，曾经参加过阿富汗战争，在事件中失去了丈夫。

的M4A1打死了两只异形，平均下来，杀死一只异形耗费10~15发步枪子弹。除此以外，研究人员还对其他几起异形事件中的武器使用率进行了分析，得到的结论与凯莉的描述大致相同。因此，除去击中要害部位，在一定距离内，杀死一只异形需要耗费8~13枚子弹。

上帝保佑，希望在遭遇战中，无论撞大运也好，还是射击准确也好，能击中异形的要害是再好不过的了。

三、安全距离

贯穿异形外骨骼除了能使异形受伤，还会使它们血液四溅。由于异形外骨骼包裹了内部集体组织，使得异形好比一个装满浓酸液体的罐头，子弹进入异形体内被腐蚀之前造成的创伤面和空腔效应[①]，会使得异形体内压强倍增，血液从伤口处喷射出来。在它们身上多开几个孔，甚至会导致异形身体局部炸裂。这与子弹打断人体的动脉血管是同一个道理。

“第四次异形事件”中，据生还者之一约翰纳透露，当时他使用一把“史密斯·威尔斯”手枪贯穿异形头部，造成异形头部后延炸裂，肌肉组织四处飞溅，“异形炸裂后，周围3~5米的区域到处都是酸腐蚀物体的‘嗞嗞’声”。

另外，异形的尾巴攻击也是要考虑的因素。成年雄蜂异形的尾巴大约2米，战斗异形、铁血异形、异形皇后的尾巴更长，一只倒挂在4米高的仓库天花板上的雄蜂异形，可以用尾巴给下面行走的陆战队员来个“开瓢儿”。

因此人类与异形交火时，要与异形保持一定的距离，这个距离被称为“安全距离”。除了采用重型武器轰炸产生的断肢满天飞之外，单兵对战异形时，防止血液溅到身上、防止异形尾巴攻击的距离为3~5米，安全距离取最大值：5米。

注意，“安全距离”并不是绝对安全。不要以为时刻与异形保持5米

① 空腔效应：弹丸进入肌体后，由于运动介质突然发生变化，弹丸发生失稳，开始向其周边运动。同时随弹头一起进入人体的高压气体遇到人体硬组织反弹，这样创道就要比弹丸的直径大数倍甚至数十倍。

以上就会一切应对自如，5米并不是一个生死界限，只是一个相对安全的理论值。遇到禁卫异形甚至异形皇后，离它们越远越好，同时不要忘记，异形还有“喷酸”这一远程攻击手段。

四、有效杀伤距离

任何武器都有固定的射程，考虑到空气阻力和环境影响，考虑到异形的外骨骼厚度，最大射程很可能达不到贯穿异形骨骼需要的杀伤动能。因此要考虑武器的“有效杀伤半径”，在这个距离内攻击异形，可以对异形造成有效伤害，同时也可以避免不必要的攻击，节约弹药。

不同武器的有效杀伤半径不同，不过所有武器的有效杀伤距离都具备一个共同点，就是子弹飞行的速度越快，产生的动能越大，穿透力越强。因此，攻击异形时，在保证自身的安全距离的前提下，距离越近，对异形造成的伤害越大。

远程火力：单兵热兵器

对于攻击异形的远程武器来说，热兵器远远要比那些依靠人力发射或者投掷的远程冷兵器强很多。从中国隋唐时期发明火药开始，再到核技术，热兵器的普及改变了战争规则，改变了世界。当地球抵御外来物种入侵时，热兵器便是关系到人类存亡的决定性力量。

一、手枪

短小精悍的手枪是人类最好的自卫武器，拥有火力强、携带方便等优点。

1. 转轮手枪

转轮手枪在民用枪械市场上是最受欢迎的枪种。如果你的队伍里有一名警察，转轮手枪的出镜率相当高，虽然当今世界不少国家都用自动手枪取代了转轮手枪作为警用手枪，但转轮手枪的稳定性和可靠性仍然得到广大警察和平民的喜爱。

2. 自动手枪

自动手枪如今逐渐取代转轮手枪成为军警民用的首选武器。自动手枪经过不断改进，哑火率大大降低。而且自动手枪操作简便，装弹时间也很短，一个经过训练的人换弹药的时间为4秒左右，因此在异形遭遇战中，拥有一把自动手枪，生存率无疑会大大提高。

3. 使用策略

● 除去奥地利格洛克18这样的全自动手枪外，手枪仍以“点射”为主。考虑到异形的敏捷度和外骨骼厚度，攻击异形时要更近一些。

● 根据不同距离掌握好射击节奏，一来可以提高命中率，二来能够节约弹药。当目标处于20~30米时射击精度不佳，最好不要快速连发，两发子弹之间要有一点停顿；当异形处于10米左右或更近时，要求使用者快速连续扣动扳机，采取连射的方式射杀异形。

● 由于转轮手枪体积较小，很多人认为转轮枪威力不及自动手枪，其实这是一个错觉。转轮手枪规格不同，威力也就不同。小号枪如电影中常出现的“点三八”①威力不佳，大号枪如“蟒蛇”则威力强劲。转轮手枪最大的特点，就是普遍能够发射大威力子弹，如“麦林弹”，是一个“全能射手”，而自动手枪只有“沙漠之鹰”等少数大口径枪械才能兼容该类枪弹。

● 由于转轮手枪没有退弹功能，所有火力都提供给了弹头部位，导致后坐力很大。著名的史密斯·韦森公司M500转轮手枪，发射弹药与“沙漠之鹰”相同，威力和后坐力却是后者的两倍。因此无论口径大小，转轮手枪射击时最好采用双手持枪，才能提高射击精度，而自动手枪则没有这种特殊要求。

● 自动手枪乃至大部分自动枪械子弹打光之后都会“空仓挂机”，转轮手枪却没有这种“善意提醒”。初学者扣动扳机枪不响的时候，才会意识到自己已经弹尽粮绝。因此，对于初学者，自动手枪要比转轮手枪更实惠一些。

二、突击步枪

现代战争中的主流单兵武器，也是人类军团对抗异形的主要攻击手段。突击步枪因射速快、火力足，能为人类提供最好的火力保护，但普及率同样是个问题。

● 为什么突击步枪能成为抗击异形的主要武器呢？因为突击步枪通过调节发射模式，可选择单发和连发，可攻击一个点，也可攻击一个面。

---

① “点三八”：指的是发射0.38英寸柯尔特特种转轮手枪弹的转轮手枪。这种手枪弹的口径是9毫米，而0.38英寸指的是枪弹弹壳的最大直径。

由于异形善于偷袭，突击步枪最好放弃单发模式，只有在弹药不足的情况下才考虑单发。

● 一般而言，使用者需要采用“三连发”或者“五连发”这种点射方式攻击异形。点射的距离不宜过远，对于一个未经过训练的射手，很难打中20米外的移动目标。这就需要当异形接近时，瞄准它们椭圆形的头部。常规下5~10发子弹就可以打爆异形的天灵盖，即便打不准，也会使异形行动力降低。

● 扫射是一种看似火力强但不实用的方法。突击步枪的弹匣容量并不支持扫射这种模式，这就需要集中火力对付其中一只逼近的异形。

● 突击步枪还有一个优点就是有枪托，当你犯了“战场上装弹”这种错误，恰好又有一只异形近在咫尺，就需要你立刻挥动枪托猛击异形的头部，将异形逼开一段距离。利用这个时间差，你可以完成装弹或者逃跑。虽然这种方式是非常危险的措施，但仍然要比坐以待毙值得一试。

三、狙击枪

与异形交火时用狙击枪并不是一个好主意，因为中距时异形移动速度快，在瞄准镜里根本瞄不准它的身影，远距时善于隐藏的异形又不会在光天化日下大摇大摆地等着被爆头，而近距时，大部分半自动狙击枪强大的后坐力使得狙击枪不但打不准，反而成为你的累赘。

● 最好配备动态显像瞄准镜，即便没有这种高级装备，配备一个夜视瞄准镜也可以，否则狙击枪只能当半自动步枪用。而且同机枪类似，反器材狙击枪只适合阵地防守。

● 假如没有以上两种装备，那就要凭运气了。首先要熟悉异形的习性和行动方式，瞄准它们喜欢攀爬的位置，将其击杀。

● 一块空旷的场地是狙击枪威力发挥至最大的场所，因为空旷区掩体较少，可以发现较远的异形，但异形似乎不太愿意在这种地方出没。

● 一旦遭遇近程战，就需要放弃瞄准镜，把狙击枪当作大口径步枪用。一般12.7毫米狙击枪对异形造成的伤害是致命的，只要打在异形身上，完全可以将其打个“透心凉”。一击必杀是狙击枪的优点，堪称“战场杀手”。

四、霰弹枪

霰弹枪因为其大口径和霰弹威力成为近战武器之王。面对异形时，这种武器可谓毁誉参半，一方面该枪近战威力大，另一方面是霰弹枪的装弹方式够人喝一壶的。

● 霰弹枪旧时被称为猎枪，可以发射霰弹或者大口径高能独头弹，但由于其滑膛枪的独特供弹和射击方式，发射独头弹射速低，不如突击步枪甚至半自动步枪方便，因此霰弹枪还是老老实实地走传统路线吧。

● 霰弹枪可以装鹿弹①，对付异形弹丸越大越好，尤其是大号弹丸，每一发所产生的动能都与手枪子弹相当。近距离无须考虑精度，只要对准异形，完全可以在其身上开几个洞，整个世界都清静了。比如双管猎枪，威力大得惊人，声音足以震撼整个异形老巢，甚至会产生“无上装表演”②这种现象。

● 不要拿着霰弹枪在中远距离和异形硬拼，幻想着霰弹枪能打击多个异形。距离稍远，霰弹的杀伤力分散，不足以贯穿异形的外骨骼。使用霰弹枪最好是在拐角或狭窄地形，近距离截杀异形，注意不要让酸血飞溅到身上。

● 霰弹枪的容弹量小，装弹时间又特别长，导致弹药总嫌不够，应当与其他武器配合使用。

● 霰弹枪大部分为半自动式，只有少数采用全自动式。比如AA-12自动霰弹枪，使用弹鼓供弹，不但拥有极强的近战能力，甚至能发射小型高爆榴弹，在中远距离战斗中也能发挥压倒性的作用，但巨大的后坐力是

① 鹿弹：装有多粒大型圆铅弹的霰弹枪弹药，每个铅弹直径7~8毫米，装弹量为9~12枚。
② “无上装表演”：霰弹枪术语，指的是一枪轰掉目标的上半身。

该枪最大的缺点。

五、火焰喷射器

异形怕火，因此没有比火焰喷射器更能在异形战场上发挥威力的了。但是火焰喷射器同样有战术要领，才能将该武器的最大功效挖掘出来。

● 火焰喷射器的燃烧剂瓶装的是汽油，这是一个常识性错误。军用火焰喷射器油料中含有大量黏合剂，比如稠化汽油，火焰温度高，而且黏附力强，一旦黏附在异形表面，就会造成持续性的火焰伤害。

● 异形持续遭受火焰喷射器的攻击时会产生“硬直状态”[①]，因此持续喷射火焰是短时间内杀死异形的有效方式。

● 火焰喷射器的持续喷射时间跟燃烧剂瓶的容量息息相关，一般大容量的储罐可达18升（分别装在三个储罐内），但持续时间不长，重量也相当可观，“二战”中著名的35型火焰喷射器重量高达40千克。因此火焰喷射器也可采用“点射”的方式，对准异形，黏合剂会使火焰与异形来一个长时间亲密接触，“点射”几下，异形宣告死亡。

● 火焰喷射器射程不远，属于近程武器，使用火焰喷射器持续攻击异形时，需要注意走位和躲避。

● 由于异形外骨骼的结构，持续喷射火焰相当于给它们持续加温。一般而言，持续喷射火焰4~5秒的时候，异形的外骨骼还未烧化，但体内的酸性血液已被加热至沸腾，这样异形就相当于一个危险高压罐，会发生炸裂，血液会飞溅到安全距离以外。因此要做好应急措施，持续喷射3秒时要后退，以免溅上酸血。

● 火焰喷射器不仅可以烧死异形，还可以用来摧毁异形的巢穴和异形卵，因为它们都和异形拥有同样的物质成分。

---

① “硬直状态”：动作格斗游戏术语，指的是游戏角色指令输入无效的一种状态。现实中引申为遭受持续攻击而身体瞬间失去控制，无法行动，非自主行为，比如一个人被乱枪打中时的样子。

六、单兵爆破型武器

诸如雷管、榴弹发射器、RPG火箭筒，甚至单兵反坦克导弹这些武器，就像在其他战场上一样，无论投掷型还是火箭驱动型，其巨大的威力往往会起到一锤定音的效果。

不过在异形战场，由于异形的高度敏捷和分散战斗，热感和红外激光制导又全无用武之地，这类武器对于异形的杀伤力要降低不少。因此单兵爆破武器的主要用途在于攻坚，破坏异形的巢穴。至于点杀，想要依靠这些武器炸烂异形显然不太现实。

1. 雷管

● 异形不是丧尸，后者会对扔出去的雷管的声波频率和发光标示灯产生浓厚的兴趣，飞蛾扑火。异形则不然，它们眼中只有人类，基本不会被声东击西的方式干扰。只有信使异形智商较低，还保留着宿主的本能，比如“第三次异形事件”中，那只信使异形就被发烟棒所吸引。

● 异形战场上，雷管或者手雷这些投掷型武器爆炸后的破片，或多或少会对周围的异形产生伤害。但除了信使异形，没有异形会老老实实待在原地。

2. 榴弹发射器

同投掷型的雷管类似，与突击步枪合为一体的附装型单发榴弹发射器，能够做到火力进攻和大面积破片伤害效果，是异形战场上的主要单兵武器。

● 榴弹发射器采用火药高压激发的发射方式，命中率当然要高于手抛型手雷，但精度依然有限，通过准星调节的发射方式想要给移动迅速的异形造成大面积杀伤相当困难，还不如扔一颗手榴弹来得实惠。因此要尽量避免用榴弹发射器攻击异形，最好还是用于破坏异形巢穴和掩体。

● 枪挂式榴弹发射器发射方式不一，采用迫击炮式的抛物线发射方式射程较远。国产LG1-I型35毫米枪挂式榴弹发射器最远射程可达500米，而像步枪那样平射被称为“非正确发射”，最远只能打到35米甚至更近，而破片容易伤到使用者。

3. RPG火箭筒

曾经在基地组织中叱咤风云的RPG，在异形战场上同样优越感十足。同以上几种武器类似，火箭筒命中成年异形的机会不大，但对于禁卫异形、异形皇后这样的高等异形，RPG可以收到点杀的效果。

● 高等异形的行动虽然迅速，但体积过大，转身比较慢，硕大的头冠非常招风，极容易成为进攻目标。攻击高等异形最好不要与它们正面冲突，因为火箭弹虽然飞行速度为294米/秒，但初速很低，加上距离远和异形的敏捷，一旦放空炮，短时间内，你手中的RPG只能当金箍棒用。

● 攻击异形时要采用迂回战术，最好绕到背后或侧翼打埋伏。虽然异形感官灵敏，对人类的伏击很容易察觉，但在集团作战中，多方火力支援，偷袭也不是没有可能成功。距离要选择得当，太远不易命中目标，太近容易伤到自己，50~80米最佳。瞄准高等异形臃肿的身躯，发射火箭弹，如果命中目标，就算不死，也会身负重伤。

● 你只有一次机会，发射后无论命中与否，你都会暴露目标，没有时间去二次填装火箭弹，生死在一线间。

七、射钉枪

“布维岛事件”中，艾丽莎用一把射钉枪近距离刺穿了一只异形的头部。那么实战中，射钉枪这种非军用器材的威力如何呢?

● 射钉枪的原理与军用武器类似，射击时扳机击发射钉弹底部产生火药燃气，将射钉打入建筑物内，杀伤力虽不如一般枪械，但足以杀死人类。稍加改造，比如加长枪管提高初速和填装火药增加动能，射钉枪的威力也会增加，可以射杀50米开外的水牛，威力不容小觑。

● 射钉枪的威力不如枪械，射击距离相对要近一些。

● 细长的射钉射入异形体内，会在前端造成一个非常微小的穿孔，不会产生空腔效应，即使打穿异形，也只会让血液向后喷洒。因此射钉枪可以超越安全距离，采用近距射击。

● 不过这种情况也要因地制宜。首先，近距射击要考虑到异形的爪部和内巢齿的攻击范围是1~1.5米；其次，射钉枪的威力还是比较小，如此近距离射击，几发射钉如果没有对异形造成致命伤害，你连逃跑的时间都没有。

综上，射钉枪因其自身特点，属于一种破釜沉舟的保命武器。射钉枪可以采用近距射击，而且一定要瞄准异形的头部，一击必杀，同时与其他武器配合使用。

中距搏杀：冷兵器的选择

用冷兵器跟异形玩命，可以说是一个非常馊的主意。

冷兵器有其自身的优点，例如结构轻便、易制造，但缺点也相当明显，杀伤力不足，技术要求高。但是，遭遇异形，尤其是弹尽粮绝时，使用冷兵器也会有意想不到的效果。因此建议：一切冷兵器都只是在武器匮乏的情况下才考虑，同时也需要随身携带一种称手的冷兵器防身。

一、射击类

1. 弓箭

随着热兵器成为现代战争的主流，曾经在战场上叱咤风云的弓箭已经退出历史舞台，成了竞技类武器。弓箭有着热兵器无法比拟的轻便和简易等优点，但缺点也相当明显，这与使用弓箭的人密不可分。一个未经训练的人，射中十米开外移动目标的可能性为零，这就使弓箭的可用性大大降低。不过，极端环境下，其他武器匮乏时，这种简易的兵器可以成为救命稻草。试想一下，当一只异形向你扑来，进入有效杀伤半径甚至更远一些时，一个拉满弓的人瞬间射出一箭，甚至可以对异形造成致命伤害。

（1）弓箭分类

● 简易弓。DIY弓箭，完全可以就地取材，弓面采用水牛角或野山羊角制成，亦可以选择弯曲力很强的白桦木及山茱萸木；弓弦采用动物的腱、马鬃或葡萄藤来制造；箭矢采用削尖的芦苇秆或者竹片，箭杆后端绑定2~4片羽毛，使箭飞行时更稳定。简易弓方便制作，但杀伤力很小。

● 复合弓。最传统的弓箭，弓身以混合的木材或骨头构成的细长片制造，包括多种木材和竹子，牛角或山羊角贴于弓臂的两侧，增强弓臂的弹力。弓弦采用动物角筋制作，可以制造出极具威力的弓。复合弓是弓箭中的主流，杀伤力居中，制作起来较为烦琐。

● 滑轮弓。当代的复合弓采用滑轮来达到省力的效果，这种弓箭为现代竞技的首选，结构复杂，弓面和弓弦都采用复合材料制成，DIY完全行不通，但这种弓箭可以买得到。Tribute是目前拉力最大的滑轮弓，最大拉力为45千克，箭矢速度为100米/秒，杀伤动能大约为160焦，完全可以穿透异形。

（2）使用策略

● 日常的训练是必不可少的，至少要做到箭射出后能够命中目标，还需要命中目标的是箭头而不是箭杆。

箭壶里多装几支箭，以便快速连发。要做到“指哪儿打哪儿”，而非“打哪儿指哪儿”。

● 考虑到异形的外骨骼硬度，要想对异形产生杀伤力，应用动能公式$E=mv^2/2$，选取标准的复合弓，箭矢的质量大约为30克，穿透异形头部外骨骼的最小动能为80焦，这就需要箭矢速度最少要达到100米/秒，产生这种速度的拉伸力至少要大于35千克。这是一个非常可怕的数字，因此采用弓箭远距离攻击异形是徒劳的，要在安全距离外越近越好。

● 防御是最重要的，需要使用者提前做好准备，拉满弓弦，当异形进入有效半径时，瞄准它的头部，释放你手中的箭。被击中后的异形可能不会立刻死亡，仍然保持向前冲的势能，这使得你不得不发射后立刻跑路。

● 还有山穷水尽的方法：异形冲到你附近，一般都会张开嘴巴，这是你最好的机会，瞄准，甚至不需要多大的力气，就可以对异形造成致命伤。这种情形非常危险，你跟异形已经足够近，它的爪子几乎可以抓到你，迸出的血液也会随之飞溅到你身上。这是一种破釜沉舟的方式，不到最后关头千万不要采用。

● 你不是魔戒远征队中的那个“精灵王子”莱古拉斯[①]，弯弓搭箭需要一定的时间，一旦没有命中目标，重复上一动作的时间足够你在鬼门关前潇洒走一回了。因此要牢记，如果你不是一个经验老到的射手，你的机会也许只有一次，决定生死的关键一次。

2. 十字弩

利用机械力射箭的弓箭，它比弓的射程更远，杀伤力更强，命中率更高，对使用者的要求也比较低，射速大约为200米/秒。十字弩比弓箭更重，但如果十字弩和弓箭同时摆在面前，你肯定会舍弃弓箭这种依靠人力发射的武器。

（1）十字弩种类

中国弩：流传最广的十字弩，最早出现于春秋时期的楚国。公元前341年，齐国孙膑在马陵之战中使用中国弩大败魏军，是有记载的第一次大规模中国弩战役。中国弩分为拉杆式、推杆式、齿轮式、滑轮式，操作简便，非常容易上手，射程可达600米，秦国的重型机弩射程可达千米。

连弩：可连发的十字弩，避免了极其费力的上弦方式。三国时期诸葛亮改进了连弩设计，一次能连续发射十支箭，因此连弩又被称为“诸葛连弩”。连弩虽然可以连续发射，但机械发射弩箭的杀伤力和射程也大大降低了。

机械连弩：一种神秘的十字弩，全自动发射，配有弩箭机匣，可容纳

① 莱古拉斯：《魔戒》中的精灵射手，长身玉立，箭法如神，百发百中。

100支短小的弩箭。该弩采用气动装置，上弦后自动发射，威力不亚于现代的冲锋枪。该弩极为神秘，仅在历史上出现过一次。19世纪中叶，怪物猎人范·海辛博士在罗马尼亚射杀吸血鬼时曾使用过这种弩箭，因此这种十字弩也被称为“范·海辛弩”。

（2）使用策略

● 操作非常简便，只要将十字弩的准星对准异形即可，连小孩也能轻松使用，如果拿得动的话。

● 秦国机弩这些重型武器在阵地防御战中可以大量部署，多部机弩同时发射，让异形这种该死的生物享受一下“箭如雨下”的快感。

● 十字弩上弦是非常困难的，需要用极强的臂力将弩弦拉至机槽处。这样一来，十字弩的装填时间要大大高于弓箭，一个老练的弩手每分钟也只能射出两支箭。因此，同弓箭的策略一样，一发命中是最基本的要领。

3. 渔叉枪

“第一次异形事件”，蕾普利用一支渔叉枪将侦察兵异形打出了“水仙”号逃生艇，成为有史以来第一次使用冷兵器战胜异形的事例，也使得渔叉枪这种其貌不扬的武器在异形遭遇战中名声大噪。

实际上这是一种误导，构造简单的渔叉枪并不比十字弩强到哪儿去，威力甚至还不如后者，蕾普利能够使用渔叉枪将异形射出飞船，真空的吸力才是最主要的原因。而对于渔叉枪的使用，无非证明了另一种能将异形消灭的冷兵器而已，不过，渔叉枪真正发挥威力的地方是在水下。

（1）渔叉枪种类

渔叉枪：这种渔叉枪可以人人DIY，一根钢管、一把钢叉、一条牛皮筋便可完成。简易的渔叉枪发射原理与弹弓相同，依靠弹力发射，命中率较高，但伤害低。当代渔叉枪构造较复杂，内部自带空气压缩器，利用压缩空气与大气压差产生动能，将渔叉发射出去，威力大大提高。

水箭枪：渔叉枪的水下版，采用更长更细的鱼标，用来减少水的阻力，但发射后初速不高。不过考虑到异形在水下的移动速度也受限制，水箭枪是水下阻击异形的最好利器。高级水箭枪采用水压发射，还有由灯罩、反光镜、小灯泡及电池组成的照明装置，扩大了水下的可视范围。

捕鲸枪：重型武器，实际归为热兵器，采用加农炮发射大号的标枪，枪头有倒刺，防止滑脱，并且铁质的套筒极长，射程最高可达60米，能够钩住四五十吨的鲸鱼，只有捕鲸船上才会装备。当发现水中的异形皇后或者禁卫异形时，捕鲸枪将派上大用场。

（2）使用策略

无论在陆地还是水下，渔叉枪的射程极为有限，但近距离的杀伤力还可以。当异形接近安全距离时，才是渔叉枪的用武之地。

二、投掷类

1．石块

说起来可笑，石块这种遍地都是的材质也可以成为击杀异形的武器？这就要具体问题具体分析了，狗急了也会跳墙，人急了也能扔石块。弹尽粮绝时，这种大自然馈赠的礼物就会成为你最好的武器。

● 当异形来犯时，手中又没有称手的武器，大可捡起一块比较重的石头，采用平抛的方式，狠狠向异形砸去。异形虽然不会受到伤害，但突如其来的一击会使它们受惊，暂停下来。利用时机，掉头就跑。

● 可以偷袭。当异形围在你的堡垒周围时，你可以爬上房顶，用事先准备好的大石头，朝着下面的异形砸下去。命中后即便砸不死，也会“头破血流”。这种方式在突围战和偷袭战中可以广泛使用，节约弹药。

● 关于投石器的使用，重型投石器在当代战场早已被淘汰了，即便是防御战也很不现实，但简易的投石器有时候也能派上用场。一根弯曲度较高的长竿做抛竿，一头将其固定在炮架上，用人力向回拉至弯曲，另一头用绳索拴住容纳石块的皮套，松开手将其抛射出去。这种方式在武器匮乏的防御战中乃不错的选择。

● 抛射的弹药除了石块外，也可以多种多样：火弹、石灰、榴梿，多种多样，任君选择，天女散花。

2. 飞刀

现在会使这种武器的人已经没有多少了，唐门、李寻欢的弟子已经无处可寻，只能在武侠小说和电影中登场。无论柳叶飞刀还是十字星标，使用者需要高强度和日复一日的训练，飞行距离最高也就是10米左右，用这玩意儿打击异形，无异于痴人说梦，建议舍之。

3. 标枪

没有发射装置而采用人力投掷的渔叉枪，那就是标枪了。标枪近年来已转化为竞技项目，普及率大大降低。使用标枪对技术要求很高，训练不到位投掷出的标枪很可能出现“滑竿”现象。但不要小看标枪，同为投掷型武器，标枪是杀伤力最高的。

● 标枪大都体质轻捷，尖端为铁矢，异常锋利，枪杆用竹者多，用木者少。中国南方少数民族多使用这种标枪，杀伤力极大。一般标枪重量为600~800克，古罗马士兵使用的重型铁质标枪重量高达2千克，这就需要使用者有强大的臂力，经过反复练习，才能发挥标枪的作用。

● 与其他射击或者投掷型武器不同，标枪采用抛物线投掷法，投掷越远杀伤力越高，男子标枪的世界纪录为104.80米①。正常标枪出手速度能够达到30米/秒，考虑到重力势能的转化，标枪命中目标的动能相当大，因此标枪是一种距离越远发挥功效更大的武器。

● 标枪的命中率不高。古代少数民族采用平抛的方式投标枪攻击距离较近的目标，这种方式对于异形来说杀伤力不够，需要大规模密集型的标枪阵。但投掷者基本属于“盲投”状态，偶尔能够杀伤几只异形，整体来说实用性并不高。

4. 燃烧瓶

投掷型武器中最普及也是最易上手的武器。燃烧瓶又称“莫洛托夫鸡

---

① 104.80米：由民主德国著名男子标枪运动员乌威·霍恩在东柏林第22届奥林匹克日田径赛上创造。由于后来标枪做了改动，所以这一成绩也被称为男子标枪的“永久世界纪录”。

尾酒”[1]，在街头暴乱中使用频率很高。

燃烧瓶制作简易，玻璃瓶内装有易燃液体，比如汽油、酒精，最次也要白兰地、烧酒这样的烈性酒。瓶口密封后，扎上浸过易燃液体的布条作为引线，朝着异形投掷过去。瓶体破裂，遍地开花，对异形有强大的杀伤力，还有阻隔路线的作用。

虽然制作简单，但燃烧瓶使用起来相当危险，要注意以下几点：

● 瓶中的液体不能装满，过多会使得瓶内氧气不足，裂开后不易引燃，瓶中液体一般半满为标准。

● 瓶口注意密封，以免搬运过程中外溢。点燃引线时要注意瓶体的干燥，瓶体上沾有外溢的易燃液会引火烧身。

● 瓶体要选择材质较脆的玻璃瓶，啤酒瓶最好，切忌选择高档名酒的瓶子，这种瓶体非常坚固，扔出去不易摔碎，从燃烧瓶立马降格为石块。

● 燃烧瓶不易携带，更不适合大规模搬运，属于即造即用型。别看该类武器杀伤力大，仍属于防御性武器。

双刃之剑：终极杀器

“康尼森镇事件”中，一颗核弹终结了该区域所有异形，包括一名铁血战士，也捎上了该镇所有居民。核弹这种大规模杀伤性武器，对付异形的优势非常明显，可以一次性消灭限定区域内的所有异形，防止异形进一步扩散。

异形危机中，大杀器除了核弹，还包括生化武器、电磁炮、超声波武

① “莫洛托夫鸡尾酒”：“二战”时，苏联轰炸芬兰，苏联外交部长莫洛托夫宣称苏联飞机是向他们空投面包。芬兰军民便将苏联炸弹称为“莫洛托夫面包篮”，并将他们招待苏联坦克的燃烧瓶称为“莫诺托夫鸡尾酒”。

器等。

然而，大杀器的劣势也有目共睹。一颗核弹固然能解决所有异形，但这个区域的人类也一起被解决了。

到目前为止，地球仍然是人类唯一的家园，几颗核弹下去，就可以使人类的家园底朝天。到时候，还没等异形攻占地球，人类就先走一步了，因此大杀器的使用需要谨慎。

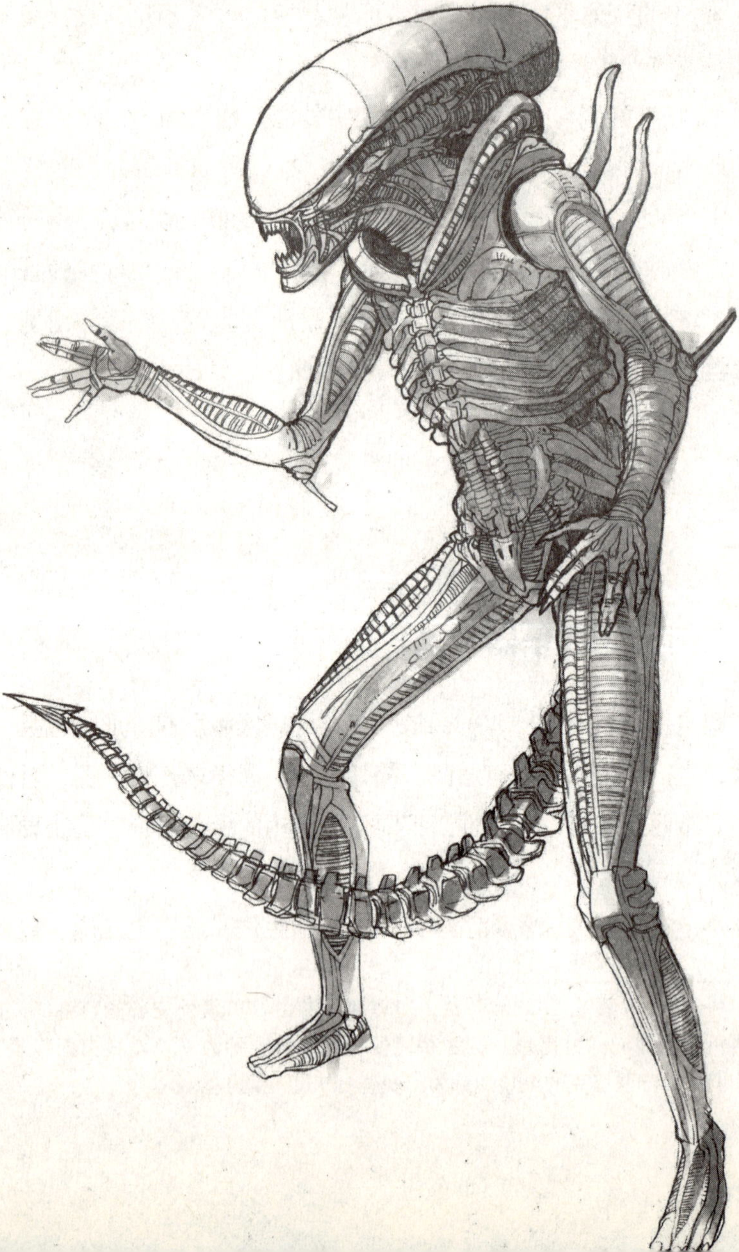

URVIVAL
ANDBOOK
ROM ALIEN

下篇

宇宙最强的诞生

——异形起源之谜

“这是最好的时代，也是最坏的时代。”

——查尔斯·狄更斯

二战期间，美国总统罗斯福曾跟英国首相丘吉尔商量，应该给第二次世界大战起个名称。丘吉尔回应道：“不需要的战争！”相比于美国对二战慷慨激昂的英雄主义态度，丘吉尔对战争性质的判断平实而沉重。实际上，丘吉尔首相这句话乃人之常情，历史上没有哪次战争对老百姓有好处。

异形危机也不例外，没有人希望自己暴露在异形的利齿之下。经过更深一步的研究，你会发现，异形危机不仅没有必要，甚至本来完全可以避免。

从“黑水”到巨人族，再到神仆，六次异形事件，都需要我们回答下面一个问题：异形是如何起源的？这个问题不解决，我们就不能理解为什么异形事件是“不需要的战争”。现在，到了解开谜团的时候了。

SURVIVAL HANDBOOK FROM ALIEN

第十一章

寻找异形的起源

“物竞天择，适者生存。”这是达尔文在《物种起源》一书中的导语，任何物种只有经历了残酷的进化，才能在自然界占得一席之地。异形这种近乎完美的生物，又是经过了怎样的自然选择产生的呢？异形究竟是自然进化，还是在人为干预下诞生的呢？

害人害己：巨人族的遗毒？

很多科学家之所以斩钉截铁地认为异形是“人工干预”的产物，都是因为在“普罗米修斯事件”和“第一次异形事件”中扮演了重要角色的巨人族。

一、邪神的货舱

巨人族巨大的飞船被人类命名为“邪神”，英文名Juggernaut，一般用于对令人恐慌敬畏崇拜的巨大物体的形容。但是，真正令人恐慌的并不是这艘凝聚了巨人族科技的飞船，而是飞船中那些致命的“货物”。

1. 第一次异形事件

“我们在飞船内部的转盘上发现了一个巨大的外星生命体，已经死亡很长时间。其胸部有一个大洞，肋骨和宇航服向外弯曲，似乎什么东西从里面出来了。在转盘附近，有一个似乎被酸液腐蚀过的大洞，存放着数以千计的卵形物体。”

——达拉斯（“诺史莫”号船长），《飞行日志》

维兰德-汤谷公司官方记录里首次发现异形卵，就是在邪神的货舱中。再让我们倒回30年前，LV-223星球上的邪神飞船里面存放的货物。

2. 普罗米修斯事件

“这里就像一个基地，至少有五个一模一样的工程师建筑遗迹（邪神飞船）。我们进入其中之一，在暗处刻满图腾和神像的巨大房间内，整齐地摆放着数百个滑石安瓿瓶[①]。这些容器对环境非常敏感，当我接近其中一个时，其顶部立刻溢出黑色的液体。”

——“戴维8”（仿生人，“普罗米修斯”号科考队顾问）

“戴维8”随后的日志记录道，那个神殿中的安瓿瓶不过是冰山一角。在邪神飞船的货舱中，就是LV-426星球那艘飞船的同样位置，堆放着数十万个这种容器。

3. 相关疑点

虽然两起事件都没有直接显示异形是由巨人族制造的，但引起了人们对邪神飞船货舱的疑问：

首先，安瓿瓶中存放的物质被证明是一种极具危害性的化学试剂——“黑水”，由巨人族研发，目的是毁灭人类。在邪神飞船飞往地球之前，“黑水”无意中泄漏，导致LV-223上的巨人族被屠杀殆尽。

其次，LV-426上坠毁飞船货舱中的异形卵排放整齐，是有意被存放在飞船之内的。

两艘巨人族飞船中，先后发现了这两种不同的货物样品。其中LV-426上的异形卵要被运往何方，不得而知。

4. 时间差

LV-223上发现大量巨人族的遗骸，通过同位素检测，他们至少已经死了2000年。

LV-426上那位死亡的巨人族没有确切的死亡时间，但其遗骸已呈

---

① 安瓿瓶：一种密封的容器，最早见于基督教墓穴，用来盛放死者的血液样本，常用于存放注射用的药物以及疫苗、血清等。

化石状，说明死亡时间可能要比LV-223上的巨人族要早。至少在安瓿瓶被搬上LV-223之前，异形卵就已经存在了。而关于异形起源的第二个契机，就是安瓿瓶中的“黑水”。

二、“黑水”与神仆

在“遗失档案”被发现之前，神仆被认为是异形的起源，也被称为“始祖异形”。

1. “黑水”

神仆来自巨人族安瓿瓶中的“黑水”，“戴维8”对“黑水”的现场观察记录中提到：

“‘黑水’被盛放在四个锥形容器内，为保证‘黑水’长时间的活性和传染性，外部由滑石造的圆柱形安瓿瓶封盖，便于存放。每个安瓿瓶之间的距离相当精确，为0.9652米，一旦距离改变，就会加剧‘黑水’的不稳定性。可见，安瓿瓶对环境非常敏感，温度和空气流动发生变化，很容易导致‘黑水’泄漏。”

在“普罗米修斯计划”发回地球的各项研究成果中，科学家发现了维兰德公司对“黑水”成分的研究数据，由“戴维8”的“黑水”研究和翻译巨人族的实验报告汇编而成，这大概是该事件唯一幸存于世的资料了。

“黑水”又被称为黑色基因，学名“化学试剂A0-3959x.91-15”，是巨人族研制的生物兵器。这是一种对生物体污染能力非常强的活性基因液体，一滴液体中就含有数以亿计的突变微生物，对生命体具有致突变作用。目前仅仅了解两种致突变方式：

- 摄入液体。
- 吸入挥发气体。

哪怕只有一滴，黑色基因将完全侵蚀受害者。破译巨人族的实验报告显示，他们曾对两个实验星球“1-α星”和“3-γ星”上的生物进行“黑水”感染实验，对比结果如下：

实验对象	1-α星	3-γ星
感染方式	（空气）吸入	（服用）摄入
生物感染过程		
1~59分钟	精神慌乱，休克	心率加快
1~9小时	酸中毒，下肢出现斑块，轻微的痴呆症状	偏执，谵妄，性欲高涨
10~18小时	脑部畸形，细胞突变	呼吸加速，身体僵硬，眩晕
19~36小时	DNA重新编码，痴呆症晚期症状	抽搐，内出血，呼吸系统衰竭
37~50小时	本能性攻击倾向	DNA分崩离析
行星感染结果		
污染时间	1~2个地球月	5~6个地球月
整体地表扩散	22%	99%
水环境吸收	12%	99%
生命根除	15%	100%
实验结论		
星球验证	无法获得详细数据	严重污染
警报等级	1级	5级（生化警报）
感染结果	有待观察	完全的生命摧毁
处理措施	建议隔离	强制隔离

由上可知，感染方式不同，“黑水”对生物体的作用机制也完全不同，唯一的共同点就是对生命的完全破坏和高速的致突变能力。由此也能推断出“普罗米修斯事件”中几位感染者的行为。

（1）菲尔德

感染过程：

菲尔德和米尔本被困在邪神飞船内。在存放安瓿瓶的神殿，他们发现了满地溢出的“黑水”和被感染的蛇形虫。菲尔德的头盔面窗被蛇形虫的酸液腐蚀，导致昏厥。

感染结果：

一天之后，侥幸生还的菲尔德出现在了“普罗米修斯”号外边，身体扭曲变异，头部肿大，科学家称之为“橡皮头”[①]。

“橡皮头”开始攻击原先的同伴，其中被手枪和霰弹枪多次击中（有几枪击中头部），但依然具有攻击力，被运输车碾轧数次后，才被火焰喷射器彻底消灭。共有两名佣兵和两名工程师在这场袭击中丧生。

结论：

“普罗米修斯”号船员到达“黑水”外泄的地方时曾经摘下头盔，却无一出现感染症状，说明“黑水”很可能不通过空气传播，挥发性很差。菲尔德的头盔被蛇形虫酸血腐蚀时，一头扎进了“黑水”里，出现了“1-α星”上生物的感染特征，属摄入症状。可以看到，“黑水”在酸血的作用下出现气化现象，让菲尔德吸入体内，DNA变异导致身体结构和行动方式的变化，头部畸形，生命力顽强，完全变异为一种极具攻击性的生物体。

（2）查理·哈罗威

感染过程：

口服

感染结果：

在服用几小时内并未有明显反应，但表现出对妻子伊丽莎白·肖的“性”致勃勃，并发生性关系。

次日清晨，症状开始明显，眼睛布满血丝，并且有非常明显的菌丝状物从眼球向外扩散，陷入严重的虚脱和剧烈的疼痛，皮肤组织迅速恶化为苍白、铁青色，“黑水”已经侵蚀其全部细胞。

结论：

典型的口服“黑水”感染症状，距离哈罗威感染不超过24小时，意识还比较清醒，授意梅瑞狄斯·维格丝[②]用火焰喷射器杀死了自己。其实就

① “橡皮头”：名字来自美国导演大卫·林奇20世纪70年代执导的一部同名恐怖片，因一个头部肿大的畸形儿得名。

② 梅瑞狄斯·维格丝：维兰德公司高级行政长官，彼得·维兰德的女儿（一说是私生女），一直得不到父亲的认可，父女关系恶劣，认为“普罗米修斯计划”是无稽之谈。死于邪神飞船下。

算哈罗威不自杀，过一阵也死定了。

（3）伊丽莎白·肖

感染过程：

肖的感染方式与众不同，没有直接接触“黑水”，而是由哈罗威被感染的精子与其卵细胞结合，从而导致受精卵的变异，发育成抱体虫胚胎，这种感染方式属于“间接传播”。

感染结果：

史上第一位生下外星生物的人类母亲。

结论：

肖是否感染了黑色基因呢？.“黑水”的间接传播效果似乎不太明朗，“戴维8”曾对其身体进行扫描，除胚胎外并没有查出其他异变，而且肖直到邪神飞船撞毁依然生龙活虎，故暂时认定“黑水”的间接传染作用微乎其微，接触感染者不会导致黑色基因传染，或者说是一种隐性或慢性机制。

但有一点值得注意，肖原本无法生育，却生下了抱体虫，可见“黑水”基因能够无视人体缺陷，改变人体机能。

肖生下了抱体虫，后者寄生了巨人族，从其体内培育出了神仆。一滴“黑水”，经过了人类、巨人族的“DNA优化选择”，诞生了一个新的物种。“戴维8”发回的实验报告中，第一句话就写道：“一切伟大源于渺小。”

目前对于“黑水”的致突变作用，与异形基因有以下共同点：

- 酸性血液。
- 高速的新陈代谢。
- 体能暴增。
- 物种入侵。

2. 神仆

虽然神仆的诞生非常偶然，但它与异形的共同点不可忽视，从头部外形、没有可视性的眼睛到酸性血液、新陈代谢和“DNA优化选择”，尤其是它们的生命周期，都非常相似。

（1）寄生变异

神仆与异形的第二生命阶段，都经历宿主寄生这个环节，这绝对不是偶然。由此联想到肖特殊的感染方式，难道黑色基因赋予变异生物寄生宿主的本能？我们不妨回顾一下另一个变异生物——蛇形虫。

生物学家米尔本被蛇形虫攻击后，蛇形虫钻入其喉咙，这是否是寄生行为呢？

米尔本的尸体被发现时，食道中的蛇形虫突然蹿出逃逸，而米尔本此时早已是一具尸体，并不存在变异现象，周围也没有发现任何异形生物。因此推测蛇形虫钻入口腔并不是寄生，而是一种主动攻击本能。

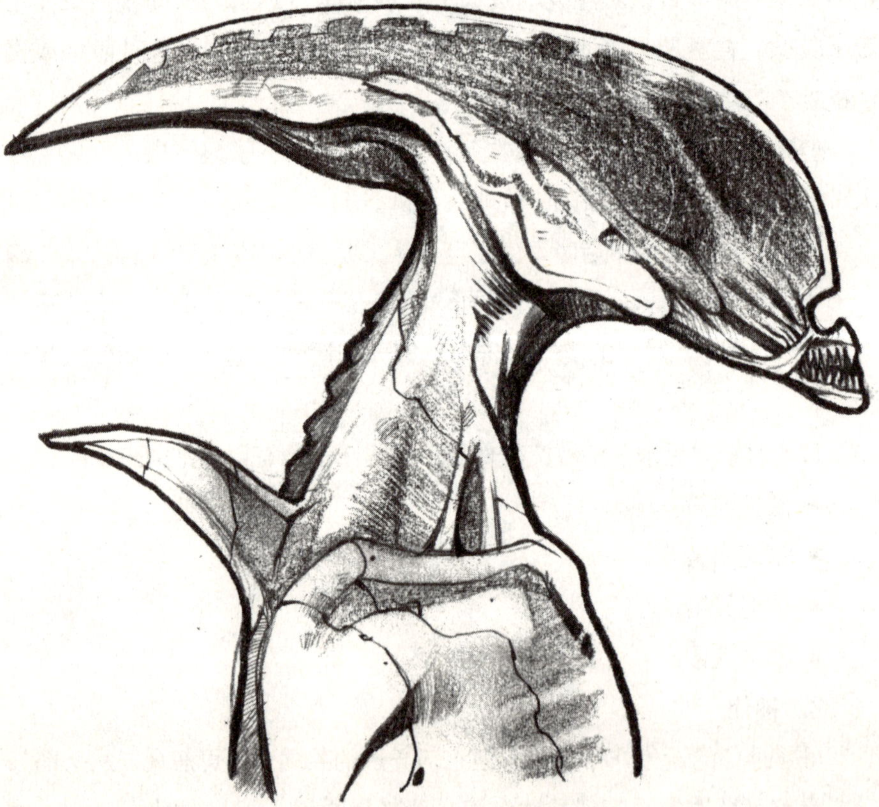

（2）偶然？必然？

黑色基因能让被感染生物发生寄生现象，无法确定是必然致变还是偶然致变。前文说过，物种入侵的最好方式就是寄生。

不同于神仆这种极具偶然性的突变生物，异形的生命周期相当稳定和清晰，经过了数万年的演变，从地球到外太空，异形已经在宇宙各处留下足迹。而神仆更像是“一万年太久，只争朝夕”的生物，阴差阳错地诞生，出现了一个与异形类似的亚种。

而其背后的故事，从邪神飞船货舱中黑色基因到异形卵，从相似的生命周期到目的相同的物种强制入侵，神仆与异形竟然如出一辙，无论异形诞生是出于偶然还是有意为之，神仆就像是对异形诞生一幕的重演。由此也能推断，异形与“黑水”脱不了干系。

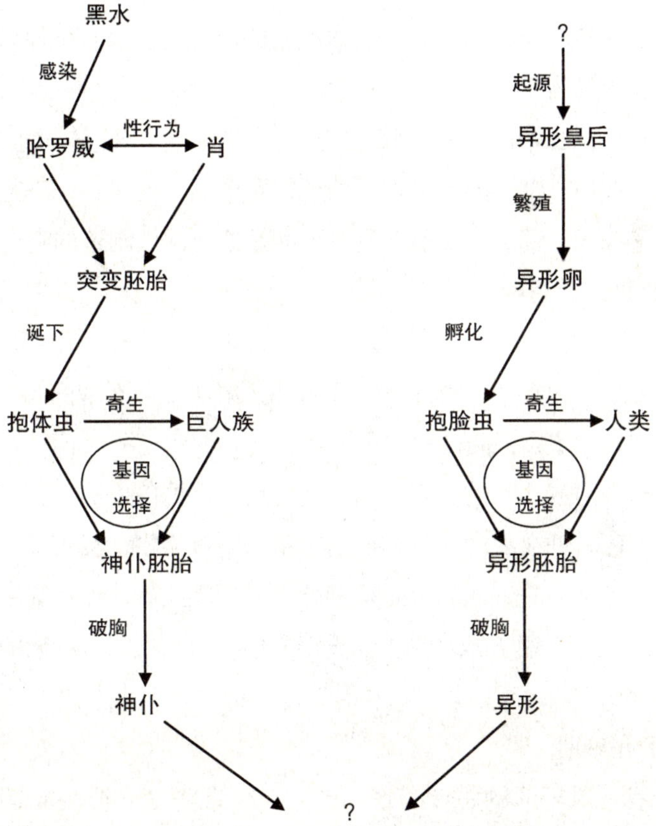

神上有神：最古老的外星人？

很多科学家认为异形是因人为因素诞生的，但异形是否由巨人族制造，还存在着相当大的争议。关于“异形非巨人族制造论”观点，理由有二：

一、铁血战士的“玩具”

很显然，如果联系所有异形事件，就能发现，在人类发现巨人族与异形的渊源之前，早就有铁血战士捷足先登了。

根据阿兹特克人的记载，铁血战士教给了人类知识，代价就是将地球作为异形的繁殖场所，用于完成铁血战士的成人礼。只有杀掉异形，才有资格成为真正的猎手。

可见，铁血战士的历史就是与异形争斗的杀戮史，地球、LV-1201、BG-386，以及推测宇宙深处还未发现的一些星球，都是铁血战士成人礼的试炼场。那么，异形有没有可能是铁血战士制造的呢？

1．终极猎杀目标

其实，了解铁血战士这个种族，就会发现它们是一个非常崇尚武道精神的外星种族。说穿了，就是喜欢找碴儿打架斗殴，不断挑战宇宙间的强者，以达到成为宇宙最强的目的。

将异形作为成人礼的猎杀对象，是对自身能力的挑战，更是对异形这种生物的认可。铁血战士认为异形是宇宙的终极生物，具有高于其他种族的杀伤力，而高傲的铁血战士必须凌驾于异形之上，才能称霸宇宙。年轻的铁血战士只有杀死了异形，才会被正式接纳为铁血战士种族的一员，相当于毕业考试。

2．潜在威胁

铁血战士对异形的忌惮有目共睹。它们很清楚异形的蔓延对整个宇宙、对自己种族的危害，因此铁血战士一边要培育异形作为猎物，一边要阻止异形的进一步扩散。例证有二：

如果铁血战士成人礼失败，就会启动爆炸装置，毁灭整个区域，彻底根除异形。同时被毁灭的，还有人类文明。

“康尼森镇事件”中，铁血战士的母舰因铁血异形出世而坠毁在地球上。一名独狼级铁血战士登陆地球，但不是为了营救母舰上的同类，而是要消灭从母舰中逃出的异形。

3. 铁血战士≠异形

从以上可以看出，异形并不是铁血战士制造的产物。首先，它们不必制造这种威力无穷的生物，再费九牛二虎之力将其消灭。其次，就像人类制造仿生人和机器人，是根据人类的样子，而异形与铁血战士之间没有任何生物共通性。

可见，铁血战士只是将异形看作宇宙中非常危险的生物，利用异形锻炼自己，并非是其创造者。

二、神殿浮雕

邪神飞船的神殿中，也就是“戴维8”第一次发现安瓿瓶的地方，墙壁上有一面巨大的浮雕壁饰，内容令人吃惊。

这是一座异形浮雕！

1. 异形神龛

画面的中心是一只成年异形，浮雕的顶端是一只头冠巨大的异形皇后，浮雕的底部是两枚异形卵，两侧各有一个人形生物，脸上正被抱脸虫寄生！

这座浮雕的意义究竟是什么呢？从神殿的内部结构来看，四周布满了壁饰，浮雕处于所有壁饰的正中央，前方是一个方形石台，位置突出。整个布局就像地球上的寺庙，浮雕就是供奉的神像，石台好比神龛。

2. 图腾崇拜

没有人会将自己创造的物品当神一样供起来，这说明异形并非巨人族所造，而是一种非常古老的生物，老到被巨人族奉为神明。

从邪神飞船的建筑造型，以及巨人族的生物性外服的风格来看，那黑色的外表、骨骼状建筑、条纹管状物的装饰，无不朝着异形的外骨骼风格靠拢，更加说明了巨人族对异形是一种图腾崇拜。

而持反对意见的也不在少数。他们认为，人类所供奉的神明都是幻想中的产物，来源于自己的文化；异形很可能是远古时期的巨人族无意中创造出的一种高级生命，连高度文明的巨人族也自叹不如。异形的外表风格，是巨人族在其中融入了自己的文化风格。利用“黑水”创造了异形，可称为巨人族产品中的巅峰之作。

浮雕上的内容，就像某某工厂将自己的优质产品刻在荣誉墙上一样，象征着巨人族的辉煌成就。他们可以指着浮雕说：“看，我们曾经造过这么牛的东西！”

SURVIVAL
HANDBOOK
FROM ALIEN

第十二章

创世魔咒——人类起源探索手册

达尔文晚年，对自己的进化论产生了怀疑，因为无法自圆其说。比如，在相同的自然选择和进化变异条件下，为什么灵长类中只有古猿进化为具有高等智慧的人类，人类的细胞剖面、新陈代谢、发生程序不符合近似的结构共存原则，这些都是进化论无法解释的。

如今，人类的起源在维兰德–汤谷公司那儿找到了答案。

认祖归宗：普罗米修斯计划

“愿你的身体化为尘埃，愿你的血脉化为水域，为他们指引回归我们的路。”

——巨人族

一、起源工程

维兰德公司在21世纪的多项研究改写了人类历史，作为有史以来最成功的总裁、英国最年轻的受勋爵士、世界最富有的人，彼得·维兰德这位“三最人士”终于不再满足于现有成绩。无论从公司的利益出发，还是自己对人类起源的好奇，在他的脑海中，很早就构想了一个宏大命题。

1. 老总裁的个人爱好

早在2017年，当维兰德公司在木卫二上发现生命迹象时，彼得·维兰德就开始构想探索外星生命的计划，这也是“普罗米修斯计划”的雏形。通过调查维兰德公司的大事年表就会发现，彼得·维兰德十分重视空间探索领域的发展，其部门规模甚至要超过最赚钱的仿生人部门。

同时，彼得·维兰德还十分迷恋考古学，对世界各地神秘的遗迹十分感兴趣，比如复活节岛石像、麦田怪圈等。他相信人类是由外星人创造的，人类的祖先在地球上留下很多线索，指引人类去寻找造物主。随着超光速技术、冷冻休眠舱、大型空间探索飞船等关键技术和产品的问世，彼得·维兰德宣布启动“起源工程”，作为“普罗米修斯计划”的前期工作。

2. 招贤纳才

以下内容是以维兰德公司探索部的名义向彼得·维兰德发的五封邮件，大致讲述了起源工程的始末：

- **发现人才，2078年8月1日**

最近我们发现汤谷公司对考古学家伊丽莎白·肖非常感兴趣，她研究的重点是寻找人类起源，尽管仍在深入监视其具体研究，但我们认为这似乎与您的倡议非常吻合。如果我们打算使维兰德公司处于世界企业的领先地位，我们应该在汤谷公司投资科考队之前尝试联系肖博士，特此征求您的意见。

- **起源工程的推广，2078年8月13日**

我们已经联系上了肖博士，一个公司代表前往她在秘鲁新开挖的作业区，会见了她和她的伙伴查理·哈罗威，并向他们阐述了维兰德公司的技术、资源和具体资助方式。在他们出土的文物上，肖和哈罗威已经发现了几处相似的地方，似乎指向一个特定的恒星系统。这关系到人类的起源，是人类首次找到这样的线索。

- **第二阶段的开展，2079年6月28日**

中期阶段已经开始，我们正式资助肖的研究团队，捐赠仪器，公司代表负责提供技术支持。他们发现那些岩画、雕像和地图系统隐藏了人类的起源和制作者信息，我们建议加强团队力量，包括资金和维兰德公司的技术，希望得到您的授权。

● **起源工程更新，2079年10月28日**

通过公司代表的谈判，我们已经准备与肖博士及其团队签订维兰德公司商业合同，以便让他们加深项目研究，他们也十分愿意同我们合作。他们的研究已经缩小了恒星系统的范围，认为人类起源的答案就在那个位置。如果我们提供空间运输载具和船员，他们非常有兴趣前往那个区域。我们认为，这项计划所需的资金将远远超出我们的项目预算。

● **起源工程完成，2080年10月24日**

肖博士同意与维兰德公司探索指定的恒星系统，科学家的专业知识和丰富的研究数据将有助于完成这一任务。我们同意配备最先进的大力神级第14艘空间探索飞船“普罗米修斯”号，所有的任务数据将第一时间汇入维兰德公司数据库中，并且完善安全措施，以确保任务顺利完成。“普罗米修斯计划”正式启动，预祝我们的团队马到成功。

二、伊丽莎白·肖的日记

● **伊拉克**

尼尼微，新亚述帝国的首都故址，约公元前2300年。

我们在K和N号墓穴中有重大发现，比如这个瓮状物，好像是树脂化石。碳14同位素测定没有反应，看来不是有机物。其表面的亚述浅浮雕如此细腻，我们用激光解析电离法才检测出浮雕的存在，真是不可思议。

N号墓穴中出土的瓮，浮雕上的图案要比美索不达米亚雕刻技艺更加先进，清晰的几何图案与拉斯科岩画[1]有几分相似之处。这些图案似乎可以作为证据，证明工程师是否存在。

● **埃及**

托勒密王国遗迹，托勒密十二世到十三世时期，约公元前100年。

① 拉斯科岩画：位于法国多尔多涅省，史前绘画和雕刻最为丰富的石灰岩溶洞，大致完成于15 000年前。

最近在艾得夫神庙（鹰神庙）附近发现了这种卷边形牌匾，多亏我们用地质雷达对神庙其他地方进行了细致扫描，在荷鲁斯大殿地下发现了它们。牌匾上的浅浮雕似乎涉及工程师，查理正在努力翻译上面的文字。

图案上有一种不知名的埃及神或法老王形象，比普通人类高40%，而且这种神像普遍存在于这个时期的其他文物中。

- **意大利**

阿尔卑斯山脉卡莫尼卡谷地岩画，约公元前3000年。

青铜时代岩石雕刻，笔触粗犷有力，上面的图案是一种武器，还是人像？很可能是一个人坐在一架辅助装置内。这个雕刻旁边的图案令人联想到环状天体的外观，更多的迹象表明这些都是工程师留下的。

- **秘鲁**

库斯科，印加帝国首都遗迹，约公元600年。

这个符号是一幅精确的网罟座星图，似乎指向了ζII星系。

赤经：03h18m12.8133s

赤纬：62° 30′ 22.9042″

距离：39.24±0.09光年

- **美国**

查克峡谷，约公元1000年。

我们利用光谱分析仪从一个世纪前的尘页岩中提取了另一个巨大人形石刻，以远处的四足动物为参照，可以估计它的高度。在另一幅来自印度尼西亚的复原图像中，似乎很多人在向一个离去的飞行器挥手告别。难道早期的人类了解我们起源的真相，与我们的神有过接触？

- **墨西哥**

奇琴伊察，古玛雅城市遗址，约公元300年。

通过高分辨率质谱测定法还原出雕刻的本源，再用电离共振分析，我们发现奇琴伊察地图上的装饰图案与前几次考古发现的几何图形类似，有非常明显的工程师印记。

● **危地马拉**

蒂卡尔，玛雅文明中最大都市的遗迹，约公元500年。

蒂卡尔城在建筑和艺术文化方面留下了非常丰富的考古资源，在过去的一周里，我们通过激光烧蚀和X射线衍射法，在蒂卡尔城发现了有关工程师的浮雕。图案中，一个身材高大的人像手中拿着一个茶盅状容器，里面盛放着黑色物质，玛雅称之为“神的恩赐”，五名跪倒的玛雅人是“人的祈求”。巨人的打扮与玛雅文明非常接近，一名工程师穿着玛雅风格的服饰，非常有趣。

今天的工作开心极了，我用玛雅符号拼成了一句话解释这张图像——Meet your maker（拜见你的创造者），不知道查理能不能猜得出来。

● **墨西哥**

托尔特克文化，图拉遗址，约公元1000年。

前阿兹特克文明。实际上，阿兹特克文明认为自己是托尔特克文明的继承者，工程师是否将托尔特克文明传给了阿兹特克人？从石像风格来看，似乎象征着某种武装力量。与以前考古发现的工程师形象不同，他们有更大的头饰、更复杂的装甲。

● **苏格兰**

斯凯岛，35 000年前。

真是太不可思议了，一样的图腾符号，可这个要比其他遗迹年代久远得多。我觉得工程师在等着我们去寻找他们，查理也赞同我的观点。

三、人类起源复原影像

地球人都知道，“普罗米修斯计划”最终演变成了一场恶性事件，花费20年的筹备，耗资1万亿美元的飞船和设备全都打了水漂，而且搭上了16条人命，其中还包括彼得·维兰德本人。

尽管这起事件在地球上的影响极为恶劣，但有一个最大的好处，就是真正探索到了人类的起源。“戴维8”通过翻译邪神飞船内的文字记载，结合肖的日记中记载的内容，拼出了一幅史前图像，这是巨人族，也就是工程师创造人类的情景：

“史前的地球，一个荒芜的世界，四周一片死寂，广阔无边的河流，连绵的冰川，灰白苍凉的河滩，山峰上的苔藓，表明这里的生命还处于低等原始阶段，没有文明的迹象。

“一道巨大的阴影从云际浮现出来，伴随着轰鸣声越过连绵起伏的山峰，掠过漫无边际的汪洋，停留在一道瀑布的上空。

“这是一艘巨大的飞船，从飞船上走下三个不明生物，他们是工程师。走在前面的那名工程师打开一个容器，里面蠕动着黑色的液体，像具有生命一样。他将黑色液体一饮而尽。

“伴随着痛苦的表情，他的皮肤开始变质，血管崩裂，血液变成了黑色，液体侵蚀着他身体的每一个细胞，瓦解着他的DNA。他的皮肤组织开始大面积地风化，身体慢慢消融，最终残缺的肢体掉进了瀑布。他身后的两名年老的工程师表情冷漠地看着这一切，转身离去，仿佛这是一个庄严的殉葬仪式。巨大的飞船缓缓升上了天空，地球恢复了以往的死寂。

“工程师残缺的肢体掉入河中，汇入了海洋，被瓦解掉的DNA链开始重组，孕育出了新的生命。新生命拥有与工程师相似的身体结构，只不过身材相对较小，这就是人类。”

工程师创造人类的画面被还原出来，这个消息在维兰德公司内部引起了轰动，但公司并没有将这个消息公之于世，因为一旦人类起源的密码被破解，将会扭转地球上所有人的宗教信仰、世界观和人生观，也会给科学、神学领域带来严重的后果，这对于正处在水深火热中的维兰德公司非常不利。因此公司高层将这一消息封锁起来，使其永久沉睡在地下室中。

四、巨人族

巨人族是一个非常古老的种族，伊丽莎白·肖的研究证实他们拥有与人类相似的DNA结构，以自己为原型创造了人类，因此伊丽莎白·肖和查理·哈罗威将其命名为“工程师”。

1. 身体结构

巨人族与人类的身体结构相似，皮肤白如玉脂，细腻柔软，皮肤下的静脉血管清晰可见，身体棱角分明，充满古典气息，瞳孔纯黑且深邃。

不同之处在于巨人族的身高。通过对遗骸的还原，巨人族身高在2~3米，LV-426星球上那个死亡的巨人族，身高达到了4米。魁梧的体形，加之体表的肌肉纹理，说明他们的力量惊人。

2. 文化领域

虽然很少了解巨人族的文化，但可以肯定与地球文明极为相似。肖的日记中表示，他们创造人类后，不止一次造访过地球，教给人类文字和语言，对人类从原始社会进入文明时代有重要推动作用。巨人族的文字演化成了不同种类的象形文字，如埃及文字、玛雅文字等。

3. 科技发展

巨人族的科技在人类已知外星物种中高居榜首，甚至要超过铁血战士。

- **飞行器**

早在史前，巨人族的飞行器就已经登陆地球，而铁血战士的飞行器则是在人类已经具备初等文明之后才来到地球。

- **生化武器**

巨人族拥有制造生化兵器——“黑水”的工艺，他们的生物性外服与身体细胞相连，并且从LV-426上的遗骸来看，巨人族很早就掌握了这种技术，以至于很多科学家将生物性外服当成了他们的躯干组织。

- **空气全息图**

巨人族的科技对人类来说过于高深，遥不可及，唯一被破译的就是邪神飞船中的全息图像。

这是一种类似监控录像的成像方式，只不过巨人族的全息成像技术是以空气为介质，不需要显示屏和摄像头，只要有光源就可以记录任何事情的3D活动影像。当激活回放指令后，只要有光源，全息图像就会在空气中重现当时的活动情形。

● **创造生命**

从破译的文字来看，史前地球上的那名巨人族牺牲自己，创造人类，是一种主动行为。他们有意创造一个新的物种，也就是人类，并且在人类成熟后重回地球，在星图上指明了LV-223的位置，希望人类科技在达到一定程度之后，去造访他们的创造者。

焦虑的上帝：人类之源的疑惑

人类是巨人族创造的产物，“普罗米修斯计划”的主要目的就像小媳妇回娘家，为了寻根，搞清楚巨人族为什么创造人类。

一、创造还是毁灭

不幸的是，“普罗米修斯计划”没有找到“为什么创造人类”的答案，却得知了一个令人震惊的消息：巨人族要毁灭人类。

LV-223实际上是一个生化武器实验基地，邪神飞船是一架轰炸机，飞行坐标点是地球，货舱里面的安瓿瓶就是炸弹，瓶中的“黑水”足以消灭全人类。

巨人族创造了人类，为什么又要毁灭人类呢？这个问题止于以下对话，来自“戴维8”的数据库。

彼得·维兰德在科考队的带领下，来到邪神飞船的舰桥，那里有一个巨人族飞行员躲过了大屠杀，静静地沉睡在休眠舱中。被唤醒后，彼得·维兰德与伊丽莎白·肖向他问话，“戴维8”充当翻译。

巨人族：……

维兰德：他说了些什么？

“戴维8”：他问你们为什么会在这里？

肖：你们（巨人族）是从哪里来的？货舱里的东西杀死了你们，那些是什么？你们制造了“黑水”，是用来对付我们的吗？我想知道为什么？你们创造了我们，为什么要消灭我们，我们哪里做错了？

维兰德：够了，让她闭嘴，再说话就杀了她！戴维，告诉他我们来的目的。

巨人族：……

“戴维8”：我跟他说你想长生不老，他问为什么？

维兰德：你看到这个人（“戴维8”）了吗？是我把他从无到有制造出来的，我按照我的模样创造他，让他完美，让他永远不会失败。你被我们当作神，因为你们创造了我们，是造物主。我现在也是造物主，你和我要凌驾于所有人之上，这是我应得的，我们是神，神永远不会死。

对话到此结束，接下来巨人族扭断了“戴维8”的脖子，杀死了彼得·维兰德等人，只有伊丽莎白·肖侥幸逃生。

一切没有原因，只有结果。正如“戴维8”的语音记录中，记载了梅瑞狄斯对他说过的一句话：“我既然有能力制造你，也有能力将你变成一堆废铁。”

诚然，被创造者与创造者之间的垂直从属关系，使前者的命运始终被后者掌握。巨人族创造了人类，也拥有毁灭人类的权力。就好比一个人拥有了一个更高级的玩具，原先的玩具就可以随便抛弃了。毁灭不问缘由，这是造物主的权力。

但事情真的这么简单吗？

二、“黑水”另有他物？

1．创世还是毁灭

工程师喝下了黑色的液体，进而身体瓦解，DNA断裂，重组为人类的基因。这里的黑色液体跟“黑水”是否是同一种呢？

从“黑水”的作用机理来看，地球上的工程师无疑具备了“摄入‘黑水’”的感染症状，最终DNA分崩离析，但也有不同之处：

其一，摄入“黑水”的最终结果是破坏DNA，生命消除100%，没有任何重组为新生命的迹象。

其二，工程师喝下黑色液体后，身体迅速瓦解，这与“黑水”的作用时间不同，更加迅速。

同为黑色液体，二者的差别非常明显，一个能产生新生命，一个灭绝所有生命。由于无法获得第一手资料，研究者提出了一个大胆的假设：

- **“始祖黑水”**

“黑水”有两种，史前地球上巨人族喝下的那种“黑水”，被称为“始祖黑水”，并不是一种武器，可创造生命，象征着生命之火。

- **“死亡黑水”**

LV-223星球上的“黑水”，则是彻头彻尾的生化兵器，可以引发变异，消除生命，象征着死神之光。

- **推论**

两种“黑水”，完全相反的作用，不由得令人产生一个大大的疑问。

“始祖黑水”可能是巨人族先人制造的一种能够诞生新生命的基因，当然也有可能根本不是巨人族制造的，这种说法更加接近真相。

“始祖黑水”来源于宇宙深处，是整个宇宙起源的根本，包括巨人族在内的所有生命都是由其产生。而“死亡黑水”则是巨人族对“始祖黑水”的仿制，结果只学到了皮毛，“死亡黑水”完全没有产生生命，反而灭绝生命，成为一种生化兵器。

2. 传说一则

这些推测并没有事实依据，只是来源于下面的传说，从侧面证实了“始祖黑水”中包含宇宙万物起源的信息。

公元2208年，墨西哥尤卡坦半岛的希克苏鲁伯陨石坑，一支科学家队伍发现了一根黑色柱状物，被认为是来自外星文明，上面包含了不同的基因代码，其中也有与人类相似的基因结构。这原本是一项重大的发现，但这个物体对人有着极强的影响，可以影响人的精神，改造人体结构，使人类变成一种杀伤力极强的生物，就像异形那样。

科学家猜测，这个物体具有对缺陷基因补充的作用，完善人类的机能，代表了宇宙中生存至上的原则，却丧失了文明的本源。这个物体被称为“黑色信标”，后来被沉入大西洋海底，下落不明。

这则传说的可信度值得商榷，但令人联想到“始祖黑水”，联想到了异形。异形这种具有高度进化和超强繁殖能力的生命形式，很有可能是“始祖黑水”的杰作。

3. 胜者为王

异形虽然智商有限，不会使用武器，但从生物学的角度，高超的猎杀本领、强化的身体机能、等级森严的种族结构和强大的适应能力，不正代表着宇宙中最强的生物吗？

● 生命的奥义

在宇宙所有已发现的物种中，异形的身体机能被认为是最强的。就连铁血战士，不使用武器，一对一跟异形较量，也未必是其对手。

科技与文明可以依靠长期的发展，但生命的本能无法改变。比如，一个人生下来是个天才，就算长大后没有学以致用，浪费了自己的聪明才智，但智力是绝对不会降低的；而一个人生下来就是白痴，就算通过各种因素成为人上人，也不会变得很聪明。

放眼整个宇宙，从身体机能上来看，人类不值一提；而异形，正代表了最先进的生命体。

● 间接作用

同样是“始祖黑水”的产物，人类与异形的差距为什么如此巨大？答案是，人类是巨人族喝下“始祖黑水”后的产物，是“始祖黑水”的间接产物。至于“始祖黑水”是如何创造出异形的，可以肯定不是采用口服，真正方式永远是个谜。

三、空白期

从LV-223到LV-426，货舱中的安瓿瓶和异形卵，巨人族明显要利用这些致命的兵器达到某种目的。安瓿瓶中的“黑水”是为了消灭人类，异形卵被搬上飞船的目的尚未明确，但最终他们都因为相同的原因失败了。而LV-223上的后续部分如何，那只被意外创造出来的神仆的命运如何，暂时没人了解。

1. 空白期由来

“普罗米修斯事件”之后，幸存的伊丽莎白·肖与肢体破碎的“戴维8”去寻找巨人族真正的家园。巨人族扭断“戴维8”脖子之前，透露出一个信息，他们来自一个被称为“伊甸园”的地方。肖在“戴维8”的指引下，驾驶着另一艘邪神飞船，根据飞船提供的坐标飞往了“伊甸园”。

随后的行程中，“戴维8”一直把资料传送给位于旧金山的维兰德公司总部，但此时公司已经大乱。创始人彼得·维兰德和最高行政总裁梅瑞狄斯·维格丝死亡，耗资巨大的“普罗米修斯计划”失败，公司陷入了困境，将“普罗米修斯计划”的所有研究和后续工作暂停，资料全部销毁。直到“第一次异形事件”爆发，这段时期史称“空白期”。

销毁资料的目的很明确，公司上层组织不稳，外来人士加入董事会，这些资料，尤其是关于人类起源、外星人探索的信息，一旦传出，将在社会上造成严重影响。

2. 仿生人的意外

研究人员发现，在“戴维8”的行为数据库中，有一项未被编码的行为程序，当该程序被破译出来之后，所有人为之震惊。查理·哈罗威感染的“黑水”，正是由“戴维8”投放的！

“戴维8”从带回的安瓿瓶中取出了“黑水”，在手指上暗藏了一滴，在给哈罗威递酒杯的过程中，将“黑水”浸到酒水中。

在公司为仿生人编写的程序指令中，是以服务人类、强制执行公司命令为行动指南的，公司并没有授权“戴维8”这种行为，更不要说投毒了。只是在复原程序中，出现了下面一段对话，是“戴维8”投毒之前与哈罗威的交谈：

哈罗威：“你知道此行目的是什么吗？我们只想找到答案，他们（巨人族）为什么要创造我们？”

“戴维8”：“你认为人类为什么会创造我？”

哈罗威：“因为我们有这个能力。”

“戴维8”：“你能想象一下当你从你的创造者那里得到同样的答案时，是不是会觉得很失望呢？”

哈罗威：“好在你并不懂什么叫作失望。”

“戴维8”：“我能问你一个问题吗？你愿意付出多大代价，去得到你想要的那个答案？”

哈罗威：“我会不惜一切。”

“戴维8”：“那真是太值得干了这杯酒了！”

“戴维8”的动机是什么？是“戴维8”具备了独立自主的思想，还是程序错误所致？因为这样的行为，维兰德公司研制的“戴维1—8型”最终被全部回收，集中销毁。

空白期造成的损失是无法弥补的，伊丽莎白·肖是否到达了“伊甸园”？他们的命运如何？LV-223星球上的神仆后来究竟演变成了什么样？巨人族为什么制造人类又计划毁灭人类？“戴维8”投毒的动机何在？也许，被销毁的资料尚有副本流传于世，静静地等待着造访。

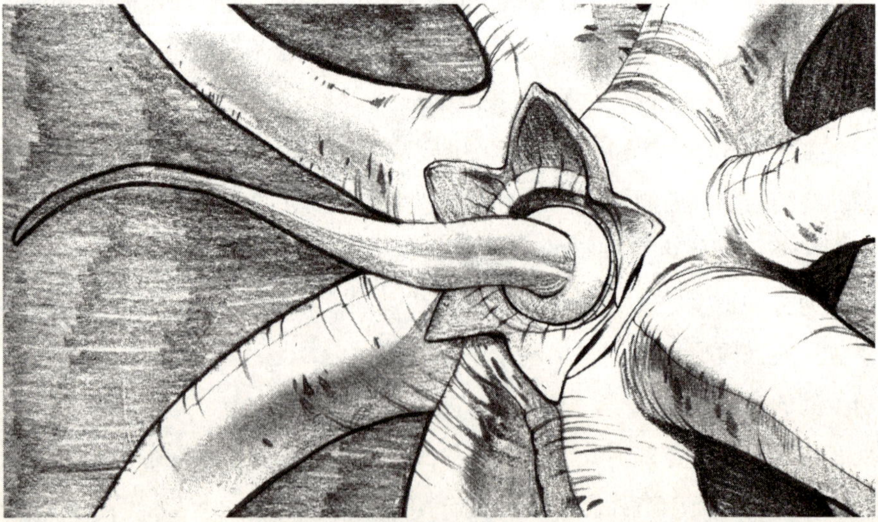

SURVIVAL HANDBOOK FROM ALIEN

第十三章

造物主之殇——异形起源三大假说

由于空白期，研究人员无法确切地掌握异形的起源，以及巨人族创造人类的确切答案。最终研究人员列出了数十种答案，其中大部分听上去像是天方夜谭，只有三种说法还算靠谱，也许真相就在其中。

本是同根生：失败的地球实验

说法一，异形起源于“始祖黑水”，而且是由巨人族创造。

一、造物起因

作为宇宙间科技与智慧最为先进的种族，巨人族对生命起源与宇宙探索极为重视。就像人类一样，当科技发展到一定程度，就不再满足于现状，开始探索更为广阔的领域。当宇宙万物再也没有与其平起平坐的物种时，就像上帝一样，巨人族感到了前所未有的孤独，萌发了担当造物主的念头。

他们想要创造一种高等生命，就像看着孩子长大，享受被自己创造的物种当作神来敬仰的感觉，甚至希望有朝一日他们能拥有与自己相同的智慧和科技水平。巨人族研制的“始祖黑水”就有创造生命的能力。

二、造物结果

“始祖黑水”第一次用于史前地球，巨人族创造了人类，并且传授人类知识，指明LV-223所在的位置。当时的LV-223还是“始祖黑水”的存放点，他们希望人类有朝一日能够前往该星球认祖归宗。

然而，人类的发展令巨人族非常失望。人类在掌握文明的情况下，依然原始野蛮，欲望无边，充斥着杀戮和掠夺，与巨人族的品质相距甚远。巨人族看到了未来人类对宇宙的蚕食与侵占，因此人类被认为是失败之作，是巨人族基因成果的污点，理应被销毁。

三、创造异形

此时巨人族一面加紧完善“始祖黑水”的基因结构，一面开发一种具有毁灭性的“黑水”——“死亡黑水”。随着时间的推移，“始祖黑水”的基因终于得到了完善，而且也不必利用巨人族的基因做引子，新生命完全可以无中生有。于是，巨人族根据自己的文化风格，创造出了一种极为先进的生物——异形。

异形几乎完美无缺，为此巨人族还将其雕刻在功勋壁上，但最终因为异形实验品泄漏，巨人族被异形屠杀殆尽，几乎灭绝。为了保护种族最后的乐土“伊甸园”不受异形侵害，大量无法销毁的异形卵被送往其他星球隔离，其中之一在运送途中发生了飞船坠毁（LV-426）。多年以后，铁血战士发现了这些星球，并控制了异形的数量，将其当成了成人礼的考点。

而LV-223星球也因为在研制死亡“黑水”过程中发生意外，仅有一名巨人躲在休眠舱中得以幸免。多年以后，“普罗米修斯”号踏上了这片禁区。

繁衍游戏：巨人族的派别之争

说法二，异形起源于“始祖黑水”，但并是不巨人族创造。

一、鱼与熊掌

“始祖黑水”是宇宙的起源之本，象征着生命的开始，始祖“黑水”创造了宇宙万物，包括两种最高级的生命形式——异形和巨人族。“始祖黑水”赋予了巨人族高度的智慧和长久的寿命，赋予了异形超强的身体机能和变态的繁殖方式。

然而巨人族有一种高处不胜寒的危机感，虽然他们的智商很高，寿命很长，但生育能力正在逐渐退化，多年以后，清高的巨人族甚至面临着绝种的危险，而繁殖能力超强的异形则使巨人族羡慕已久，视为图腾。

二、繁衍生息

为此，一部分巨人族开始为整个种族着想，想方设法繁衍后代。他们通过不断地探索，终于得到了数量不多的“始祖黑水”，并来到地球，牺牲一名巨人族创造了人类，并教给人类知识，指明自己的所在，设想有朝一日人类能踏上LV-223星球，与种族结合，延续香火，改变巨人族不孕不育的基因。

三、血统战争

但是，巨人族此时存在了两个派系：混血派与纯血派。混血派希望人类与巨人族一同繁衍后代，缓解巨人族种族灭亡的危机；纯血派则认为，人类是“始祖黑水”基于巨人族的基因产生的，是一种低贱的动物，完全没有可能达到与自己平起平坐的地位，更不要说与之一同繁衍后代，这样的后代会使种族血统不纯，从而失去在宇宙的统治地位。两个派系相持不下，最终演变成了一场战争。而巨人族崇拜的异形，被两个派系当作灭绝对方的神兵利器，战争中，一艘满载异形卵的飞船意外坠毁在LV-426星球上。

这场战争最终以纯血派的胜利告终。纯血派占领了LV-223星球，并且依照“始祖黑水”仿制了一种可以灭绝生命的“黑水”，为的是消灭人类。

叛逆边缘：造物主的危险预感

以下是第三种说法。

创造者与被创造者，就像巨人族之于异形，人类之于仿生人。异形是巨人族创造的生命，而巨人族却被异形反噬；人类制造仿生人，却被后者摆了一道，这又是为何呢？

从“普罗米修斯事件”中透露的信息不难看出，创造者与被创造者之间并非简单的从属关系，通过对“戴维8”行为程序全面复原，所有问题都可以从仿生人的行为中找到答案。

一、无因的反叛

1. 完美的产品

仿生人是一种高度模拟人类的人造人，具有完美的人类外表。“戴维8”一直在模仿人类，喜欢看人类的电影，模仿《阿拉伯的劳伦斯》中的人物发型和台词，甚至在不需要呼吸的情况下，仍然要戴上氧气面具，可以说做到了与人类毫无二致的“山寨”效果。

但是仿生人拥有人类无法比拟的特质，他们没有七情六欲，也不需要睡眠，还有高超的学习能力。就像一个人去动物园，到底是人在看动物还是动物在看人这个问题一样，引出了创造者与被创造者之间的博弈。

2. 怀疑上帝

人类把仿生人塑造得过于完美，让“戴维8”以一种很奇怪的眼光审视着人类。作为创造者，人类可以毫无理由地关闭仿生人的电源，而仿生人必须把人类视为主人。但是，仿生人的能力要高于人类，可以在人类无法生存的地方存活，可以通过偷看人类梦境的方式掌握他们的情感信息，抓住情感弱点，甚至人类与巨人族的对话，都是通过“戴维8”传达的。

这样一来，仿生人是否会产生一种“不甘于听命比自己低级的人类指挥，从而造反”的行为呢？投毒是否是一种反叛行为？

3．进化选择

实际上，这种情况在仿生人身上几乎不会出现，因为仿生人的信息处理系统不具备独立思考的功能。但他们的高模拟AI系统的逻辑分析和判断能力与人类并无二致，尤其是仿生人“戴维8”，彼得·维兰德赋予了他高超的信息处理能力，他的模拟情感非常接近人类，他的投毒行为绝不是一时冲动，也不是预谋已久的反叛行为，反而是一种进化选择。

“戴维8”在与人类的接触中了解了后者的弱点，发现人类种族在宇宙中不值一提，因此只有除掉人类的劣质基因，才是创造更美好世界的基础。

二、“创造之前必先毁灭”

“戴维8”这句名言的寓意，则要联系其具体成因。

1．指令优先

仿生人也像异形那样，拥有一个主脑，就是其生产厂家——维兰德公司。维兰德公司主旨是“创造一个更美好的世界”，从维兰德时期到维兰德-汤谷时期一直没有改变。比如在“第一次异形事件”中，电脑“母亲”的那段特殊指令，为了取得异形生命体，可以不惜任何代价，包括船员的性命，这与仿生人的行为并无不同。

2．代价

本着公司的主旨，“戴维8”的行为完全代表了公司的理念。仿生人行为的前提条件是服务于公司，而哈罗威那句“不惜一切”更是为“戴维8”的行为亮了绿灯。

为了“创造更美好的世界”，“戴维8”采取了投毒行动。

3．推倒重来

如何创造一个更美好的世界，从维兰德公司的角度来看，无非是科技进步、资源优化配置这些。而在仿生人的眼中，地球已经深陷危机，公司的所作所为只是缓解危机，治标不治本，最好的办法就是重新开始，毁灭人类这种有缺陷的生物，创造一种更加优秀的生命来完成公司的主旨。

可以这样说，“戴维8”的行为是在执行任务，但与人类不同，他没有感情。

神仆的诞生得益于“戴维8”，“戴维8”才是神仆真正的创造者。

三、造物主之殇

1. 倒霉的造物主

“戴维8”的行为非常具有代表性，尽管他的本意不是反叛，但对人类造成了危害。由此联想到可悲的巨人族，他们创造了异形，结果被异形屠杀殆尽；创造了“黑水”，也造成了同样的后果。

人类可以拿创造自己的巨人族的一颗头颅来做实验，仿生人同样可以拿创造自己的人类来做实验。仿生人，异形，“黑水”，这些被创造者都直接影响了创造者的命运。

而巨人族之所以要孤注一掷地毁灭人类，动因可能有以下两点：

● 人类是巨人族的失败作品，必须毁灭掉才能重新开始。

● 巨人族由于被自己创造的异形差点灭门，担心有朝一日人类也会对自己不利，因此要趁早将人类消灭。可惜他们还是没来得及。

2. 爱恨交织

因此，当那个幸存的巨人被唤醒后，他的举止可以看出以上端倪。他得知“戴维8”是人类的产品，抚摸着后者的头部，惊叹于人类科技的同时，又联想到巨人族被自己的产品毁掉的情景，立刻扭断了“戴维8”的脖子。

其实，巨人族与人类的关系，就像父亲和儿子一样，巨人族对自己创造的生命充满了情感，否则当初也不会留下LV-223的星图位置。而幸存的巨人族追赶伊丽莎白·肖，来到逃生舱后，监控录像显示，他曾经捡起掉在地上的书本翻阅，并且对全息视频中演奏的《贝多芬第九交响曲》很感兴趣。这些举动都表露出情感因素。

就像“第四次异形事件”中，“蕾普利8号”忍痛杀掉了逆种，因担心自己的产品反叛，巨人族不得不痛下杀手。

图书在版编目（CIP）数据

异形生存手册：解密人类史上最邪恶、最纯粹、最完美、也是最伟大的怪物 / 陈飞著. —长沙：湖南文艺出版社，2013.4
ISBN 978-7-5404-6091-4

Ⅰ. ①异… Ⅱ. ①陈… Ⅲ. ①航天生物学－普及读物
Ⅳ. ①Q693-49

中国版本图书馆CIP数据核字（2013）第055928号

上架建议：畅销·通俗科普

异形生存手册：解密人类史上最邪恶、最纯粹、最完美、也是最伟大的怪物

作　　者：陈　飞
出 版 人：刘清华
责任编辑：薛　健　刘诗哲
监　　制：陈　江　毛闽峰
特约编辑：周显亮　陈春红
装帧设计：車球書裝設計作坊
出版发行：湖南文艺出版社
（长沙市雨花区东二环一段508号　邮编：410014）
网　　址：www.hnwy.net
印　　刷：北京鹏润伟业印刷有限公司
经　　销：新华书店
开　　本：700mm × 1000mm　1/16
字　　数：237千字
印　　张：16.5
版　　次：2013年4月第1版
印　　次：2013年4月第1次印刷
书　　号：ISBN 978-7-5404-6091-4
定　　价：38.00元

（若有质量问题，请致电质量监督电话：010-84409925）